Tatort Altes Land

MCE KRIMI

Das Buch

Im Obsthof entdecken die beiden Freunde Rolf Mathies und Kurt Dammann – beide sind Obstbauern im Alten Land – die Tochter von Kurt bewusstlos und blutüberströmt. Marlin überlebt den Überfall, bei dem sie mit vielen Messerstichen traktiert wurde. Die Eltern, aber auch die Polizei tappen im Dunkeln.

Der Fall macht der gerade von Köln nach Buxtehude versetzten Hauptkommissarin Celia Dörfer und ihrem Lebensgefährten, Staatsanwalt Jaron Karloff, auch emotional kräftig zu schaffen, zumal Celia als neue Chefin auch noch Probleme mit einem Kollegen hat, der sich selbst Hoffnungen auf ihren Posten gemacht hatte. Mit dem Überfall auf Marlin Dammann ist längst noch nicht das Ende erreicht. Im Gegenteil: Er ist der Beginn einer Reihe von Anschlägen, die offensichtlich alle der Familie Dammann gelten. Über Indizien und die Suche nach dem Motiv kommt das Ermittlerteam dem Täter schließlich auf die Schliche …

Anschaulich entwickelt die Autorin Cäcilia Balandat die Geschichte aus der Sicht der ermittelnden Polizistin Dörfer und ihres Teams. Dabei entführt sie die Leser in das Alte Land – überregional bekannt als Europas größtes geschlossenes Obstanbaugebiet vor den Toren Hamburgs – und seinen ganz eigenen Menschenschlag.

Die Autorin

Cäcilia Balandat, Jahrgang 1963, lebt mit ihrer Familie im Alten Land. Wie ihre Protagonistin Celia Dörfer ist Balandat gebürtige Kölnerin. Nach Abitur, einigen Semestern Jura-Studium und einer Ausbildung zur Reiseverkehrskauffrau hat sie sich um Familie und Kinder gekümmert. Balandat ist passionierte Krimileserin und hat vor einigen Jahren selbst mit dem Schreiben begonnen. Mit dem vorliegenden Kriminalroman debütiert die Autorin.

Cäcilia Balandat

Tatort Altes Land

Kriminalroman

Personen und Handlung des Buches sind frei erfunden. Jede Ähnlichkeit mit einer lebenden oder verstorbenen Person ist nur zufällig.

(MCE Verlagsgesellschaft mbH & Co. KG – Medien Contor Elbe)
Sietwender Straße 48, D-21706 Drochtersen,
Tel. 04143/435, Fax 04143/6782
Internet: www.mce-verlag.de, Mail: info@mce-verlag.de
4. Auflage Januar 2011

Titelentwurf und -foto: Nikolaus Ruhl
Druck: CPI – Clausen und Bosse, Leck
ISBN: 978-3-938097-15-1

Kapitel 1

Was für ein mieser Abend. Rolf Mathies war auf dem Weg in die Obstplantagen. Die Kirschernte war in vollem Gang. Aber in diesem Jahr war sie nur dürftig. Rolf Mathies inspizierte die Früchte an seinen Bäumen. Ärger stieg in ihm hoch. Dabei hatte dieses Jahr so verheißungsvoll begonnen. Der Winter war ausnahmsweise einmal richtig kalt, und die Natur hatte Zeit zur Ruhe. Zeit, um neue Kräfte zu sammeln für das neue Frühjahr. Rechtzeitig zum Frühjahr war es dann mit dem Frost vorbei, und die Bäume waren zu neuem Leben erwacht. Es folgte eine prachtvolle Blütezeit. Die zahlreichen Blütengäste, die Jahr für Jahr, Ende April, Anfang Mai, ins Alte Land strömten, waren voll auf ihre Kosten gekommen. Nicht nur Rolf Mathies war voller Hoffnung für die neue Ernte. Auch seine Bauernkollegen hatten vorsichtig optimistisch der Natur zugesehen. Dabei wussten sie alle nur zu gut, dass winzige Kleinigkeiten mitunter die Ernte gefährdeten. Ein Hagelschauer zur falschen Zeit hatte schon so manche Ernte zunichte gemacht. Doch die Bauern wollten sich auch in diesem Jahr nicht bange machen lassen. Aber dann, nach einer wunderschönen Sonnenphase im Mai mit Temperaturen bis 28 Grad, in der die Früchte prächtig heranwuchsen, kam der Regen. Und was anfangs recht gut war, um die Kirschen noch ein wenig wachsen zu lassen, führte schnell zum Fiasko, als der Regen kein Ende nahm.

Nun betrachtete Mathies das Ergebnis. Nach beinahe sechs Wochen Dauerregen war von der Ernte nicht viel übrig. Das Gros der Kirschen war durch den Regen heruntergefallen oder aufgeplatzt. Und was an Früchten noch hing, gammelte auf den Bäumen. Das Jahr würde teuer werden.

„So 'n Schiet", knurrte Rolf Mathies, „letztes Jahr die Äpfel verhagelt, dieses Jahr die Kirschen verregnet." Trotz der schlechten Ernte würden die Bauern die Erntehelfer bezahlen müssen. Wenigstens wurden sie nach Pflückmenge und nicht nach Zeit bezahlt. Sonst wäre es noch teurer geworden. Das Sortieren dauerte bei den vielen gammeligen Kirschen natürlich viel länger.

„Mit wem redest du? Hast du einen neben dir laufen?"

„Ach, grüß dich, Kurt. Habe dich nicht gesehen. War so mit den Bäumen beschäftigt."

Kurt Dammann war Bauer wie Rolf. Ihre Obstplantagen lagen nebeneinander. So wie ihre Häuser nebeneinander standen. Sie kannten sich von Kindesbeinen an. Ihre Familien lebten seit Generationen im Alten Land und waren ebenso lange Obstbauern.

„Ich sehe mir gerade die Reste der Ernte an. Und du?"

„Das gleiche. Eine Schande. Aber was willst du machen." Resigniert zuckte Kurt mit den Schultern.

Im Gegensatz zu Rolf, der zwar auch nicht größer war als 1,89 Meter, erschien Kurt immer klein und gedrungen. Früher – da war Rolf immer der Held bei den Mädels. Schlank mit wilden Locken, dunkle Augen. Das hatte ihn in den 70er-Jahren zum umschwärmten Star werden lassen. Dagegen kam Kurt sich immer blass und unscheinbar vor. Blond, blaue Augen und hellhäutig. Wäre er ein Mädchen gewesen, hätte er vielleicht punkten können. Aber als Typ kam er nicht so gut weg. Obwohl, im Nachhinein betrachtet, war er auch nicht schlechter weggekommen als Rolf. Schließlich hatte er doch noch eine Frau abbekommen. Und nicht die schlechteste. Sie stand voll hinter ihm und seiner Arbeit. Anders als bei Rolf. Er und seine Frau Trude schienen sich immer weiter voneinander zu entfernen. Obwohl ihm ihr Einkommen als Kundenberaterin in einer Bank schon häufiger den Hals gerettet hatte. Immer dann, wenn wieder eines der schlechten Erntejahre war. Trotzdem war die Stimmung zwischen ihnen nicht die beste.

Katrin dagegen hatte ihren Job als Hebamme aufgegeben und sich gemeinsam mit Kurt voll in die Hofgeschäfte gestürzt. Nach und nach hatte sie einen sehenswerten Hofladen aufgebaut, in dem die eigenen Früchte und andere Produkte aus der Region an Touristen und natürlich auch an Einheimische verkauft wurden. Damit ließ sich gutes Geld verdienen. Die Gäste kamen immer zahlreicher ins Alte Land. Früher war es schick ins Ausland zu fahren. Heute fuhr man gern auch mal innerhalb Deutschlands in Urlaub. Allerdings waren es eher die gesetzten Jahrgänge, die kamen. Für Kinder hatte man im Alten Land kaum etwas zu bieten. Die wenigen Stellen mit richtigem Sandstrand an der Elbe reichten nicht aus, um die Region für Familien mit Kindern attraktiv zu machen.

Kurt und Rolf gingen nebeneinander her. Beide hingen ihren Gedanken nach. Sie brauchten nicht miteinander reden. Keiner nahm dem anderen das Schweigen übel. Jeder wusste vom anderen, dass er sich Sorgen um die Ernte machte. Nicht nur um die in diesem Jahr, sondern auch um ihre Zukunft als Bauern allgemein.

Das Alte Land, kurz vor den Toren Hamburgs, hatte sich im Laufe der Jahre sehr verändert. Immer noch das größte zusammenhängende Obstanbaugebiet Europas, kämpften viele Bauern um ihre Existenz. Die Ernte konnte nicht mehr verkauft werden, da die Osteuropäer mit ihren Preisen den Markt beherrschten. Oder Discounter die Ernte zu Dumpingpreisen einkauften und unter Wert verkauften.

Das Alte Land ist immer noch eine Pracht. Überall stehen große und kleine Fachwerkhöfe. Viele sind mit Reetdächern gedeckt. Die Altländer halten große Stücke auf sich. Jeder Hof, egal wie groß er ist, wird gepflegt und schön gehalten. Auch das ist sicher ein Grund für den Besuch der vielen Touristen. Ganze Busladungen werden durch das Alte Land gefahren, und behindern nicht selten die Bauern in ihrer Arbeit, wenn sie die Traktoren nicht passieren lassen, wild durch die Höfe streifen und auch schon mal das Obst einfach von den Bäumen abpflücken. Zumeist sehen die Bauern darüber hinweg. Die Menschen bringen schließlich Geld in die Region. Geld, das sie auf anderem Weg nicht mehr so leicht verdienen konnten.

Früher war es für einen echten Altländer Bauern undenkbar, Obst an der Straße zu verkaufen. Das ließ ihr Stolz nicht zu. Aber nach und nach mussten sie sich von ihrem Stolz verabschieden. Ein Hofladen nach dem anderen eröffnete, um die Touristen zu befriedigen und das fehlende Geld in die Kassen zu bringen.

Plötzlich blieb Rolf stehen. Er fasste Kurt am Arm: „Hey, was ist das denn? Hat schon wieder jemand seinen Müll einfach hier abgekippt?" Wütend zeigte er nach vorn. In einiger Entfernung vor ihnen, unter einem Baum, schimmerte etwas. Von weitem war nicht zu erkennen, was es war. Dann schrie Kurt auf. Er hatte die gelbe Regenjacke seiner Tochter erkannt. Er riss sich von Rolf los und rannte zu dem Baum. Seine Ahnung bestätigte sich. Es war tatsächlich seine Tochter Marlin.

„Los, Rolf! Hast du dein Handy in der Tasche? Ruf einen Arzt. Mach schon. Marlin ist verletzt." Das Kind stöhnte. Vorsichtig nahm Kurt seine Tochter in die Arme. „Was ist los? Mädchen, sag doch was." Er versuchte gefasst zu bleiben. Seine Tochter war von Blut überströmt. „Bist du vom Baum gefallen? Rede mit mir, Marlin, Kleines. Schau mich an!"

Rolf, der etwas abseits stehend, den Rettungsdienst angerufen hatte, kam nun näher. Beim Anblick der kleinen Marlin fühlte er Kälte in sich aufsteigen. Und eines wusste er mit Sicherheit. Marlin war bestimmt nicht vom Baum gefallen. Er entfernte sich erneut. Hier brauchten sie nicht nur einen Rettungsdienst. „Gut, dass du dran bist, Falk. Komm in Kurts Hof. Hinten an der Wettern. Marlin, Kurts Tochter, ist verletzt. Beeil dich." Falk Teubert, ein Freund der beiden Bauern, gehörte zur gleichen Altersstufe und zu einer kleinen Gruppe ihres Jahrgangs, die im Ort geblieben, oder, wie Falk, nach der Ausbildung bei der Kripo zurückgekommen waren. Er wusste, wo der Hof lag.

Rolf ging zu seinem Freund und dessen Tochter zurück. Er kniete sich neben sie, ins nasse Gras, unter den Kirschbaum. Kurt redete die ganze Zeit leise auf Marlin ein. Marlin atmete schwer, reagierte jedoch nicht. Aber sie atmete.

„Der Rettungswagen muss gleich hier sein. Kurt, ich gehe an den Minnerweg zurück und lotse ihn her. Die wissen ja nicht, wo sie hin müssen. Okay? Kurt hörst du mir zu?" Erst als Kurt mit dem Kopf nickte und zu verstehen gab, dass er überhaupt noch etwas von seiner Umgebung wahrnahm, ließ Rolf ihn, wenn auch mit schlechtem Gefühl, zurück. Erleichtert hörte er im gleichen Moment das Martinshorn des Rettungswagens. Er lief, so schnell das mit Gummistiefeln auf dem Untergrund möglich war, dem Wagen entgegen. Der Fahrer des Rettungswagens sah ihn und stoppte. Fast im gleichen Augenblick sprangen Sanitäter heraus und liefen ihm entgegen. „Ein kleines Mädchen, sieht irgendwie nach Stichverletzungen aus, liegt dahinten unter einem der Bäume." Rolf Mathies japste nach Luft. „Schwere Verletzungen? Ist das Kind ansprechbar?" „Weiß nicht, wie schwer. Und ansprechbar? Ich glaube nicht, jedenfalls hat sie ihrem Vater nicht geantwortet. Der ist bei ihr."

Nach diesen ersten Informationen machten sich Notarzt und Sanitäter auf den Weg in Richtung des Unglücksplatzes. Auch für sie kein leichtes Unterfangen. Mit flachen Schuhen und ihrer weißen Berufskleidung sahen sie nach wenigen Schritten aus, als hätten sie ein Schlammbad genommen. Aber keinen von ihnen schien es zu kümmern. Als sie Kurt und Marlin erreicht hatten, schoben sie den Vater vorsichtig zur Seite. Wie schon Rolf Mathies ließ auch sie der Anblick des kleinen Mädchens frösteln. Dabei hatten sie im Laufe ihrer Berufsjahre schon so einiges gesehen. Und auch ihnen war schnell klar, dass es sich nicht um einen Unfall handeln konnte. Sie entfernten Marlins Jacke, um die Wunden besser sehen und behandeln zu können. Sie arbeiteten fachkundig und schnell. Sie überprüften die lebensnotwendigen Funktionen. Das Herz und die Lunge arbeiteten stark und scheinbar ohne Beeinträchtigung. Natürlich wussten sie, dass dies noch nichts zu bedeuten haben musste. Momentan bestand jedoch keine akute Lebensgefahr. Dennoch musste das Kind schnellstmöglich von hier fort gebracht werden. Es musste festgestellt werden, ob innere Organe betroffen waren.

Inzwischen war auch der Fahrer des Rettungswagens gekommen. Als eingespieltes Team hatte er die Trage für den Transport zum Rettungswagen unter dem Arm. Er hatte gleich gesehen, dass bei den Wegverhältnissen der fahrbare Untersatz nicht weitergeholfen hätte. Nachdem Marlin mit einer Infusion, die ihren Kreislauf unterstützen sollte, versorgt worden war, hoben die Männer sie vorsichtig auf die Trage und trugen sie in den Rettungswagen. Kurt hatte Marlins Hand während dieser Zeit nicht losgelassen und hielt sie auch jetzt fest. Ohne zu fragen, ob dies überhaupt möglich sei, stieg er mit in den Wagen und blieb neben seinem Kind stehen. „Kurt, soll ich Katrin Bescheid sagen?" Rolf war zwar nicht wohl bei dem Gedanken, aber schließlich musste es einer tun. Kurt schien dieser Gedanke noch gar nicht gekommen zu sein. Und er machte auch nicht den Eindruck, als wolle er nur eine Sekunde von der Seite seiner Tochter weichen. Er nickte Rolf zu, ohne ihn jedoch anzusehen. Immer wieder streichelte er seiner Tochter über den Kopf. Aber das Mädchen reagierte nach wie vor nicht.

In dem Moment fuhr die Polizei vor. Falk und ein Kollege sprangen aus dem Auto und kamen ohne Verzögerung zum Rettungswagen. „Rolf, Kurt, was ist passiert?" Falk versuchte sich einen Überblick zu verschaffen. Aber Rolf konnte nur mit den Schultern zucken und auf Marlin deuten: „Ich weiß auch nichts. Marlin ist nicht ansprechbar und die Verletzungen?" Wieder zuckte er mit den Schultern und wies auf den Notarzt. „ Frag ihn. Ich denke, er kann dir mehr sagen." Kurt reagierte überhaupt nicht auf Falk, als dieser in den Rettungswagen stieg und ihm auf die Schulter klopfte. Falk hatte nichts anderes erwartet. Der Vater stand ganz offensichtlich unter Schock, wie man es auch bei Unfallbeteiligten erlebte. Die Symptome erkannte Falk, obwohl er bisher noch wenig mit Gewaltverbrechen zu tun hatte. Mal eine Schlägerei, Selbstmorde, Brandstiftung. Aber Gewaltverbrechen an einem Kind? Und nun ausgerechnet an dem Kind eines Freundes?

Rolf, Kurt und er waren nie dicke Freunde. Dafür waren sie vielleicht zu verschieden. Aber immerhin hatte es für den einen oder anderen gemeinsam angetrunkenen Kater gereicht – beim obligatorischen Faschingsball im Fährhaus oder beim Weihnachtsball. Da waren sie auch schon mal so angetrunken, dass sie Arm in Arm nach Hause gewankt waren. Aber die Freundschaft hatte nicht ausgereicht, um sich auch mal abends zu treffen, um Sorgen und Nöte auszutauschen. Und so wusste er über Kurt nur soviel wie jeder wusste. Er kam von hier. War seit etlichen Jahren mit einer hübschen und patenten Frau verheiratet und hatte gemeinsam mit ihr drei Kinder. Aber er wusste noch nicht einmal, welches Geschlecht die Kinder hatten.

Falk löste sich aus seinen Gedanken. „Was können Sie mir sagen?“ Er wandte sich an den immer noch sehr beschäftigten Notarzt. „Schwer zu sagen“, antwortete der Arzt, „sieht nach einem Gewaltverbrechen aus.“ „Ist sie vergewaltigt worden?“ „Kann ich im Moment noch nicht feststellen. Sieht erst mal nicht so aus. Aber die Verletzungen sind auch so schlimm genug.“ Falk nickte. Was er sehen konnte, sah in der Tat aus, als wäre jemand sehr wütend gewesen. Der kleine Körper war übersät mit Messerstichen. Nachdem er sich einen Überblick verschafft hatte, wandte er sich an seinen Kollegen. „Hast du die Spurensicherung schon benachrichtigt? Wir werden sie dringend brauchen. Hoffentlich haben sie heute gute Leute im Dienst.“

Mit einer abschätzigen Geste deutete er auf den Matsch, der von den vielen Leuten aufgewühlt worden war. Auch sein Kollege zuckte hilflos die Schultern. „Wäre ein Wunder, wenn wir hier noch was Brauchbares finden.“ Thorsten Brandt war ein wenig jünger als Falk. Er kam aus der Großstadt, hatte dort schon einige Jahre gearbeitet, bevor er, der Liebe folgend, ins Alte Land gewechselt war. Er hatte seine Erfahrung mit Gewalt an Menschen. Und natürlich fehlte ihm die persönliche Beziehung zu den Beteiligten. Obwohl ihm die Situation auch nahe ging. Wenn Kinder im Spiel waren, ließ sich das gar nicht vermeiden. Thorsten und seine Freundin spielten seit einiger Zeit mit dem Gedanken Kinder zu bekommen, aber gerade jetzt war er froh, dass sie noch keine hatten. Er wollte sich überhaupt nicht vorstellen, was für Gefühle es auslösen würde, das eigene Kind so zu sehen.

Schnell versuchte er, von der emotionalen Ebene wieder zur sachlichen zurückzufinden. „Falk, wir sollten uns den Tatort ansehen.“ „Du hast recht.“

Falk wandte sich noch einmal an Kurt und Rolf. „Wir müssen in jedem Fall miteinander reden. Aber jetzt seht zu, dass ihr das Kind in die Klinik bekommt." „Fahrt ihr sie nach Stade in die Kinderklinik oder gleich nach Hamburg?" Diese Frage galt dem Notarzt. „Wir fahren nach Stade. Die sind auch ziemlich gut. Und außerdem sollte der Weg nicht zu lang sein." Bei allen Vorbehalten gegen Provinzkrankenhäuser, wie Falk die Kliniken in Buxtehude und Stade bezeichnete, leuchtete ihm das Argument des Notarztes ein. Der Weg nach Hamburg dauerte in jedem Fall länger als eine halbe Stunde. Auch wenn der Feierabendverkehr schon vorbei war.

Falk hob den Arm zum Zeichen, dass er verstanden hatte, aber auch, um sich zu verabschieden. Thorsten Brandt war schon auf dem Weg zu der Stelle, an der die beiden Obstbauern das Mädchen gefunden hatten. Falk hatte ihn schnell eingeholt. „Was hältst du von der Sache? Meinst du hier ist noch jemand?" Thorsten schüttelte energisch den Kopf. „So ein Quatsch, wer soll hier denn noch sein? Hier gibt es so viele Möglichkeiten unbemerkt abzuhauen. Da muss man ja mehr als verrückt sein, wenn man in der Nähe bleibt." „Hast recht." Er griff zum Telefon, um noch einmal bei der Spurensicherung anzurufen. Die waren immer noch nicht erschienen. Natürlich waren sie wenig begeistert, jetzt noch zu einem Tatort gerufen zu werden.

Inzwischen waren Thorsten und Falk an der Stelle angekommen, an der Marlin gefunden wurde. Vorsichtig inspizierten sie das Umfeld. „Pass auf, ich gehe noch ein Stück Richtung Wettern und du bleibst im näheren Umfeld." Thorsten schaute seinen Kollegen ratlos an. „Wohin willst du gehen?" Falk musste beim Anblick des ratlosen Gesichtes grinsen. „Da vorn gibt es einen Wasserlauf. Er verläuft quer zu den Obstanlagen. Den nennt man Wettern. Ich schaue mich dort noch ein wenig um. Könnte ja sein, dass jemand die Tatwaffe ins Wasser geworfen hat." Thorsten nickte.

Sie waren immer noch mit der akribischen Suche beschäftigt, als endlich die Spurensicherung eintraf. Wie nicht anders zu erwarten, murrten sie ordentlich beim Anblick des Tatortes. „Was sollen wir hier denn noch finden? Das sieht ja aus, als sei eine Herde Schweine durchgetrampelt."

„Was hast du erwartet. Erstens weißt du selbst, was für ein Wetter wir in letzter Zeit hatten, und außerdem glaube ich nicht, dass du sonst auf Tatorte stößt, wo die Täter dir alles, was du brauchst, fein säuberlich bereitlegen. Hier ist ein Mädchen überfallen worden und, so wie es aussieht, mit einem Messer schwer verletzt worden. Der Vater und ein Freund haben sie gefunden. Die haben bei dem Anblick des Kindes bestimmt nicht daran gedacht, auf dich und deine Arbeit Rücksicht zu nehmen."

„Ist ja schon gut, Falk. Ich habe es nicht so gemeint. Aber manchmal überlege ich ernsthaft, ob ich mir nicht einen anderen Job suchen soll. Eigentlich wollte ich heute ins Musical mit meiner Freundin – Tanz der Vampire. Jetzt geht sie zum dritten Mal hintereinander mit ihrer Freundin. Ich weiß nicht, wie lange sie das noch mitmacht." Falk wusste nur zu gut, wovon Richard Saalmann, von den Kollegen Richie gerufen, sprach. Seine eigene Freundin hatte ihn genau deswegen verlassen. Nach drei Jahren hatte sie es satt, immer Rücksicht auf Falks Job zu nehmen, und nie planen zu können.

„Habt ihr eigentlich schon die Bekanntschaft mit unserem neuen Chef gemacht?" Richie von der Spurensicherung hatte sich auf die Knie niedergelassen, um aus der Nähe zu sehen, was an brauchbaren Spuren übrig geblieben war. Allerdings hinderte es ihn nicht an einer Unterhaltung. „Du meinst den Dörfer, den Typen, den sie uns aus Köln vor die Nase gesetzt haben?" Man merkte, dass Thorsten nicht glücklich war. Er und auch Falk hatten darauf spekuliert, selbst in die nähere Wahl für diesen Leitungsposten zu kommen. Aber sie waren übergangen worden. Richie schaute von seiner Arbeit auf: „Jetzt sagt mir nicht, ihr wisst es noch nicht?" Nun war auch Falk interessiert: „Was haben wir nicht mitbekommen?" „Oh Mann, wo lebt ihr? Das pfeifen doch die Spatzen von den Dächern. Der neue Chef ist überhaupt kein Er. Das ist eine Sie. Und keine schlechte, das kann ich euch sagen. Nicht nur fachlich. Die hat sich, obwohl sie noch ziemlich jung ist, schon reichlich Lorbeeren verdient."

Falk war ein wenig zusammengezuckt. Mit einer Frau als Vorgesetzte hatte er am allerwenigsten gerechnet. Was wohl auch daran lag, dass er eine ausgeprägte Abneigung gegen Frauen in diesem Job hegte. Für ihn gehörten Frauen in andere Jobs. Vielleicht gerade noch in ein Büro. Aber nicht zu ihnen in die Ermittlungsarbeit. „Na, das wird ja dann wohl ein entsprechendes Mannweib sein", lautete prompt sein Urteil. Und wieder amüsierte sich der Mann von der Spurensicherung. „Mensch, wie bist du denn drauf. Magst du keine Frauen, oder was? Die ist jedenfalls alles andere als ein Mannweib. Ich würde eher sagen ein Klasseweib. Ziemlich hübsch, und ziemlich kompetent, wenn ihr mich fragt."

Thorsten wollte nicht länger Zuhörer bleiben: „ Ist doch egal, wie sie aussieht. Warum mussten die uns eine aus Köln vor die Nase setzten? Sind wir nicht gut genug?" Auch hierauf hatte Richie eine Antwort. Überhaupt schien er bestens informiert zu sein. „Die Stelle war offiziell ausgeschrieben. Sie hat sich beworben. Wenn ich das richtig verstanden habe, dann hatte ihr eigener Lover eine recht unrühmliche Rolle in ihrem letzten Fall in Köln, und sie wollte weg von da. Und nun ist sie hier. Anscheinend ist sie besser als ihr, sonst hätte man sie ja nicht genommen. Vielleicht hat sie aber auch einfach mehr Erfahrung. Was weiß ich."

„Du legst dich ja ordentlich für sie ins Zeug. Hat sie dich schon weich geklopft?" Falk konnte seinen Unmut nur schwer zügeln. „Nein, ich kenne sie noch nicht persönlich. Ich habe mir nur ihre Unterlagen angesehen. Aber ich bin auch nicht verbohrt. Und ich glaube nicht, dass nur Männer den Job hier gut machen können. Außerdem seid ihr beide noch so jung, dass ihr noch genug Zeit für Beförderungen habt." Das waren klare Worte. Thorsten und Falk fühlten sich ertappt. Und beide bereuten, dass sie überhaupt etwas gesagt hatten. Der Mann war ihnen um Jahre voraus, was seine Zugehörigkeit zur Mannschaft betraf. Und einen schlechten oder gar frauenfeindlichen Ruf konnten beide sich nicht leisten. Sie stammelten etwas, das mit gutem Willen als Entschuldigung durchgehen konnte. Der Mann von der Spurensicherung nahm es gelassen, wandte sich wieder seiner Aufgabe zu.

Kapitel 2

Zur gleichen Zeit saß die neue Vorgesetzte der beiden Polizisten, 16 Kilometer vom Tatort entfernt, in Buxtehude in einem kleinen Café. Ihr gegenüber saß Jaron Karloff, ihr neuer Lebenspartner und zukünftige Staatsanwalt des Bezirks Lüneburg. Was der Mann der Spurensicherung durch Buschtrommeln zugetragen bekommen hatte stimmte. Celia Dörfer hatte in ihrem letzten Mordfall Lorbeeren eingeheimst und ihren Lebensgefährten verloren. Dass sie gleichzeitig ihr Herz an den Staatsanwalt verloren hatte, und dieser ihre Gefühle erwiderte, machte die Sache nicht weniger kompliziert. Am Ende hatten sie beide um Versetzung in den Norden ersucht, da sie, wenn schon nicht in Köln, so doch wenigstens am Wasser bleiben wollten.

„Gott, was ist das für ein Wetter. Dabei könnte es hier so schön sein." Celia sprach aus, was Jaron auf der Seele lag. Buxtehude war ein niedliches Städtchen, an dem Fluss Este gelegen, mit vielen kleinen Fachwerkhäusern und einer hübschen Altstadt. Jetzt allerdings saßen die beiden in einem Café, weil selbst die romantischste Stadt ihren Reiz verlor, wenn es grau, nass und kalt war. Mitten im Juni waren die Temperaturen nach dem sonnigen und heißen Mai eher herbstlich. „Wollen wir in unser Häuschen fahren und die letzten Kartons auspacken?" Celia stimmte zu, obwohl ihr immer noch alle Muskeln, nach dem Hauruckumzug, wehtaten. „Müssen wir unbedingt Kartons auspacken? Mir fällt die eine oder andere Sache ein, die ich lieber machen würde", schränkte Celia ihre Zustimmung ein. Jaron sah in die leuchtenden Augen Celias und ihm wurde heiß. „Kein schlechter Gedanke“, stimmt er mit rauer Stimme zu. Aber er rief sich zur Ordnung. „Vielleicht hinterher. Zur Belohnung. Wir müssen ja irgendwann mal fertig werden.“

Sie hatten viel Glück bei ihrem Umzug. Zunächst waren sie davon ausgegangen, übergangsweise in einer Wohnung unterzukommen, bevor sie sich eine endgültige Bleibe suchen würden. Aber über das Internet hatten sie in dem kleinen lauschigen Ort Jork ein nettes Haus gefunden. Groß genug, um die für beide noch ungewohnte Situation des Zusammenlebens zu erleichtern, und klein genug, um noch niedlich genannt zu werden. Ein kleiner Garten gehörte ebenfalls dazu, was für sie als Städter eine besondere Verlockung darstellte.

Celia hatte gerade den Arm gehoben, um der Bedienung das Zeichen zum Bezahlen zu geben, da klingelt ihr Handy. „Ja, das bin ich. Wo soll ich hinkommen? Ja, ich weiß, wo Jork ist. Ich wohne seit vier Tagen dort. Gut, dann treffen wir uns da. In einer Viertelstunde, Blütenweg 8.“

Verwundert schaute Jaron Celia an. „Was war das?“ „Na, unverhofft kommt oft. Und die Kartons und die Belohnung müssen wohl erst einmal warten. Der erste Fall! Ein Mädchen ist in Jork, in der Nähe unseres Hauses, zwischen den Obstbäumen verletzt aufgefunden worden. Anscheinend ist sie absichtlich verletzt worden. Der Kollege sprach von Messerstichen.“ Weit weniger entspannt als noch vor wenigen Minuten erhoben sich die beiden, um direkt an der Kasse zu bezahlen. Schweigend verließen sie das Café.

Jaron legte den Arm um Celia: „Wie fühlst du dich? Alles in Ordnung?“ Er war nicht sicher, ob Celia, nach den emotional belasteten letzten Wochen, wieder fit genug war für einen neuen Fall. „Ein bisschen aufgeregt, aber eigentlich ganz gut.“ Celia schmiegte sich an Jaron, um noch ein wenig

Wärme zu spüren. „Aber ich glaube, der Kollege freut sich nicht gerade auf mich. Jedenfalls wirkte er ziemlich ruppig am Telefon – kurz angebunden.“ Jaron lächelte: „Da wirst du dich möglicherweise umstellen müssen. Die Mentalität der Menschen hier im Norden ist nicht vergleichbar mit der Mentalität der Rheinländer. Die Rheinländer sind mit jedem gleich in der ersten Sekunde gut Freund. Dafür kann es dir aber auch passieren, dass sie dich am nächsten Tag nicht mehr kennen. Die Norddeutschen brauchen ein wenig länger, manchmal ein Leben lang, bis sie Fremden gegenüber auftauen.“ Jaron hatte Erfahrung. Trotz seiner jungen Jahre war er viel herumgekommen. Das hatte er der Tatsache zu verdanken, dass sein Vater israelischer Botschafter war. Die letzte Station seines Vaters war Deutschland. Obwohl die Geschichte Deutschlands auch das Leben der Karloffs beeinflusst hatte, gefiel es Jaron in Deutschland so gut, dass er blieb, hier studierte und sich nicht vorstellen konnte, je nach Israel zurückzukehren. Was weit weniger erstaunlich war, wenn man bedachte, dass er nur die wenigste Zeit seines Lebens dort verbracht hatte.

Sie brauchten nur wenige Schritte, um Jarons Auto zu erreichen. Jaron entriegelte den Volvo mit der Fernbedienung, öffnete jedoch für Celia die Tür, um sie einsteigen zu lassen. Vorher drehte er sie noch einmal zu sich herum. Liebevoll griff er ihr in die brünetten, lockigen Haare, die ihr lang und wild um den Kopf standen. „Bist du sicher, dass du schon wieder bereit bist, dich in einen neuen Fall zu stürzen? Solltest du dich nicht vielleicht noch ein paar Tage vertreten lassen?“ Jaron dachte dabei an den letzten Fall, bei dem sie sich kennen und lieben gelernt hatten. Celia hatte er in ernste Lebensgefahr gebracht. Nur dem beherzten Eingreifen ihrer Kölner Kollegen hatte sie ihre körperliche Unversehrtheit zu verdanken.

Aber Celia wollte nichts davon hören: „Jaron, tu mir den

Gefallen und behandele mich nicht wie eine Kranke. Die Geschichte mit Mike ist erledigt. Ich bin mit heiler Haut davongekommen und habe die Liebe meines Lebens gefunden. Was will ich also mehr?“ Jaron schmunzelte. So hatte er sie in Köln kennengelernt: stark und unerschrocken und dennoch mit einer gehörigen Portion Herz ausgestattet. Zärtlich strich er ihr über das Gesicht und küsste sie liebevoll, bevor er zur Fahrerseite ging und einstieg. Dabei wäre er gern mehr als liebevoll gewesen. Celias Angebot hatte ihn erregt.

Celia war in Gedanken jedoch schon nicht mehr bei ihm. Jaron stellte sich auf sie ein, griff das nahe liegende Thema auf. „Was hat dein neuer Kollege dir über den Fall gesagt?“ „Falk Teubert, so heißt mein neuer Kollege, hat nicht viel gesagt. Er wollte wissen, ob ich die Neue und schon im Einsatz bin. Er erklärte mir in groben Zügen, was los ist. Ein kleines Mädchen ist, mit Messerstichen verletzt, zwischen den Kirschbäumen ihres Vaters aufgefunden worden. Die Spurensicherung ist da und noch ein zweiter Kollege. Jetzt habe sie mich dazugerufen.“ „Die waren aber schnell, wenn sie jetzt schon wissen, dass die Verletzungen mit einem Messer verursacht wurden?“ Jaron Karloff war immer skeptisch, wenn ihm Menschen zu schnell mit Urteilen daherkamen. „Ja, fand ich auch komisch. Aber Herr Teubert schien sich sehr sicher zu sein. Wir werden ja sehen. Jedenfalls ist das Kind jetzt in der Klinik und von dort werden wir bald Näheres erfahren.“

Kapitel 3

Da die Fahrt von Buxtehude nach Jork nicht, wie in der Stadt üblich, von irgendwelchen Staus in die Länge gezogen wurde, waren sie in knapp zehn Minuten vor ihrem Haus in Jork, im Blütenweg. Vor dem Haus wartete bereits ein Mann, der sich schnell als der angekündigte Kollege Teubert herausstellte. Zögernd ging er auf Celia und Jaron zu. Man spürte deutlich, dass er nur ungern die Hand zur Begrüßung reichte. „Teubert, Sie sind Frau Dörfer?"

„Ja, bin ich, freut mich, Sie kennen zu lernen. Tut mir leid, dass wir uns gleich bei einem Fall begegnen, ich hatte gedacht, wir treffen uns morgen im Büro und haben Zeit, uns bekannt zu machen. Aber jetzt ist es so. Wir müssen das Beste daraus machen. Darf ich Ihnen meinen Lebenspartner Herrn Karloff vorstellen?" Auch diesmal kam der Handschlag zögernd. Na großartig, dachte Falk, das Traumpaar. Mir bleibt heute aber auch nichts erspart. Gleichzeitig fand er die Worte des Mannes von der Spurensicherung bestätigt. Celia Dörfer war eine mehr als attraktive Frau. Groß, schlank, sportlich, nicht zerbrechlich, lange brünette, lockige Haare, dazu, sehr ungewöhnlich, blaue Augen. Ein wundervoller Kontrast. Und auch Herr Karloff sah ausgesprochen männlich gut aus. Allerdings fand Falk, sah er ein wenig zu hell und blauäugig aus für einen Russen. Jedenfalls hielt er ihn aufgrund seines Namens dafür. „Nun, vielleicht sollten wir dann jetzt mal zu meinem Kollegen an den Tatort gehen. Freundlichkeiten können wir sicher zu einem anderen Zeitpunkt auch noch austauschen." Den Worten war anzumerken, dass er gleich klarstellen wollte, dass er sich keinesfalls einschüchtern lassen wollte. Nicht von einem Vorgesetzten, noch viel weniger von einer vorgesetzten Frau. Dabei galt „vorgesetzt“ in diesem Moment tatsächlich im doppelten Sinne. Selbst wenn er gewollt hätte, wäre er gegen seine Voreingenommenheit nicht angegangen. Aber er war gekränkt und, ohne dass es ihm bisher bewusst geworden war, hatte er sich bereits entschieden, dieser Frau das Leben schwer zu machen.

Celia, die eine solche Situation bereits in Köln erlebt hatte, witterte, woher der Wind wehte. Ihre Augenbraue zuckte kurz nach oben. Sowohl Jaron als auch Falk sahen es. Aber nur Jaron verstand die darin enthaltene Warnung. Er hatte mehrfach miterlebt, wie sich Männer mit ihrer Einschätzung Celias geirrt und damit Schiffbruch erlitten hatten. Und insgeheim musste er bei dem Gedanken daran, wie es Falk ergehen würde, beinahe lächeln. Ob seine israelische Erziehung dazu beitrug oder ob es eine grundsätzliche Einstellung war, wusste er nicht. Was er wusste war, dass er ein Verhalten wie das von Falk Teubert abgrundtief verabscheute. Es war ihm zuwider zu sehen, wie Männer sich aufspielten, als gehöre ihnen die Welt des Berufes und Frauen spielten in ihr nur eine untergeordnete Rolle. Daher konnte er sich nur mit Mühe zu etwas durchringen, was einem Lächeln nahe kam, als er sich verabschiedete. Auch Celia wusste, wie Jaron dachte und zwinkerte ihm beim Abschied zu.

„Ja, Sie haben recht, lassen Sie uns gehen. Sie sagten doch, dass der Fundort des Mädchens hier ganz in der Nähe ist. Auf dem Weg können Sie mich ja dann genau ins Bild setzen. Dazu sind Sie ja bis jetzt nicht gekommen.“ Damit hatte sie zum ersten Mal die Zügel in die Hand genommen, und gedachte auch nicht, sie so schnell wieder abzugeben. Falk war überrumpelt. Er hatte Celia unterschätzt.

„Wenn ich Sie richtig verstanden habe, dann kennen Sie

sowohl das Opfer als auch die Zeugen, die das Mädchen gefunden haben, persönlich." Keine Frage, eine Feststellung, die Celia traf. In Sekunden stellte es eine ihrer hervorragenden Fähigkeiten heraus. Sie konnte nicht nur gut zuhören, sondern das Gesagte in Zusammenhänge bringen. Falk fuhr die Stacheln aus. Er unterstellte, Celia würde ihn wegen Befangenheit abziehen wollen. Genau das durfte jedoch unter keinen Umständen passieren. Denn sein Ziel war es, diesen Fall vor ihr zu lösen. Damit könnte er seine Qualitäten unter Beweis stellen und seiner Karriere einen ordentlichen Auftrieb verleihen. „Ich kenne sie nur, wir sind zusammen aufgewachsen aber wir sind nicht miteinander befreundet. Ich kann im Übrigen sehr gut zwischen privat und Dienst unterscheiden." Anders als du, dachte er bei dem Gedanken an ihren letzten Fall.

„Oh prima, aber darum ging es mir im Grunde weniger. Ich war nur davon ausgegangen, dass Sie unter diesen Umständen sicher einen besseren Zugang zu den Menschen haben. Schließlich ist es nie einfach, Menschen zu vernehmen, wenn ein Kind betroffen ist. Aber wenn Sie die Eltern kennen, gelingt es Ihnen sicher schneller als mir, ein Gespräch herzustellen." Ohne dass Falk es bemerkte, hatte Celia den ersten Volltreffer gelandet. Falk fühlte sich geschmeichelt.

Kapitel 4

Inzwischen waren sie zwischen den Kirschbäumen angelangt. Sie gingen an den Bäumen vorbei, bis sie die Fundstelle des Kindes erreicht hatten. Obwohl es bereits dämmerte, inzwischen war es beinahe 20 Uhr, war die Fundstelle taghell ausgeleuchtet. Die Leute der Spurensicherung versuchten, das Unmögliche wahr zu machen und Spuren zu finden, wo nichts als Matsch zu sehen war. „Na, um Ihre Aufgabe beneide ich Sie jetzt überhaupt nicht." Mit diesen Worten steuerte Celia zielsicher auf den Chef der Spurensicherung zu. „Ich bin die Neue, Celia Dörfer. Und lassen Sie mich raten? Haben Sie möglicherweise etwas mit der Spurensicherung zu tun?"

„Blitzmerkerin, oder? Und ich dachte, ich wäre inkognito hier. Richard Saalmann", stellte er sich ebenfalls vor. „Aber auf den Namen höre ich nicht. Kein Mensch nennt mich so. Nennen Sie mich Richie wie alle anderen hier auch, das passt dann schon." „Sehr freundlich. Dann machen wir Nägel mit Köpfen. Ich bin Celia und du, und ohne Frau." Celia war dankbar, jemanden gefunden zu haben, der sich nicht vorgenommen hatte, ihr das Leben schwer zu machen. Aber um nichts unversucht zu lassen, bot sie auch Falk das Du an. „Nichts für ungut. Aber ich wahre lieber den Abstand zwischen mir und den Vorgesetzten." Celia konnte die Brüskierung beinahe körperlich spüren, wandte sich aber auch an Thorsten Brandt, der gerade zu der Gruppe gestoßen war. Er hatte die letzten Worte seines Kollegen gehört. Er hatte zwar ebenfalls Vorbehalte seiner neuen Chefin gegenüber, spürte aber, dass Falk sich zu weit aus dem Fenster lehnte. Den Weg wollte er nicht mitgehen. „Ich bin erst mal der Letzte aus dieser Riege. Thorsten Brandt, Ihr neuer Untergebener."

„Celia Dörfer, für Sie gilt das gleiche Angebot wie für Ihre Kollegen. Sie dürfen mich duzen, müssen es aber nicht." „Ich nehme gern an. Es macht die Zusammenarbeit leichter." Sie schüttelten sich die Hände. Im Hintergrund versuchte Richie Saalmann Falk ein Zeichen zu geben, sich doch noch anders zu entscheiden. Aber Falk war ein typischer Altländer – dickköpfig, halsstarrig bis zum bitteren Ende, egal ob die Entscheidung richtig oder falsch war. Richie tippte sich an die Stirn. Aber es blieb ihm keine Zeit, sich Gedanken um seinen Kollegen zu machen. Celia nahm den Fall auf. Sie sprach ihn auf die Fakten an.

„Leider kann ich gar nichts sagen. Alles, was wir vorweisen können, ist die mögliche Tatwaffe. Dieses Messer haben wir ein wenig weiter unter einem der Bäume gefunden. Mit mehr Glück als Verstand. Wenn nicht gerade eine Elster versucht hätte, sich kreischend, mit dem blitzenden Ding davonzumachen, hätten wir es in dem Matsch vielleicht überhaupt nicht gefunden. Aber für die Elster war das Glitzerding zu schwer. Deshalb hat sie durch wütendes Geschrei auf sich aufmerksam gemacht." Er zeigte das Fundstück hoch. In der Tat sah das Messer aus der Ferne eher wie ein Spielzeug aus – und nicht wie eine Tatwaffe.

„Bei so viel Verzierung wundert mich das Interesse der Elster nicht. Sind die Steine etwa echt?" Celia hatte so etwas bisher noch nicht gesehen. Richie schüttelte den Kopf. „Ich glaube kaum. Ich bin sicher, es stellt sich schnell heraus, dass es Massenware ist. Von der Sorte, die man bei Zirkusausstattern oder so besorgen kann."

„Überprüf das, bitte." Erste klare Aufgabenverteilung. Sie ging an Thorsten. Daran gab es für Thorsten Brandt nichts zu bemängeln. Ein männlicher Vorgesetzter hätte ebenfalls irgendwann angefangen Aufgaben zu verteilen.

Wieder an Richie gewandt, erkundigte sich Celia nach weiteren Einzelheiten. Aber es gab nichts mehr, als er bereits gesagt hatte. Es gab Fußspuren, als hätten die Amerikaner eine Truppenübung abgehalten, wie Richie sich ausdrückte. Gleichzeitig, so erläuterte er weiter, gab es nichts auch nur annähernd Interessantes. „Okay, du sagtest, das Kind liegt in Stade in der Klinik? Dann fahren wir jetzt dahin. Ich gehe davon aus, dass die Eltern des Mädchens sich ebenfalls dort aufhalten. Vielleicht ist das Mädchen inzwischen vernehmungsfähig! Und wenn nicht, kann uns wenigstens der Vater vielleicht etwas erzählen." Gerade wollte sie sich umdrehen und losgehen, da fiel ihr noch etwas ein. „Hatten Sie nicht erzählt, dass der Vater und ein Freund das Mädchen gefunden haben? Wo ist dieser zweite Mann abgeblieben. Ist er mit ins Krankenhaus?", fragte sie Falk.

„Ist er nicht. Er ist zur Mutter des Kindes gegangen, um sie zu informieren." Falk zog sich in sich zusammen. Ihm war in dem Moment, als Celia die Frage formulierte, klar geworden, dass er einen Fehler begangen hatte. Er hätte Rolf nicht gehen lassen dürfen. Schließlich war er einer der ersten am Tatort und musste noch befragt werden. Aber auch in dem Fall wollte er sich nicht einschüchtern lassen und trat die Flucht nach vorn an. „Rolf Mathies ist der beste Freund des Vaters und keinesfalls verdächtig. Deshalb habe ich davon abgesehen, ihm jemanden an die Seite zu stellen. Ich bin sicher, er ist jetzt zuhause und wartet darauf, uns bei der Aufklärung des Falles zu helfen."

Richie und auch Thorsten schüttelten sich innerlich über so viel Unvernunft. Gleichzeitig mussten sie den kühlen und klaren Kopf Celias bewundern. „Normalerweise entscheidet man nicht zu einem so frühen Zeitpunkt, wer verdächtig ist und wer nicht. Sicher kennen Sie Herrn Mathies besser als wir anderen hier und deshalb will ich das jetzt mal einfach so im Raum stehen lassen. Aber in Zukunft gehen wir nicht nach Bekanntheitsgrad, sondern nach ermittlungsrelevanten Gesichtspunkten vor, einverstanden?“ Falk hatte keine andere Wahl als zu nicken. Dennoch gelang es ihm nur mit äußerster Willensanstrengung.

„Nachdem wir das geklärt haben, können wir jetzt ins Krankenhaus fahren. Du hast sicher das Auto hier in der Nähe?“ Thorsten nickte. „Dann fährst du Herrn Teubert und mich zu meinem Auto, und fährst mit dem Dienstwagen weiter und kümmerst dich um die Herkunft des Messers.“

Kapitel 5

Selten hatte Celia eine so unangenehme Autofahrt erlebt wie die zum Elbeklinikum in Stade. Falk Teubert hatte sich konstant geweigert, auf irgendein Thema einzugehen. Er hatte jeden Gesprächsversuch Celias mit knappen und deutlich distanzierten Antworten im Keim erstickt. Celia ließ sich nichts von ihrem Ärger anmerken. Das reizte Falk nur noch mehr. Celia bot ihm jedoch keinerlei Angriffsfläche. Unzufrieden erreichten sie ihr Ziel.

Die Auskunft der Ärzte über das Befinden des Mädchens brachte etwas Freude in die trübe Stimmung. Trotz ihrer schweren Schnittverletzungen waren keine inneren Organe betroffen, schwebte das Kind nicht in Lebensgefahr. Dennoch hatten die Ärzte das Mädchen in ein künstliches Koma versetzt. Die Schnittwunden waren zu zahlreich und tief. Zu viel Bewegung hätte den Heilungsprozess beeinträchtigt. Durch das Koma wurde das Mädchen ruhig gehalten, und die Wunden hatten Zeit zu verheilen. Die Ärzte hatten keinerlei sexuelle Übergriffe feststellen können. Den Eltern war die Erleichterung über den glimpflichen Verlauf deutlich anzumerken. Umso verwunderter war Celia, als sie merkte wie die Mutter, Katrin Dammann, auf Falk Teuberts Fragen reagierte. „Ich habe keine Ahnung, wer das gewesen sein könnte", so der Grundtenor ihrer Aussage. Ungewöhnlicher noch als diese Aussage war das Verhalten der Eheleute zueinander. Immer wieder gewahrte Celia wütende Blicke. Katrin Dammann schien ihrem Mann wenig zugetan. Dass dieser nicht darauf reagierte, gleichzeitig die Worte seiner Frau jedoch unterstrich, machte es auch nicht besser. „Marlin ist ein fröhliches und freundliches Kind. Sehr beliebt bei den Klassenkameraden, den Lehrern und überhaupt. Kein Mensch käme auf die Idee, ihr etwas anzutun." Celia war nachhaltig irritiert. Das Ehepaar machte ansonsten auf sie einen durchaus sympathischen Eindruck. Als sie sich nebenbei danach erkundigte, bei welcher Gelegenheit sich Kurt Dammann das blaue Auge zugezogen hatte, lockte auch das keinen der beiden aus der Reserve. „Ein kleiner Unfall zwischen den Obstbäumen", lautete die laue Erklärung. Celia erklärte sich das ungewöhnliche Verhalten der Dammanns mit dem Schock und verlegte weitere Befragungen auf den nächsten Tag. Auch sie selbst fühlte sich erschöpft und nicht mehr ganz frisch. Sie verabschiedeten sich. Der Rückweg nach Jork verlief schweigsam, zwischen Kommissar und Hauptkommissarin. Sie entließ Falk vor seiner Haustüre. Gegen ein Gefühl der Erleichterung konnte sie sich nicht wehren.

Mit einem tiefen Seufzer schloss sie kurz darauf die eigene Haustür auf und legte sich einen Moment dagegen. Als Jaron sie leise ansprach, erschrak sie heftig. Sie hatte ihn bereits im Bett vermutet. Eigentlich hätte sie es besser wissen müssen. Schon mehrmals hatte er ihr bewiesen, wie sehr er tatsächlich an ihr interessiert war. Er hatte nicht nur auf sie gewartet. Er hatte sogar gekocht. „Tut mir leid, aber unsere Vorräte sind noch nicht so üppig, dass es für eine große Mahlzeit gereicht hätte. Du musst dich mit schlichten Spaghetti zufriedengeben. Aber immerhin haben wir guten Rotwein und wunderschöne rote Rosen aus unserem eigenen Garten."

Jaron hatte den Tisch liebevoll gedeckt. Ein tiefes Gefühl der Zufriedenheit durchfuhr Celia, und sie belohnte Jaron für seine Mühe mit einem dankbaren Kuss. Er nahm sie in seine Arme. Sofort machte sich Entspannung in ihr breit. So war es von Anfang an. Zunächst hatte er sie in die Arme genommen, um sie zu trösten. Damals in Köln, in ihrem größten Kummer mit ihrem Freund. Zunächst hielt sie es noch für bloße Freundschaft. Doch sie waren ein Liebespaar geworden.

„Komm, setz dich. Wie war der erste Einsatz im Feindesland?" „Genauso", stöhnte Celia bei dem Gedanken an ihren Kollegen Falk Teubert. „Na, das ist ja ein wirklich nettes Exemplar von Mann. Beinahe habe ich es mir gedacht. Als er hier vor der Tür stand, machte er schon nicht den besten Eindruck. Aber ich hätte mich ja auch täuschen können. Ich war schon kurz davor, mich als sein neuer Staatsanwalt vorzustellen. Aber ich dachte mir, das würde deinen Einstand nicht eben verbessern." „Schlimmer hätte es dadurch auch nicht werden können. Allerdings ist der Chef der Spurensicherung ein netter Typ. Richard Saalmann hat mir gleich das Du angeboten und deutlich zu verstehen gegeben, dass er auf meiner Seite ist. Bei dem anderen Kollegen, Thorsten Brandt, bin ich mir noch nicht ganz sicher. Egal. Mit den Jungs in Köln bin ich nachher auch gut klargekommen und heute sind wir sogar dicke Freunde. Was mir viel mehr Gedanken macht, ist das Verhalten der Eltern des Mädchens. Sie verhalten sich merkwürdig. Fast so, als wären sie gar nicht daran interessiert, denjenigen zu finden, der ihrer Tochter das angetan hat. Komisch! Die Frau ist ein wenig zugänglicher. Aber der Mann ist hart wie Stahl." Jaron hörte kommentarlos zu. „Morgen früh werde ich mit dem anderen Mann reden, der beim Auffinden des Mädchens ebenfalls anwesend war. Teubert hat ihn gehen lassen, weil er ihn für nicht verdächtig hielt. Er sei schließlich der beste Freund des Vaters, und er, Teubert, kenne ihn auch schon seit seiner Kindheit."

Jaron stutzte. Celia, die seine Reaktion bemerkte, reagierte sofort: „Ich weiß, dafür hätte ich ihn anscheißen können. Wollte ich aber nicht. Habe ihm bewusst diese Situation durchgehen lassen und ihn für die Zukunft eingenordet. Ich denke, er hat es verstanden. Und morgen mache ich mir selbst ein Bild von dem guten Freund. Mal schauen, was er mir zu sagen hat, und ob er genauso schweigsam ist wie die Eltern."

Wein und Essen, romantisches Licht, frisch verliebt. Der Abend fand für Celia einen versöhnlichen Ausklang. Und sie kam doch noch zu der Belohnung, die sie sich am Nachmittag so sehr gewünscht hatte.

Kapitel 6

Das Buxtehuder Polizeipräsidium unterschied sich lediglich durch seine Größe vom Kölner Präsidium. An Hässlichkeit konnten sie es ohne Probleme miteinander aufnehmen. Typische Beamtenbehausung: trübe, gräulich, eintönig. Celia hatte ihren Tag bereits früh begonnen. Gestärkt durch den gemeinsamen Abend mit Jaron, fühlte sie sich den heutigen Anforderungen gewachsen. Sie wollte ihr neues Büro in Augenschein nehmen, bevor die Kollegen ins Büro kamen. Das war ihr geglückt. Die frühe Morgenstunde machte den Anblick nicht versöhnlicher. Gelbe Wände, braune Möbel. An manchen Stellen war die Wand heller als an anderen. Deutliches Zeichen dafür, dass ihr Vorgänger Bilder entfernt hatte, die das Büro geziert haben mochten. Nichts Persönliches erinnerte an den Vorgänger. Also begann Celia dem Büro ihren eigenen Stempel aufzudrücken. Ein paar Pflanzen, die sie aus Köln mitgebracht hatte, sollten fortan auch hier ein wenig Heimeligkeit verbreiten. Auf persönliche Bilder hatte sie verzichtet. Bei der beruflichen Konstellation bot es sich nicht eben an, das Konterfei ihres Lebensgefährten auf den Schreibtisch zu stellen. Dafür gab es ein paar Abschiedsgeschenke von ihren Kollegen aus Köln. Mit ein wenig Wehmut hängte sie eine große Kohlezeichnung des Kölner Doms auf. Die Kaffeemaschine nahm gerade ihre Arbeit auf, da hörte sie im Vorzimmer die Tür. Anders als befürchtet, handelte es sich nicht um den missmutigen Kollegen Falk. „Richie, stimmt doch? Was treibt dich so früh schon in die heiligen Hallen?“, begrüßte sie den Mann der Spurensicherung.

„Das gleiche könnte ich auch fragen. Obwohl …“, er blickte sich im Büro um, „Du hast dich häuslich eingerichtet. Ansonsten kann man es hier auch kaum aushalten. Aber so ist es gleich viel hübscher.“ „Danke für die Blumen, Herr Kollege. Und danke, dass du mich gestern so freundlich aufgenommen hast.“

„Keine Ursache. Falk musst du nicht so ernst nehmen. Der ist ein bisschen angesäuert, weil er sich übergangen fühlt. Heimlich hatte er sich wohl den Job erhofft. Aber der kriegt sich auch wieder ein. Keine Sorge.“

„Das will ich hoffen. Sonst wird die Zusammenarbeit ziemlich unangenehm. Aber du bist doch sicher nicht zu einem Plausch vorbeigekommen?“

„Leider mehr oder weniger doch. Es gibt nichts Verwertbares vom Tatort. Das Messer ist alles, was wir gefunden haben. Aber darauf waren natürlich keine Fingerabdrücke oder genetischen Spuren, nichts, was uns auch nur im Entferntesten weiterhelfen würde. Und die vielen Fußspuren, die wir gesichert haben? Bevor wir da die des Angreifers rausgefiltert haben …, keine Chance. Habt ihr mit der Kleinen reden können?“

„Auch Fehlanzeige. Die Ärzte haben sie in ein künstliches Koma versetzt, damit die Wunden nicht durch ständige Bewegung immer wieder aufreißen. Aber immerhin haben wir erfahren, dass das Mädchen überleben und keine körperlich Schäden davon tragen wird. Vergewaltigt wurde sie, Gott sei Dank, auch nicht. Aber zur Aufklärung des Falls trägt das ebenso wenig bei wie die Reaktionen der Eltern. Die waren ganz komisch, fand ich. Bei beiden hatte ich das Gefühl, die wissen was und keiner sagt was. Dabei machte die Frau den Eindruck, als hätte ihr Mann ihr aufgetragen, den Mund zu halten. Kennst du die Familie auch?“

Damit konnte Richie nicht dienen. Obwohl er nun seit

ungefähr drei Jahren im Alten Land wohnte, hatte er wenig Kontakt zu den alteingesessenen Bauern. Seine Kontakte beschränkten sich darauf, sein Obst regelmäßig bei den Bauern zu beziehen. Doch auch da gab es keine feste Bezugsadresse.

Thorsten Brandt, der während des Gesprächs eingetroffen war, konnte ebenfalls nicht mit persönlichen Kontakten zu der Familie des Opfers aufwarten. Über die Reaktion der Eltern war er so erstaunt wie Celia und Richie. Im Gespräch mit seiner Freundin waren sie sich einig, dass es kaum etwas Schlimmeres für Eltern geben konnte, als sein Kind durch eine andere Person verletzt zu sehen. Er schüttelte ungläubig den Kopf. Celia griff das Thema noch einmal auf: „Vielleicht täusche ich mich auch einfach. Vielleicht waren die beiden noch so geschockt, dass sie keinen klaren Gedanken fassen konnten. Jedenfalls würde ich mich jetzt gleich gern mit dem anderen, wie hieß er noch, ach ja, Rolf Mathies, unterhalten. Und ich denke, danach können wir noch einmal mit Marlins Eltern reden."

Richie verabschiedete sich und zog sich in seine Laborräume zurück. Celia blieb mit Thorsten allein. Falk war noch nicht erschienen. „Was hast du gestern wegen des Messers erreicht? Konntest du etwas in Erfahrung bringen?" Thorsten Brandt lächelte ironisch: „Jawohl, konnte ich. Ich bezweifle aber, dass es dir gefällt. Unser guter Richie hatte nämlich recht. Das Ding ist die Superbillig-Marke. Gibt es in fast jedem Türkenladen zu kaufen. Kitsch. Mörderischer Kitsch", fügte er viel sagend hinzu. „Das heißt, die Chancen festzustellen, woher das Ding stammt, oder gar, wer es gekauft hat, stehen schlecht?" Kollege Brandt nickte und zuckte die Achseln. Derweil schaute Celia auf die Uhr. „Gut, wenn der Kollege noch nicht hier ist, dann fahren wir beide jetzt zu Herrn Mathies. Ruf deinen Kollegen an, und bestell ihn gleich dorthin."

Kapitel 7

Obwohl es ein gewöhnlicher Arbeitstag war, dauerte die Fahrt von Buxtehude nach Jork nicht länger als gestern in den Abendstunden. Nach knappen zehn Minuten hatten sie den Hof der Familie Mathies erreicht. Da das Wetter sich entschieden hatte, nun doch ein wenig sommerlicher zu werden, konnte Celia im Sonnenlicht ein wunderschönes großes Bauernhaus im Fachwerkstil bewundern. Es war das Haus der Familie Mathies. Unverkennbar ein Haus mit Geschichte. Es gab mehrere Nebengebäude, alte Scheunen und Ställe, im Hintergrund ein riesengroßes, grünes und unpassend modernes Obstlager. Gerade vor ein paar Tagen hatte Celia gelernt, dass diese Hallen das Neuste auf dem Gebiet der Lagerung waren. Hier konnte man Äpfel ein ganzes Jahr lagern. In ihnen entzog man den Äpfeln den Sauerstoff und stoppte auf diese Weise den Reifeprozess. So konnte man noch neun Monate nach der Ernte einen Apfel essen, der genauso aussah und auch schmeckte wie frisch gepflückt. Es ermöglichte den Bauern, die Ernte kontrolliert auf den Markt zu bringen. Niedrigpreise zu Überflusszeiten konnten so umgangen werden. Die Bauern verdienten weit über die eigentliche Saison hinaus an der Ernte. Die Erklärung machte die Lagerhallen nicht schöner.

Celia und Thorsten stiegen aus dem Auto und gingen auf das Haus zu. Dann blieben sie abrupt stehen. Durch ein geöffnetes Fenster des Hauses war ein heftiger Streit zu hören.

„Hör zu, Rolf, ich kann dir nur raten, deinen Türken so schnell wie möglich zu finden und dafür zu sorgen, dass er verschwindet. Das hattest du mir eigentlich schon versprochen, als er mich angegangen ist. Wenn ich ihn vor dir finde, ist er dran."

„Beruhig dich doch endlich. Ich finde ihn. Ich hab geglaubt meine Standpauke hätte gelangt. Aber ich werde ihn …" „Hör auf mit deinem blöden Gerede. Mach endlich was. Das kann doch nur er gewesen sein. Der hat doch auch bei mir … "

Weiter kam Kurt Dammann nicht mit seiner wütenden Unterbrechung. Alle schraken gemeinsam zusammen. Auch Celia und Thorsten, die dem Gespräch sehr interessiert gelauscht hatten. „Tut mir leid, dass ich erst jetzt komme", polterte Falk lauthals in die Runde. Auch die Männer im Haus vernahmen die Worte laut und deutlich. „Wollen wir reingehen? Ihr hättet aber nicht auf mich zu warten brauchen." Celia strafte den Beamten mit einem wütenden Blick. Gleichzeitig erkannte sie, dass der Mann erreicht hatte, was er bezweckte. Das wütende Gespräch im Haus war verstummt.

Celia Dörfer ließ sich ihre eigentlichen Gefühle nicht anmerken. Demonstrativ schaute sie stattdessen auf ihre Uhr. „Hat mein Vorgänger neue Arbeitszeiten eingeführt, von denen ich wissen sollte?" Lässig zuckte Falk Teubert die Schultern und tat, als hätte er darauf nichts zu sagen. Er steuerte auf das Haus zu.

„Herr Teubert? Warten Sie einen kleinen Moment. Für Sie habe ich eine andere Aufgabe. Fahren Sie bitte ins Präsidium und lassen Sie sich dort von einem Kollegen zur Fahrbereitschaft bringen! Mein Dienstwagen kann abgeholt werden. Übernehmen Sie das bitte. Es reicht, wenn Herr Brandt und ich hier reingehen. Wir müssen nicht zu dritt sein." Falk kochte vor Wut über die Degradierung. Dennoch zuckte er, äußerlich scheinbar gelassen, mit den Schultern.

„Ich glaube, wir können jetzt klingeln. Die wissen ja nun,

dass wir da sind.“ Thorsten Brandt bemerkte, wie er mehr und mehr Sympathien für seine neue Chefin empfand. So sehr er gestern noch auf der Seite seines Kollegen gestanden hatte, so unklug und dumm fand er sein Verhalten heute. Das Verhalten seiner Chefin imponierte ihm dagegen. Bisher hatte sie jede provozierte Situation bravourös gemeistert. Es wunderte ihn nicht mehr, dass man die Stelle mit ihr besetzt hatte.

Sie wurden erwartet. Noch ehe der Klingelton verklungen war, öffnete sich bereits die Tür. Im Innern herrschte, wie außen, der Stil der Altländer Bauernhäuser vor. Alte Truhen und Büffets, alte Spiegel und Bilder mit Frauen in Altländer Trachtenkleidern zierten die große Diele des Bauernhauses. Celia war beeindruckt. Ihr blieb jedoch wenig Zeit des Genusses. Rolf Mathies, der ihnen die Tür geöffnet hatte, stellte sich ihnen in den Weg. Es war offensichtlich, dass er nicht gewillt war, sie ins Haus zu lassen. Celia wählte die offizielle Form. „Kriminalhauptkommissarin Dörfer. Sie sind Herr Mathies?“ „Ja, das bin ich. Um was geht es?“ Er stellte sich dumm. „Herr Mathies, ich denke wir sollten die Spielchen lassen. Sie wissen, dass wir wegen des Überfalls auf Marlin hier sind. Und Sie wissen ebenso gut, dass wir Ihre Auseinandersetzung vorhin mitbekommen haben. Warum lassen Sie uns nicht rein und wir reden Klartext.“

„Sie können gern hereinkommen. Und ich rede auch gern mit Ihnen über die arme Marlin. Ich will schließlich auch, dass das Schwein, das ihr das angetan hat, so schnell wie möglich gefunden wird. Aber was meinen Sie mit Auseinandersetzung?“

„Herr Brandt, mein Kollege und ich haben eben vor der Tür ein Gespräch mitbekommen. Dabei ging es darum, dass, wie Sie es jetzt so treffend formuliert haben, jemand gefunden werden soll, der bereits einmal jemanden angegriffen hat. Und dieser jemand war, wenn mich nicht alles täuscht, Marlins Vater. Gibt es einen Zusammenhang zwischen den beiden Situationen?" „Ich weiß nicht, wovon Sie reden. Wie Sie sehen, ist hier niemand. Und ich habe mich auch mit niemandem gestritten."

Celia änderte ihr Vorgehen. „Okay, können wir uns irgendwo hinsetzen oder sollen wir uns weiter im Stehen unterhalten?" Thorsten Brandt wippte, sichtbar ungehalten, mit dem Fuß. „Nein, kommen Sie. Am besten gehen wir in die Küche. Dort ist es immer noch am gemütlichsten, finde ich. Kaffee, Tee?" Weder Thorsten Brandt noch Celia mochten beim Anblick der Küche etwas trinken. Mathies blieb nichts übrig, als sich zu ihnen zu setzen. Die Küche war alles andere als gemütlich. Eher wies sie einen Grad der Unordnung auf, der an Verwahrlosung grenzte. Es konnte nur einen Grund dafür geben, dass Rolf Mathies sie freiwillig in diese Küche geführt hatte. Thorsten Brandt schien den gleichen Gedanken zu hegen. Auf Anhieb verstand er das versteckte Zeichen, das Celia ihm mit den Augen gab. „Es tut mir sehr leid, Herr Mathies, aber ich müsste einmal Ihr stilles Örtchen besuchen. Wo finde ich das?"

Mit deutlichem Widerstreben wies Mathies dem Polizisten den Weg. An Celia lag es nun, den Hausherrn möglichst lange aufzuhalten. Das gestaltete sich schwieriger als gedacht. Rolf Mathies wollte oder konnte kaum sachdienliche Hinweise liefern. „Ich weiß eigentlich überhaupt nichts. Nur, dass wir das Mädchen gemeinsam gefunden haben. Kurt und ich. Dann habe ich den Notarzt und die Polizei gerufen. Dann habe ich Katrin, also Frau Dammann, die schlechten Nachrichten überbracht. Das hat sie mich auch spüren lassen. Wie den sprichwörtlichen Überbringer der schlechten Nachrichten, der geköpft wird, so hat sie mich behandelt. Aber was soll es. Sie stand unter Schock, nehme ich mal an. Und in einer solchen Situation, hält man vielleicht nicht mehr so viel auf gute Manieren."

Celia registrierte diese Bemerkung. Und hoffte inständig, dass ihr Kollege bald wieder auftauchen würde. Rolf Mathies machte nicht den Eindruck, als würde er sich noch lange unterhalten wollen. Gerade war er im Begriff sich zu erheben, da öffnete sich die Küchentür. Leider, so fand Celia, kam ihr Kollege allein. Er zuckte entschuldigend die Schultern. „Herr Mathies, ist Ihnen vorher nicht irgendetwas aufgefallen, als Sie in Ihrem Hof unterwegs waren? Waren Sie die ganze Zeit allein? Kam Ihnen jemand entgegen, den Sie nicht kannten? Sahen Sie jemanden weggehen? Haben Sie einen Schrei gehört?" Bei jeder Frage schüttelte der Obstbauer den Kopf. Er machte sich nicht mal die Mühe zu antworten. Celia beendete das unergiebige Gespräch. „Gut, das wäre es fürs Erste. Aber wir werden uns sicher noch einmal sprechen." Sie verabschiedeten sich voneinander.

Zurück im Auto, ließ Thorsten Brandt seinen Gefühlen freien Lauf. „Das ist doch unglaublich. Der lügt wie gedruckt. Natürlich hatte der einen Streit. Und zwar lautstark. Der versucht, uns für dumm zu verkaufen. Warum Falk sich so dämlich angestellt hat, werde ich wohl nie begreifen. Aber im Haus war keiner mehr. Ich habe zwar nicht in den oberen Räumen nachgeschaut. Aber ich habe eine zweite Außentür gefunden. Ich bin sicher, die hat der Dammann genommen. Wir sollten sofort mit ihm reden." Nachdenklich stimmte Celia ihrem Kollegen zu. Bewusst enthielt sie sich jeden Kommentars zu der Situation, die Falk Teubert provoziert hatte. Weit mehr Gedanken machte sie sich über das ungewöhnliche Verhalten der Eltern des verletzten Kindes. Auch ohne selbst Mutter zu sein, hatte sie als Kripobeamtin genug Mütter in Sorge um ihr Kind erlebt, um das Verhalten der Dammanns als sonderbar zu empfinden. „Warum fährst du nicht los?" Celia wartete darauf, dass Thorsten Brandt endlich losfuhr. „Die Dammanns wohnen gleich nebenan. Da wollen wir doch sicher nicht mit dem Auto hinfahren, oder?“

Der Nachbarhof der Familie Dammann war alt. Dennoch wirkte er gepflegter als der Hof, den sie gerade verlassen hatten. Man erkannte auf den ersten Blick, dass er für Gäste zurechtgemacht war. Er sollte Touristen bereits an der Straße anlocken. Ein großes Schild wies auf den Hofladen hin.

Celia und Thorsten klingelten an der Haustür. Sie wurde kurz darauf von Katrin Dammann geöffnet. Man konnte ihrem Gesicht noch die Tränen ansehen. An der Attraktivität der Frau konnte man dennoch nicht vorbeisehen. Ein wenig kleiner als Celia und sogar noch ein bisschen schmaler, konnte man sie durchaus als zart bezeichnen. Aber bei Katrin Dammann täuschte der Schein. Sie war eine zähe Frau. Ihr blondes, langes Haar trug sie häufig zu einem Zopf gebunden. Wer sie nicht kannte, hätte in ihr niemals eine Mutter von drei Kindern, im Alter zwischen neun und dreizehn Jahren, vermutet.

Celias Instinkt sagte ihr, dass die Tränen der Frau nicht allein dem Überfall auf ihre Tochter galten. Der gleiche Instinkt sagte ihr, dass sie ihr den Grund der Tränen nicht freiwillig auf die Nase binden würde.

„Hallo, Frau Dammann, können Sie sich noch an mich erinnern? Gestern ging das ja alles recht schnell und Sie waren sicher auch sehr durcheinander. Ich bin Celia Dörfer, die leitende Kripobeamtin im Fall Ihrer Tochter. Wie geht es Marlin?“

„Ich kann mich natürlich an Sie erinnern. Sie waren gestern noch im Krankenhaus. Kommen Sie doch rein“, lud Katrin Dammann die Beamten ins Haus.

Celia stellte ihren Kollegen Thorsten vor. Diesmal wurden die beiden in die Stube geführt. Mit einer Handbewegung forderte Katrin Dammann zum Platz nehmen auf. Obwohl der Kamin nicht an war, wählte Celia einen Sessel in seiner Nähe.

„Sie haben eben an der Tür gefragt, wie es unserer Tochter geht. Nun, es geht ihr den Umständen entsprechend gut.“ Sie schüttelte den Kopf. „Was für eine selten bescheuerte Formulierung. Die Ärzte halten Marlin immer noch im künstlichen Koma. Wir wissen also nicht, wie sie sich fühlt. Aber die Ärzte sagen, wenn die Wunden bis heute nachmittag weiter so gut verheilen, wollen sie Marlin zurückholen. Da sie noch jung ist, verheilen die Wunden gut und schnell. Gott sei Dank.“

„Erzählen Sie uns doch bitte, was Sie über die Situation wissen. Wir konnten bisher noch nicht mit Ihrem Mann reden. Er ist auch nicht hier, oder?“

„Nein, er ist im Krankenhaus. Wir wechseln uns ab. Einer ist hier auf dem Hof. Und der andere ist in der Klinik bei Marlin. Wir können Hof und Kinder ja nicht sich selbst überlassen.“ Katrin Dammann erzählte bereitwillig von ihren Kindern. Es gab eine weitere Tochter und einen Sohn. Lena war elf, ihr Bruder Lennart gerade zehn Jahre alt. „Das war eigentlich gar nicht so geplant. Ursprünglich wollten wir immer zwei Kinder. Aber nach Marlin passierte erst mal gar nichts mehr. Deshalb ist sie auch schon 13. Na ja, und dann haben wir nach Lena nicht so sehr aufgepasst. Und bevor ich mich richtig umgesehen hatte, war ich schon wieder schwanger. Dabei hätte gerade ich, als Hebamme, Bescheid wissen müssen.“ Sie lachte über sich selbst. Eine sehr sympathische Geste. „ Nach der Geburt von Marlin habe ich mich entschieden, hier zu Hause zu bleiben und mit meinem Mann gemeinsam etwas aufzubauen. Kurts Eltern waren schon recht alt und hätten Marlin nicht betreuen können. Und als Hebamme hat man ja selten geregelte Arbeitszeiten. Außerdem hat es mir Spaß gemacht etwas aufzubauen. Ich habe den Hofladen selbst entworfen und nach und nach zu dem gemacht, was er heute ist."

„Vielleicht können wir ihn uns gleich noch einmal ansehen? Aber nun noch einmal zur Tat. Was wissen Sie darüber?"

„Eigentlich gar nichts. Nur das, was mein Mann und Rolf, also Herr Mathies, mir erzählt haben. Die beiden haben sich gestern Abend zufällig bei den Kirschen getroffen. Und mit einem Mal hat Rolf Kurt auf etwas unter den Bäumen aufmerksam gemacht. Und da lag dann unsere Tochter."

„Ist ihre Tochter oft allein zwischen den Bäumen unterwegs?"

„Ja klar, die gehören uns doch. Das ist im Grunde ihr Zuhause. Und Marlin interessiert sich schon für den Hof und das Obst, das wir anbauen. Gerade in letzter Zeit ist sie oft losgegangen, um nach den Kirschen zu sehen." Laut der Mutter hatten weder das Mädchen, noch sie, die Eltern, Feinde. Sie waren nicht politisch. Im Ort hielten sie sich zurück, lebten ihr Leben, ohne anderen auf die Füße zu treten. Ansonsten beteiligten sie sich bei der freiwilligen Feuerwehr, die es hier immer noch gab. Ein Motiv für die Tat konnte Katrin Dammann nicht erkennen. Dabei war unverkennbar, dass die Frau bei der Frage nach dem Motiv unruhig wurde. Und als Celia ihr die vorhin bei Rolf Mathies erlebte Situation schilderte, wurde sie so abweisend und verschlossen wie am Vortag.

„Das kann überhaupt nicht mein Mann gewesen sein. Er ist bei Marlin in der Klinik. Sie müssen etwas falsch verstanden haben. Oder haben Sie ihn vielleicht gesehen?"

Die Antwort der Beamten erleichterte Katrin Dammann keineswegs. Man sah ihr an, dass sie sich nicht wohl in ihrer Haut fühlte. Celia nutzte dieses Gefühl. „Frau Dammann, es ist vielleicht wichtig. Woher hat Ihr Mann sein blaues Auge? Was ist hier los? Ihre Tochter ist schwer verletzt worden. Und im Grunde hat sie Glück, dass sie überhaupt noch lebt, und Sie machen hier komische Spielchen." Ungläubig blickte sie Katrin Dammann an. Marlins Mutter war in der Tat weniger hart gesotten, als sie die Kripobeamten zunächst hatte glauben machen wollen. Zumindest war sie bereit einzulenken.

„Hören Sie zu, ich kann Ihnen dazu nichts sagen. Das müssen Sie mit meinem Mann besprechen. Ehrlich, es geht nicht. Und es hat wirklich nichts damit zu tun, dass ich meine Tochter nicht lieben würde oder die Situation mich kalt lassen würde. Im Gegenteil, es ist einfach schrecklich. Aber glauben Sie mir, ich kann Ihnen nichts sagen."

Celia war bereit, die Aussage zunächst zu akzeptieren. „Was ist eigentlich mit Frau Mathies? Gibt es eine?" Katrin Dammann verschloss sich erneut: „Doch ja, die gibt es. Aber sie ist nicht auf dem Hof. Sie arbeitet hier in Jork, bei der Bank. Aber was hat die mit der Sache zu tun? Die war doch gar nicht dabei, als Rolf und Kurt Marlin gefunden haben." Der Ton war abweisend. „Können Sie Frau Mathies nicht leiden? Oder beide nicht? Immer wenn der Name Mathies fällt, gehen Sie in die Defensive." Katrin Dammann schüttelte heftig den Kopf. „Absolut nicht. Im Gegenteil, wir sind sehr gut befreundet. Können Sie hier jeden fragen. Trude ist sogar Patentante unseres Sohnes. Und Rolf ist mit Kurt in die Schule gegangen. Und seitdem sind die beiden immer befreundet gewesen. Sie bilden sich da etwas ein." Celia beließ es auch diesmal dabei. Allerdings in dem sicheren Gefühl, dass Katrin Dammann ihnen etwas vorspielte. Selbst wenn die Familien einmal miteinander befreundet waren, jetzt waren sie es nicht mehr.

Kapitel 8

Hallo, jemand da?" Thorsten Brandt war in seinen Gedanken weit weg und denen seiner Chefin seit geraumer Zeit nicht mehr gefolgt. Celia übersah nachsichtig die aufsteigende Röte seines Gesichts.

„Wo warst du denn?" Thorsten winkte ab. „Nicht so wichtig!"

Die beiden Beamten saßen, nach wie vor im Auto, vor dem Haus der Familie Dammann. Celia hatte ihn auf ihr weiteres Vorgehen angesprochen. Ab da waren Thorsten Brands Gedanken eigene Wege gegangen. Er hatte sich eingestehen müssen, dass ihm seine neue Chefin gefiel. Dabei spielte ihre äußerliche Attraktivität für ihn nur eine untergeordnete Rolle. Ihm ging es um ihre berufliche Qualifikation. Das brachte ihn in ein moralisches Dilemma. Falk Teubert rechnete fest mit ihm als Verbündeten gegen die neue Chefin. Obwohl er seinen Kollegen nicht vor den Kopf stoßen wollte, stand er nicht mehr hinter der Abneigung, die er bis gestern noch gegen sie verspürt hatte. Celia Dörfer machte einen guten Job und war zudem eine sympathische Frau. Nicht überheblich, nicht weibisch oder zänkisch und schon gar nicht unsicher. Der junge Beamte stotterte eine Entschuldigung und fühlte sich noch mieser.

„Also", Celia wiederholte die Frage wie selbstverständlich, „was hältst du davon, wenn wir einmal mit Frau Mathies sprechen? Hier stinkt doch was zum Himmel. Da wird ein Kind überfallen und keiner will mit uns reden. Das hat doch nichts mit der Altländer Mentalität zu tun?"

Thorsten, dankbar, dass Celia sich nicht lustig über ihn

machte, konzentrierte sich. „Weißt du, wie die sich verhalten?“, wollte Celia von Thorsten wissen. Der musste jedoch passen. Ihm fiel dazu keine Erklärung ein. „Die verhalten sich, als wüssten sie genau, wer der Täter ist und müssten ihn dennoch schützen. Aber das ist doch Irrsinn. Das eigene Kind wird überfallen und die schützen den Täter?“

„Celia, das ist doch Quatsch! Das würde eine Mutter niemals tun.“

„Stimmt, sie scheint auch die Schwachstelle in der Riege zu sein. Leider hat sie einen Rückzieher gemacht und uns an ihren Mann verwiesen. Das hast du ja gehört.“

„Dann muss ihr Mann auch mit drin stecken?“

„Nein, soweit würde ich nicht gehen. Aber seine Worte könnte man immerhin so verstehen, dass er ahnt, wer es war, und dass er sich selbst auf die Suche macht, wenn Rolf Mathies es nicht für ihn tut.“

„Das bedeutet aber, dass Rolf Mathies mit drin steckt, oder liege ich da auch falsch?“

„Es hört sich zumindest so an. Aber falsch oder richtig kann man sowieso nicht sagen. Das sind ja nur Hypothesen, Vermutungen.“

Celia griff zum Handy und erfuhr durch die Stationsschwester des Krankenhauses, dass Marlin nach wie vor im Koma lag. Der Vater wachte neben ihrem Bett. Die Auskunft beruhigte Celia.

Kapitel 9

Dieses Bankgebäude ist ja eine Beleidigung Jorks." Celia empörte sich zu Recht über den unförmigen Klotz in dem ansonsten romantischen Ort. Eckig, mit viel Beton, hatte es keinen Bezug zu den Bauernhöfen im Fachwerkstil.

Thorsten Brandt musste lachen. „Das ist schon hässlich. Bei der Bebauungsplanung sind unsere Politiker in der Gemeinde manchmal mit Blindheit und Taubheit geschlagen. Oder aber es rollt viel Geld, von dem wir Bürger nichts wissen. Vor Kurzem haben sie ernsthaft überlegt, die Genehmigung für einen weiteren Supermarkt zu geben. Direkt in deiner Nachbarschaft übrigens. Ich zeige es dir, wenn wir vorbeifahren. An einer Stelle, wo wirklich noch viele alte Höfe stehen und der Anblick richtig nett ist. Da fragt man sich doch, wer daran verdient." „ Aber der Supermarkt ist nicht genehmigt worden, oder?" Celia konnte einem solchen Gedanken wenig Positives abgewinnen. „Bis jetzt nicht. Aber es gibt auch noch keine endgültige Ablehnung."

Inzwischen standen sie vor dem Eingang des Bankgebäudes. Es handelte sich um Trude Mathies' Arbeitsstätte. Thorsten Brandt zögerte einen Moment und wagte erstmalig so etwas wie Kritik.

„Sag mal, findest du es eigentlich vernünftig, ausgerechnet hier und jetzt mit der Frau zu sprechen? Im Grunde hat sie doch überhaupt nichts mit der Sache zu tun. Und es macht wahrlich nicht den besten Eindruck auf ihre Arbeitgeber." Celia nickte.

„Im Grunde hast du recht. Aber in dem Fall hoffe ich darauf, dass sie leichter reden kann als zu Hause, wenn womöglich die ganze Zeit ihr Mann neben ihr steht."

Thorsten blieb skeptisch. Enthielt sich aber eines weiteren Kommentars.

Die Bankfiliale war ungewöhnlich groß für einen eher bescheidenen Ort der Größe Jorks. Dennoch machten sie Frau Mathies schnell ausfindig. Ohne Fragen wurden sie ins Büro der Frau geleitet. Die Bedenken des jungen Beamten erwiesen sich als unbegründet. Aber den Überraschungsmoment hatten sie tatsächlich auf ihrer Seite. Man sah der Frau die Überrumpelung förmlich an.

„Oh! Womit kann ich Ihnen helfen?" Celia stellte Thorsten Brandt und sich selbst vor und erklärte die bisherige Situation. „Ja, aber wie soll ich Ihnen denn da weiterhelfen? Ich war doch nicht dabei, als Rolf und Kurt das Mädchen gefunden haben! Ich weiß nur das, was Rolf mir erzählt hat."

Die Aussage schien stimmig. Lediglich die Hände, die wie Espenlaub zitterten, ließen Zweifel aufkommen. Dabei bemühte die Frau sich redlich, die Hände, auf ihrem Schreibtisch gefaltet, ruhig zu halten. Frau Mathies musste ungefähr im gleichen Alter wie Marlins Mutter sein. Beide kurz vor ihrem vierzigsten Geburtstag. Aber mit ihr war die Zeit weniger freundlich umgegangen. Obwohl man annehmen sollte, dass bei einer Frau mit drei Kindern die Jahre deutlichere Zeichen hinterlassen, war es in diesem Fall umgekehrt. Frau Mathies, früher bestimmt eine hübsche Frau – groß, nicht ganz schlank, aber keineswegs dick, helles Haar und dunkelblaue Augen, musste in ihrer Jugend so manchen Blick auf sich gezogen haben. Heute war sie von harten und wenig attraktiven Furchen gezeichnet. Zeugen für Bitternis, die im Leben der Frau Einzug gehalten haben musste. Lachfalten hatte sie nur wenige.

„Frau Mathies, wir wissen, dass Sie mit der Situation gestern wenig zu tun haben. Wir sind jedoch hier, weil wir glauben, dass das blaue Auge Ihres Nachbarn und Freundes

Kurt Dammann im Zusammenhang mit dem Anschlag auf das Mädchen steht. Und da sind wir sicher, dass Sie mehr wissen." Keine Miene hatte die Frau verzogen. Lediglich das linke Auge hatte angefangen nervös zu zucken. Einem weniger aufmerksamen Beobachter wäre dies vielleicht entgangen. Da Celia jedoch auf verräterische Zeichen geachtet hatte, die man nicht beeinflussen konnte, hatte sie die Reaktion bemerkt. Es half dennoch nicht weiter. Die Aussage der Frau sprach eine andere Sprache.

„Aber ich denke, Sie sind befreundet. Ist Ihnen das Auge denn gar nicht aufgefallen? Haben Sie nicht darüber gesprochen?", versuchte Celia den Widerspruch zu klären.

„Natürlich habe ich es gesehen. Aber ich bin von Natur aus sehr zurückhaltend. Es hätte ja auch eine Ehekrise sein können, nicht wahr? Und so lange keiner der beiden darüber spricht, werde ich sie bestimmt nicht darauf ansprechen. Das sähe ja sehr neugierig aus, oder finden Sie nicht?"

Celia erkannte, dass sie auf verlorenem Posten kämpfte. Sie versuchte einen neuen Weg. „Können Sie sich vorstellen, dass der Überfall auf die kleine Marlin ein Racheakt am Vater war? Hat er Feinde?"

Der Mund der Frau wirkte beinahe noch verkniffener, als er es ohnehin schon war. Dennoch antwortete sie. Wenn auch ebenso unglaubwürdig. Danach hatte Kurt keine Feinde. Es gebe niemanden, der so beliebt sei, so freundlich. Es müsse die Tat eines Fremden und zudem Wahnsinnigen sein.

Beim Verlassen dachte Thorsten Brandt laut über die Möglichkeit nach, ob die Frau die Wahrheit gesagt haben könnte. Celia wirkte ein wenig gereizt. Das Gespräch hatte sie mitgenommen. „Natürlich ist das auch eine Option. Die Möglichkeit besteht immer. Aber wenn es so war, warum blockieren hier alle unsere Fragen? Warum will uns niemand Antworten geben? Wenn es jemand außerhalb der eigenen Reihen war? Das ist unlogisch."

Kapitel 10

Jaron Karloff hatte den freien Tag ausgiebig genutzt. Als begeisterter Frühaufsteher war er mit Celia aufgestanden und hatte seither Karton um Karton ausgepackt und den Inhalt an Ort und Stelle verstaut. Er faltete den letzten Umzugskarton zusammen. Zufrieden schaute er sich um. Das Haus wirkte bereits sehr gemütlich. Hier und da fehlten ein paar Bilder. Und das große Fenster im Wohnzimmer, das einen großzügigen Blick auf die Terrasse und den Garten bot, war noch ein wenig kahl. Reinsehen konnte niemand – es war an dieser Seite durch eine hohe Hecke geschützt. Dennoch wirkte es zu offen und ungeschützt. Spontan entschied er sich, neue Pflanzen für das Fenster zu besorgen. Mit Celia rechnete er erst spät am Abend. Durch seine eigene Tätigkeit wusste er um den Alltag der Kripo. Er selbst brauchte seine Stelle als Staatsanwalt erst in zwei Wochen anzutreten. Resturlaub aus Köln machte es möglich. Insgeheim war er froh, dass Celia ihren ersten Fall unter dem alten Staatsanwalt lösen würde. Das garantierte, dass ihre Leistung an ihrem Erfolg gemessen wurde und nicht daran, dass sie ein Paar waren.

Jaron Karloff schwelgte geradezu in einem Kaufrausch. Er konnte den vielen wunderschönen Grünpflanzen im Gartencenter in Buxtehude nicht widerstehen. Es blieb nicht bei den Pflanzen für ihr Wohnzimmerfenster. Er erstand zusätzlich Pflanzen für den Garten und ihre Terrasse. Bei einem Blick auf seine zwei gefüllten Einkaufswagen erkannte der Staatsanwalt, dass sein Kombi nicht ausreichen würde, um die Blumenpracht in ihr neues

Zuhause zu schaffen. Bevor er seine Einkaufswagen zur Kasse dirigierte, mietete er einen Anhänger für sein Auto. Ergeben reihte er sich in eine der Schlangen vor den Kassen. Obwohl fünf Kassen geöffnet waren, war man nicht in der Lage, der Kundenmenge zügig Herr zu werden. Jaron stöhnte. Als er Gesprächsfetzen der Kundinnen vor ihm aufschnappte, stellt er fest, dass nicht nur er den Weg aus Jork in dieses Gartencenter gefunden hatte. Das ging aus einem Gespräch hervor, das Jaron mithören musste, da die beiden Kundinnen sich nicht bemühten diskret zu sein. Den beiden Frauen, die eine klein und dick und wenig attraktiv, die andere groß und schlank mit freundlichem Gesicht und vielen Lachfalten um die Augen, war bei dem Thema des Gesprächs scheinbar das Lachen vergangen. „Aber das kann doch nicht sein. Das wäre dann der vierte Fall in knapp drei Wochen. Wenn das so weitergeht, dann haben wir hier bald gar nichts mehr zu sagen."

„Wieso vierter Fall? Außer der Geschichte von Marlin gestern weiß ich nur von der Geschichte, wo der Typ Verena mit dem Messer zwingen wollte, ihn zu heiraten."

Vehement schüttelte die kleine Dicke den Kopf: „Du bist nicht auf dem Laufenden. Zuerst war da die Kleine, die von dem Türken angegrapscht wurde. Und das, obwohl sie mit einem Hund unterwegs war. Dann die Sache mit Verena und dann der Türke, der Kurt mit dem Holzbrett angegriffen hat."

„Was war mit dem kleinen Mädchen und mit Kurt? Das habe ich ja überhaupt noch nicht gehört."

„Kein Wunder, die reden auch nicht drüber. Helmut, dessen Türke das Mädchen angegrabbelt hat, war sogar bei der Mutter und hat sie aufgefordert, in solchen Situationen in Zukunft nicht gleich die Polizei zu benachrichtigen, weil es ja schließlich sein könnte, dass es sich um einen illegalen Türken handelt, und dann die Bauern auffliegen würden."

„Das ist ja unglaublich. Das müsste mir mal einer sagen. An meinem Kind würde sich keiner vergreifen. Der muss doch nicht alle Tassen im Schrank haben, von einer Mutter zu erwarten, dass sie den Mund hält, wenn ihr Kind sexuell belästigt wird. Aber das ist so typisch für unsere Gesellschaft. Immer schön den Deckmantel des Schweigens drüber."

Die dicke Frau zuckte mit den Schultern. Es war offensichtlich, dass sie eher auf der Seite des Schweigens stand. Aber der Versuchung des Klatsches konnte sie dennoch nicht widerstehen. Beinahe genüsslich klärte sie die Bekannte auf. „Was willst du denn machen. Das ist doch genauso wie bei Kurt. Der hat von Rolfs Türken einen mit dem Brett verpasst bekommen. Nur weil er gewagt hat, ihn von seinem Grund und Boden zu vertreiben. Da hatte der Türke ein Saufgelage mit seinen Kumpels veranstaltet. Wenn Kurt zur Polizei gegangen wäre, dann wäre Rolf ..."

Jaron hätte vor Ärger platzen können. Ausgerechnet jetzt wurde eine sechste Kasse geöffnet. In Windeseile verflüchtigten sich die beiden Frauen an die Nachbarkasse. Jaron wollte es ihnen gleich tun. Bevor er jedoch reagierte, waren zwei weitere Kunden zwischen ihn und die beiden Frauen gerutscht.

Er bezahlte seine Pflanzen, holte den Anhänger. Erst als er die Pflanzen verstaut hatte und im Auto saß, kam ihm die Bedeutung der Worte in vollem Umfang zu Bewusstsein.

Kapitel 11

Hey, das ist ja stark. Sie sind nicht nur der Liebhaber meiner neuen Chefin, sondern auch noch unser neuer oberster Boss?" Jaron war schon kurz davor, unfreundliche Worte von sich zu geben, als er bemerkte, dass Thorsten Brandt weder ihn noch Celia angegriffen hatte. „ Tja, wie das Leben halt so spielt." Jaron grinste ein wenig schief. „Wir haben es uns nicht ausgesucht. Es ist sozusagen über uns hereingebrochen."

„Aber das ist nicht der Grund, warum wir hier sitzen." Celia brachte die beiden Männer wieder zum Thema. Sie verlangte von Jaron eine ausführliche Schilderung des Gesprächs, das er unfreiwillig belauscht hatte. „Deine Andeutungen am Telefon klangen ja vielversprechend. Schieß mal los."

Jaron, der über ein sehr gutes Gedächtnis verfügte, konnte beinahe wörtlich den Wortlaut des Gespräches wiedergeben. Celia und Thorsten verschlug es die Sprache. Zumindest für einen Moment.

„Thorsten, was hat es mit den Türken auf sich? Du wohnst doch hier schon eine ganze Weile."

Thorsten zuckte ein wenig hilflos die Schultern. „Ich glaube, so richtig kann ich auch nicht weiterhelfen. Wir sollten mit Falk reden. Der kommt von hier. So weit ich informiert bin, gibt es ein paar Bauern, die illegale Türken für die Pflückarbeiten beschäftigen. Die sind preiswerter als die offiziellen und erst recht preiswerter als die Deutschen. Aber ich war bisher davon ausgegangen, dass es sich um einige wenige schwarze Schafe handelt, die Illegale beschäftigen. Aber das hier hört sich doch nach mehr an. Aber wie gesagt – da kann uns Falk sicher mehr sagen."

Celia schaute ein wenig skeptisch. „Bist du sicher? Er strotzt ja nicht gerade vor Kooperationsbereitschaft. Wieso sollte sich das jetzt mit einem Mal ändern?" Thorsten sprang für seinen Kollegen in die Bresche. Celia zuckte die Schultern. „Gut, geben wir ihm die Chance. Vielleicht hat er sich ja inzwischen gefangen."

*

„Nach dem, was wir gehört haben, scheint sicher zu sein, dass Kurt Dammann von einem Türken angegriffen wurde, als er versuchte diesen von seinem Grund und Boden zu vertreiben. Daher das blaue Auge. Die Frage ist, ob der Türke auch für den Überfall auf Marlin verantwortlich sein könnte. Immerhin scheint Herr Dammann genau das zu denken! Zumindest deuteten seine Worte heute Morgen das an. Erklären Sie mir mal die Fakten zu den Erntehelfern."

Wie versprochen, räumte Celia Falk eine Gelegenheit der Wiedergutmachung ein. Wie es schien, hatte er sich besonnen, und wollte die Gelegenheit ergreifen. Er gab bereitwillig Auskunft. „Jedes Jahr haben wir hier im Alten Land das gleiche Problem. Auf der einen Seite muss das Obst von den Bäumen. Die Höfe sind entschieden größer als früher, als die Familien sie noch selbst bewältigen konnten. Auf der anderen Seite gibt es nicht genug Pflücker, die Lust haben, so eine Arbeit zu erledigen. Erschwert wird die Situation durch eine Anweisung der Arbeitsämter. Laut dieser Anweisung müssen die Bauern einen bestimmten Prozentsatz hiesiger Leute einstellen. Aber die kommen nur einmal und danach nie wieder. Natürlich gibt es offizielle Pflücker: Polen und Türken. Sie sind angemeldet und versichert. Aber das kostet. Zumal sie für die jetzt auch Sozialversicherungsabgaben bezahlen müssen. Tja, und da kommen die ausländischen Freunde, die sich anbieten schwarz zu arbeiten, ganz gelegen. Aber die wenigsten Bauern lassen sich darauf ein. In den letzten Jahren sind die Razzien bei den Bauern verstärkt worden. Die Angst erwischt zu werden, ist viel zu groß. Und bei Kurt und Rolf kann ich es mir überhaupt nicht vorstellen."

Celia musste heimlich lächeln. Falk Teubert konnte es nicht lassen, seine Freunde zu verteidigen.

„Die Worte der Frauen im Gartencenter lassen etwas anderes vermuten."

„Wer weiß, was Ihr Freund und Staatsanwalt verstanden hat. Schließlich ist er ja nur zufällig Zeuge des Gesprächs geworden. Und vielleicht hat er die entscheidenden Sätze nicht gehört."

Der Zynismus war unüberhörbar. Celia überging ihn dennoch.

„Versuchen wir es mal anders. Es kann ja sein, dass Herr Karloff etwas missverstanden hat. Aber können Sie etwas mit den Personenbeschreibungen der Frauen anfangen? Herr Karloff beschrieb die eine als ungewöhnlich groß für eine Frau."

Falk zuckte die Schultern. „Die müssen ja auch nicht von hier sein. Hier liegt alles so nah beieinander, da weiß jeder alles. Estebrügge, Neuenschleuse, Lühe, sogar fast bis nach Stade hin kennt man sich. Die Frauen müssen nicht aus Jork sein."

„Herr Teubert, ich kann ja verstehen, dass Sie Ihre Freunde in Schutz nehmen. Aber Herrn Karloffs Aussagen waren eindeutig – die Frauen kommen aus Jork."

Falk fuhr die Stacheln erneut aus. „Nur weil es in den Städten drunter und drüber geht und von Moral weit und breit nichts mehr zu spüren ist, muss das hier nicht zwangsläufig genauso sein. Vielleicht gibt es hier noch so etwas wie Ehre und Rechtschaffenheit, Frau Dörfer."

„Herr Falk, auch wenn ich aus der Stadt komme, bin ich weit davon entfernt zu verallgemeinern. Auch in der Stadt gibt es Menschen mit Ehre und Gewissen. Ich möchte Ihren Freunden auch nichts unterstellen. Aber alle Anzeichen sprechen dafür, dass hier unter der Decke gemauschelt wird. Ich weiß nicht womit und warum. Aber das etwas im Busch ist, kann ein Blinder sehen."

Thorsten Brandt wollte Schlimmeres verhindern. Er versuchte, besänftigende Worte zu finden. Zunächst erntete er von beiden wütende Blicke. Dann entspannten sich, wie auf Kommando, beide. Celia griff zum Telefonhörer. Sie bat Jaron erneut ins Präsidium. Ein Phantombild der beiden Frauen sollte, so hoffte Celia, dem Gedächtnis ihres Kollegen auf die Sprünge helfen.

Kapitel 12

Jaron Karloff, durch viele Berufsjahre geschult, hatte ein gutes Personengedächtnis. Die Phantombilder waren fantastisch. Sie ließen Falk keine Chance. Er kannte beide Frauen, die in Jork wohnten.

„Na, dann wollen wir doch mal sehen, was uns die beiden Damen zu erzählen haben“, kündigte Celia Dörfer eine Befragung an.

„Was sollen die denn schon zu erzählen haben. Die Sache mit Marlin können sie doch nur durch Dorftratsch erfahren haben. Und alles andere ist doch nur dummes Gerede. Wie das in einem Dorf nun mal ist“, konterte Falk.

„Oh, Herr Teubert? Waren Sie das nicht, der mir noch vor Kurzem einen Vortrag über die vielen ehrbaren und rechtschaffenen Bürger in Jork gehalten hat?“ Thorsten zischte leise durch die Zähne, hielt sich mit Kommentaren jedoch geflissentlich zurück. Auch Falk ignorierte die Bemerkung. Mit wenig Aufwand waren die Adressen der beiden Frauen ausfindig gemacht. Diesmal machten sie sich zu dritt, mit Celias neuem Dienstwagen, auf den Weg. Es war ein VW Touareg, mit allem Komfort versehen. Eine wahre Luxuskarosse im Vergleich zu dem alten VW Käfer, den Celia privat aus Leidenschaft und Sentimentalität fuhr.

„Sie sind denen ja ganz schön was wert.“

„Mensch, Falk, nun lass es doch mal gut sein.“ Thorsten drehte sich auf dem Beifahrersitz nach hinten zu seinem Kollegen.

„Du weißt doch genau, dass eine neue Karre fällig war, weil die andere nach der Verfolgung im Graben gelandet ist.

Was hätten sie Celia denn hinstellen sollen. Einen Wagen vom Schrott? Wir haben …" „Halt die Luft an. Ist ja schon gut."

Begütigend klopfte Falk Thorsten von hinten auf die Schulter. „Hier ist es", rief er kurz darauf. Falk kannte die meisten Höfe und deren Besitzer. Der Hof der Familie Pacht war nicht groß. Seine besten Zeiten hatte er offensichtlich hinter sich. Das Wohnhaus, einst ein schöner Bachsteinbau, war baufällig. Es hätte dringend neue Fenster und Farbe gebraucht.

Frau Pacht selbst öffnete auf das Klingeln der Beamten. Die Beschreibung durch Jaron Karloff war gut. Sie erkannten die Frau auf Anhieb. Celia hatte es Falk übertragen, das Gespräch zu eröffnen. „Hallo, Inge, wir sind dienstlich hier." Er stellte seine Chefin und seinen Kollegen vor. Frau Pacht, die korpulentere der von Jaron beschriebenen Frauen, zeigte keine Überraschung. Sie öffnete bereitwillig die Haustür ein wenig weiter, um sie einzulassen. Anschließend führte sie die Gruppe in die Stube. Auch hier war ersichtlich, dass die guten Zeiten vorbei waren. Die gute Stube hatte sich in eine schlichte Stube verwandelt. Es gab zwei durchgesessene Sofas, die sich gegenüber standen und einen einzelnen Sessel. Er stand am Kopf des großen Stubentisches. Die Sofas an den jeweiligen Längsseiten. Da Inge Pacht durch eine Geste zum Platznehmen aufforderte, wählte Celia den Sessel. Von dort hatte sie sowohl Frau Pacht als auch den unberechenbaren Kollegen Teubert im Blick. „Womit kann ich Ihnen behilflich sein?"

Frau Pacht wartete nicht darauf, dass einer der Beamten das Gespräch eröffnete. Celia war beeindruckt. Nur wenige Menschen zeigten sich so couragiert, wenn sie mit der Kripo konfrontiert waren.

„Wir haben erfahren, dass Sie über gewisse

Begebenheiten hier im Ort Bescheid wissen, die vielleicht mit der Tat an Marlin Dammann im Zusammenhang stehen könnten."

Enttäuscht registrierte Celia, wie die Courage aus den Zügen der Frau verschwand. Ihre Miene fror ein. Keine Regung, keine Emotion.

„Von welchen Begebenheiten reden Sie? Ich kenne Marlin ja kaum."

„Habe ich doch gleich gesagt!" Falk schien erleichtert. Ein scharfer Blick seiner Chefin hinderte ihn daran, sich zu erheben.

„Frau Pacht, Sie haben sich gerade im Baumarkt mit einer anderen Frau darüber unterhalten, dass es seit geraumer Zeit immer wieder Probleme mit türkischen Pflückern gibt."

Die ohnehin nicht zierliche Frau baute sich auf dem Sofa noch ein wenig mehr auf.

„Woher wollen Sie das wissen? Leben wir hier in der DDR, wo jeder jeden überwacht, oder wie kommen Sie an solch einen ausgemachten Unsinn?"

„Durch einen zuverlässigen Zeugen."

„Das ist unglaublich. Zuverlässig? Dass ich nicht lache. Nichts dergleichen habe ich gesagt. Wir haben hier keine Probleme mit Türken! Und wenn jemand welche hat, weiß ich nichts davon."

„Wir kennen auch den Namen der anderen Frau, Frau Pacht, und es macht uns nichts aus, eine Gegenüberstellung mit Ihnen beiden und dem Zeugen zu veranlassen."

Langsam wurde Celia wütend. Immer wieder das Gleiche. Ganz Jork schien sich verschworen zu haben. Wohin man kam, wen man ansprach – keiner hatte etwas gesehen oder gehört. Die Androhung einer Gegenüberstellung schien jedoch zu wirken.

„Wer ist das denn, der mich gesehen haben will?", versuchte sie noch einmal, nicht mehr ganz so selbstsicher, an einer Aussage vorbeizukommen. „Das tut doch überhaupt nichts zur Sache“, mischte sich Thorsten in die Befragung. „Erzählen Sie uns doch einfach das, was Sie auch Frau Lohmeier erzählt haben.“

Ausgerechnet jetzt wurde die Tür aufgerissen und ein Mann stand in der Tür. Mit hochrotem Kopf, deutliches Anzeichen für häufigen und übermäßigen Alkoholkonsum, polterte er unbeherrscht die Frau an. „Wie oft habe ich dir schon gesagt, ich will niemanden sehen. Ich will keinen Besuch, wenn ich nach Hause komme. Raus hier!“

Bevor seine Frau etwas entgegnen konnte, baute sich Celia vor dem ungestümen Mann auf.

„Herr Teubert, den Sie sicher kennen, Herr Brandt und ich sind von der Kriminalpolizei. Wir untersuchen den Überfall auf Marlin Dammann.“

„Das ist mir doch egal. Was haben wir damit zu tun. Lassen Sie uns in Ruhe! Und jetzt raus!“ Celia wurde übel von der strengen Alkoholfahne, die ihr entgegenschlug. Als der Mann auch noch den Arm zum Schlag erhob, reagierte Celia blitzschnell. Den Mann im Polizeigriff haltend verwarnte sie ihn: „Passen Sie mal gut auf. Wir wollten eigentlich nichts anderes, als mit Ihrer Frau reden. Wenn Sie nicht aufpassen, wird für Sie daraus jedoch eine ziemlich unangenehme Geschichte. Angriffe auf Polizisten sieht man hierzulande nicht gern.“

Mit einem plötzlichen Ruck ließ sie den Mann los. Beinahe wäre er in den Sessel gefallen, aus dem Celia sich eben erhoben hatte. Dabei hätte er jedoch den unbequemen Weg über die Armlehne genommen. Er konnte sich gerade noch abfangen. Eine Meisterleistung an Körperbeherrschung, bei dem Alkoholgehalt in seinem Blut. Seine Frau hatte derweil die Gesichtsfarbe gewechselt. Sie wirkte bläulich blass. Auch ihre Stimme zitterte hörbar, als sie das Wort ergriff.

„Tut mir leid. Mein Mann hat schon bessere Zeiten gesehen. Aber wissen Sie, er ist nicht so stark innerlich. Er hat es einfach nicht geschafft mit der großen Konkurrenz unter den Bauern zurechtzukommen. Er war es immer gewohnt, dass alles einfach lief. Und dann wurde der Absatz immer schlechter, weil immer mehr Obst aus den Ostländern auf den Markt kam. Und vergrößern?", sie zuckte die Achseln, „Die Altländer sind stur und für Veränderungen nicht zu haben. Na, wohin das geführt hat, sehen Sie ja."

Sie deutete mit ihrem Arm rundum auf den Hof und schloss sich und ihren Mann mit ein. Besänftigend bot Celia an, das Gespräch noch einmal in Ruhe zu beginnen. Die Frau willigte erschöpft und beinahe dankbar ein.

„Was wollen Sie wissen? Ich weiß doch wirklich nichts über Marlin."

„Das mag ja sein. Aber Sie wissen zum Beispiel, wie Kurt Dammann, Marlins Vater, an sein blaues Auge gekommen ist."

Erneut druckste Frau Pacht. Herr Pacht, der sich inzwischen berappelt hatte und anständig im Sessel saß, schien geistig immer noch nicht auf der Höhe zu sein.

„Nichts wirst du sagen, du dumme Kuh. Ich werde dir zeigen, was ich mit so einer ..."

Diesmal war es Thorsten Brandt, der ihm zuvorkam. Er stand auf und baute sich neben dem Sessel auf. Dabei legte er seine rechte Hand auf die Schulter des Mannes.

„Ich glaube nicht, dass Sie in Anwesenheit der Polizei solche Drohungen aussprechen sollten. Merken Sie sich: Wir werden ein Auge auf Ihre Frau haben. Und sollte sie zufällig in den nächsten Tagen mit irgendwelchen körperlichen Blessuren zu kämpfen haben, sind wir bei Ihnen. Und dann war der Niedergang Ihres Hofes nur ein vorsichtiges Vorspiel für das, was dann folgt. Haben Sie mich verstanden?“ Er drückte die Schulter ein wenig fester. Der Mann gab sichtlich nach, kroch in sich zusammen. Celia nickte Frau Pacht zu.

„Ich weiß nichts direkt. Ich meine, ich habe keinen der Vorfälle selbst gesehen, oder so.“

Der Frau war sichtlich unbehaglich zumute.

„Im Dorf wird viel erzählt. Manches davon stimmt, manches nicht.“

„Frau Pacht, bitte erzählen Sie uns doch einfach, was man Ihnen erzählt hat. Das würde uns schon reichen.“ Celia war mit ihrer Geduld am Ende.

„Na gut“, gab sie sich endlich geschlagen. „Kurt hat vor einer Woche einen von Rolfs türkischen Pflückern auf seinem Hof erwischt. Angeblich war er nicht allein. Außerdem sollen sie Drogen dabeigehabt haben. Aber bitte, das haben Sie nicht von mir“, versuchte sie erneut ihre eigenen Erzählungen zu relativieren. „Also ist Kurt zum Türken hin, also zu Rolfs Türken, und hat ihm gesagt, er soll seine Leute zusammentrommeln und ganz schnell verschwinden, bevor er die Polizei ruft. Er hätte da nichts zu suchen und so weiter. Das fand der Türke nicht witzig. Er ist einfach auf Kurt losgegangen. Mit einem Holzbrett! Und mehr weiß ich nicht“, schloss sie ihre Rede.

*

„Das ist doch ein Anfang. Damit können wir doch weiterarbeiten. Das heißt doch ganz klar, dass die Tat von einem Türken begangen worden sein muss. Rache! Rache, weil Kurt sie verscheucht hat und mit der Polizei gedroht hat. Und weil sie sich nicht an Kurt rangetraut haben, haben sie das Mädchen genommen.“ Für Falk schien der Fall erledigt.

Thorsten war anderer Meinung. „Das ist doch ausgemachter Blödsinn. Es kann doch genauso sein, dass jemand ganz bewusst eine falsche Fährte legt. Im Grunde war es doch nur eine Frage der Zeit, bis wir hinter die

Geschichten mit den Türken kommen. Und das Messer am Tatort? Ich finde das ist alles ein bisschen dick aufgetragen."

„Ich bin auch nicht überzeugt! Dafür bin ich der Meinung, wir sollten noch mal ins Krankenhaus fahren. Vielleicht können wir heute mit Marlin reden! Und wenn nicht mit ihr, dann vielleicht wenigstens mit dem behandelnden Arzt."

„Müssen wir da zu dritt auflaufen?"

„Nicht unbedingt, Herr Teubert. Was wollen Sie in der Zeit machen?"

Es behagte Celia nicht, ihren Kollegen Teubert unbeaufsichtigt zu lassen. Falk druckste ein wenig herum und antwortete ein wenig vage. Noch einmal mit Richie von der Spurensicherung zu reden, erschien Celia jedoch harmlos genug.

Kapitel 13

Während ihrer Fahrt nach Stade hingen die Kripobeamten ihren Gedanken nach. Obwohl ihre Gedanken um die Tat kreisten, teilten sie sich einander nicht mit. Erst kurz bevor sie die Klinik erreichten, ergriff Thorsten das Wort: „Wir haben von Frau Pacht noch nicht die ganze Geschichte gehört. Warum hast du sie nicht nach den anderen Geschichten gefragt. Dein Staatsanwalt hat doch mehr gehört als nur die Geschichte mit Kurt Dammann."

„Meinen Staatsanwalt gibt es nicht", antwortete Celia ein wenig schnippisch, „entweder Herr Karloff, der Staatsanwalt, und dann ist er das für uns alle, oder Jaron und dann ist er mein Lebenspartner."

„Fahr die Stacheln wieder ein, ich habe es nicht böse gemeint."

Thorsten erschrak über die eigenen, respektlosen Worte. Celia hingegen schienen sie nicht zu stören. „Hast ja recht. Tut mir leid. Ich bin selbst nicht ganz glücklich über die Konstellation. In Köln wurden wir zusammengeschmissen, bevor wir ein Paar wurden. Hier ist es anders. Aber wenn wir uns nicht beide hätten versetzen lassen, dann hätten wir, mit viel Glück, eine Wochenendbeziehung führen können. Aber günstig ist das natürlich nicht. Meine Hoffnung war, ich hätte den ersten Fall hinter mich gebracht, bevor Jaron seinen Dienst antritt. Aber der betritt ein Gartencenter und schon hängt er mit drin."

„So schrecklich finde ich das nicht. Ihr zieht wenigstens an einem Strang. Ich habe immer Probleme mit Eva. Sie will grundsätzlich nichts über meine Arbeit wissen. Das Thema ist einfach tabu."

„Na, vielleicht hast du recht. In der Beziehung geht es mir sicher besser", stimmte sie ihm nachdenklich zu.

„Erzähl mir doch mal, was in Köln eigentlich los war. Was war an deinem letzten Fall, dass du dich hast versetzen lassen? Oder magst du nicht darüber reden?"

Celia zuckte mit den Schultern: „Doch, inzwischen habe ich kein Problem mehr, darüber zu reden. Es war für mich persönlich eine ziemliche Enttäuschung. Wir haben damals nach einem Typen gesucht, der sich regelmäßig auf die Suche nach Frauen gemacht hat, um sie aus dem Leben zu katapultieren. Wir waren erfolgreich und haben ihn gefunden. Und bei der Gelegenheit habe ich auch meinen Freund verloren. Punkt."

„Klingt aber nicht so dramatisch, dass man sich gleich versetzen lassen muss."

„Musste nicht – wollte. Ich hatte das Gefühl, ich muss da raus. Zu viele Erinnerungen, zu viele Enttäuschungen. Ich wollte einen Neuanfang." Die Worte klangen abschließend. Dennoch fühlte Thorsten sich durch ihre Offenheit geschmeichelt.

Kapitel 14

Falk, der nie vorhatte, der Spurensicherung einen Besuch abzustatten, begab sich auf direktem Weg zu Kurt Dammann. Er hoffte, ihn zu Hause anzutreffen. Immer noch wurde er von der Idee getrieben, den Fall vor Celia zu lösen. Dabei überwog die Triebfeder, es Celia zu zeigen, deutlich gegenüber der, seine Freunde zu beschützen. Es wurmte ihn, dass er seine Chefin nicht hatte aus der Ruhe bringen können. Im Gegenteil – am Ende hatte er immer ein Eigentor geschossen.

Das Glück schien ihm hold. Kurt Dammann verließ gerade sein Wohnhaus. Mit einem schrägen, ein wenig gequälten Lächeln, begrüßte er den Kripobeamten. Seine Gefühle Falk gegenüber waren nicht ausgeprägt. Weder in positiver noch in negativer Richtung. Er kannte ihn und damit gut. Obwohl sie zusammen in die Schule gegangen waren, beide im Ort aufgewachsen waren, wusste er über das Privatleben des Mannes nichts!

„Hey, Kurt, ich wollte mich noch mal mit dir unterhalten."

„Heißt das, du bist dienstlich hier?"

Falk druckste. „Halb und halb."

„Wie soll ich das denn verstehen?"

„Nun ja, es geht um Folgendes: Meine Chefin hat per Zufall herausgefunden, wie du zu deinem blauen Auge gekommen bist. Außerdem weißt du ja, dass sie den Streit zwischen dir und Rolf mitbekommen hat! Ich war leider zu spät, um es zu verhindern. Sie vermutet hinter dem Angriff auf Marlin ebenfalls die Tat von dem Türken, der dir das blaue Auge verpasst hat. Und es sieht nicht so gut aus, wenn du weiterhin den Mund hältst. Immerhin deckst du eine Straftat, die an deiner eigenen Tochter begangen wurde. Und illegale Beschäftigung kommt unter Umständen auch noch dazu."

Kurt unterbrach ihn: „Das war jetzt der offizielle Teil deines Besuchs. Wo ist der inoffizielle?"

„Ganz einfach. Du sagst mir, wo ich den Typen finde, ich liefere ihn ab und sage, du hast mitgearbeitet und geholfen. Dann bist du aus dem Schneider."

„Wo ist der Sinn?" Kurt war misstrauisch und unschlüssig. Er wollte, dass der Täter gefasst wurde, der seiner Tochter solche Verletzungen zugefügt hatte. Aber er wusste auch, dass die Aufdeckung der Tat einen Rattenschwanz hinter sich herziehen würde. Es würde ihn und seine Familie nicht eben beliebt machen. „Wer sagt denn, dass es der Türke war? Das kann doch jeder gewesen sein. Aber sag mir doch mal, was du gewinnst? Du machst das doch nicht aus reiner Freundschaft."

Falk brauchte einen Moment, bis er Kurt davon überzeugt hatte, dass es ihm um Hilfe ging.

„Gut, ich sage dir, wo du den Türken unter Umständen finden kannst. Aber dann sorge dafür, dass es so aussieht, als wäre er bei keinem Bauern beschäftigt gewesen, sondern lediglich illegal hier, um einen Job zu finden." Er nannte ihm einen kleinen verfallenen Hof in Mittelnkirchen. Falk kannte ihn. Wer sich nicht auskannte, wäre nie darauf gekommen, dort Menschen zu vermuten. Es handelte sich schon lange nicht mehr um einen Hof mit festen Gebäuden. Allenfalls beschrieb der Begriff Bauruine den wahren Zustand. „Und jetzt lass mich zufrieden, ich muss los. Ich muss noch Katrins Auto in die Werkstatt bringen. Und dann muss ich in die Klinik."

„Was ist mit Katrins Auto?" Falk versuchte erneut, dem

Gespräch eine persönliche Note zu verleihen.

„Ich weiß es nicht. Es macht irgendwelche komischen Geräusche und es blinkt eine Warnleuchte. Aber ich weiß nicht, was das zu bedeuten hat. Sie hat das Auto lieber stehen lassen. Ich habe sie in die Klinik gefahren."

„Fährst du zu Detlef Hauschild in der Borsteler Reihe?"

„Ja, warum fragst du?"

„Das liegt doch gleich neben dem hiesigen Revier. Was hältst du davon, wenn ich dir den Wagen dahin fahre? Dann kann ich mir bei den Jungs auf dem Revier einen Wagen holen, und nach Mittelnkirchen fahren, um mich nach dem Türken umzusehen. Hat der eigentlich einen Namen?"

„Murat! Wenn er es denn war." Kurt Dammann hätte seine Aussage gern zurückgenommen. Aber Murat konnte so gut der Täter sein wie jeder andere. Wenn er es nicht war, so würde ein Anwalt dies sicher schnell beweisen. Der Gedanke tröstete ihn. Den illegalen Aufenthalt in Deutschland ließ er dabei außer Acht.

„Das wäre nett von dir. Dann könnte ich schneller zu Marlin und Katrin. Gott sei Dank, konnten meine Eltern die beiden anderen Kinder nehmen. Sonst hätte ich mich jetzt auch noch um die kümmern müssen. Und ich weiß so schon nicht, wo mir der Kopf steht. Wie gesagt, vielen Dank."

„Kein Problem." Falk haute dem Bauern freundschaftlich auf die Schulter.

Kapitel 15

Es ist sonderbar. Ich habe in meinem Arbeitsleben schon einige Stichwunden gesehen. Immerhin habe ich lange in Frankfurt gearbeitet. Die Drogenszene ist ja nicht gerade zimperlich. Aber die Verletzungen, die ich bei dem Mädchen gestern gesehen habe, sind atypisch."

Celia Dörfer und ihr junger Kollege saßen gebannt vor dem für Marlin zuständigen Arzt. Der zögerte mit den weiteren Ausführungen, als müsse er erst die richtigen Worte finden. Thorsten hatte weniger Geduld als Celia. Er platzte beinahe: „Was war denn so sonderbar?"

Der Arzt wiegte den Kopf. „Tja, wie soll ich das sagen?" Wieder zögerte er. Dann gab er sich einen Ruck und richtete sich in seinem Stuhl auf. „Die Art der Verletzungen sind einfach ungewöhnlich. Ich hatte beinahe den Eindruck, dass jemand zwar versucht hat, dem Mädchen Schmerzen zuzufügen, aber nicht darauf aus war, schwere Verletzungen hervorzurufen."

„Wie kommen Sie darauf?" Thorsten war erneut schneller.

„Nun, die Stichwunden waren alle an der Oberfläche. Kein einziger Stich ist in die Tiefe gegangen."

„Könnte das bedeuten, dass sie vielleicht von einem Kind oder von einer schwachen Frau ausgeführt wurde, die Tat?"

Es schien, als hätte der Arzt mit Celias Frage gerechnet. Er schüttelte bereits den Kopf, bevor Celia geendet hatte.

„Unwahrscheinlich. Möglich ist zwar alles. Aber ich halte es deshalb für unwahrscheinlich, weil die Stiche ungeheuer konzentriert ausgeführt werden mussten. Das hätte ein Kind in dieser Konsequenz nicht hinbekommen."

„Aber eine Frau?“

„Wäre schon eher möglich. Aber auch das halte ich für relativ unwahrscheinlich. Frauen greifen in Rage zum Messer. Mit viel Gefühl. Bei so vielen Stichen, gezielt und bedacht geführt – eher nicht. Aber Sie sind die Fachleute. Herauszufinden wer es war, ist Ihre Aufgabe.“

„Das ist wohl so. Aber erklären Sie mir, warum Sie das Mädchen in ein künstliches Koma versetzt haben, wenn die Verletzungen gar nicht so schwer, und schon gar nicht lebensbedrohlich sind? Dann hätten wir doch schon lange mit ihr reden können, und wüssten vielleicht schon, wer ihr das angetan hat.“

„Wir wollten das Mädchen ruhig stellen. Die Verletzungen sind zwar alle nicht schwer, aber dennoch so, dass sie drohen bei jeder Bewegung aufzubrechen. Außerdem wollten wir ihr die Schmerzen ersparen. Sie hat genug mitgemacht. Heute sieht das schon anders aus.“

Der Arzt, normalerweise weniger gesprächig, wirkte erschöpft und erleichtert, als die Kripobeamten sich erhoben.

„Kann ich Ihre Worte so verstehen, dass Marlin wach ist? Und kann sie von uns befragt werden?“

„Ja! Allerdings müssen Sie auf die Psyche des Kindes Rücksicht nehmen. Sie ist verständlicherweise verstört.“

Celia und Thorsten bedankten sich und machten sich auf den Weg zu dem Mädchen.

„Ich weiß ja nicht, wie es dir geht, aber ich finde der Fall wird immer verworrener. Wieso sollte jemand ein Mädchen angreifen, mit einem Messer verletzen und dabei darauf achten, dass die Verletzungen nicht so schlimm werden? Das ist doch krank.“

„Thorsten, ich bitte dich. Die meisten Täter, mit denen wir es zu tun kriegen, sind irgendwie krank, oder?“

„Ja klar, aber das hier sieht doch besonders krank aus,

findest du nicht? Überleg doch mal, welche Kaltblütigkeit dahintersteckt."

Celia zuckte unschlüssig mit den Schultern. „Ich könnte mir vorstellen, dass hier jemand ganz bewusst versucht, uns hinters Licht zu führen. Da will jemand ganz schlau sein."

„Hm, vielleicht will jemand die Familie Dammann einschüchtern, erschrecken, warnen. Irgendwas in der Richtung."

„Das ist kein so dummer Gedanke. Das würde gut passen. Das Mädchen wird bewusst ausgesucht, weil der Täter davon ausgeht, dass den Eltern viel an dem Kind liegt. Aber derjenige hat nicht vor, sie zu töten, sondern will den Eltern nur ein deutliches Zeichen geben."

„Also doch der Türke?"

„Die Hinweise sind zu deutlich in die Richtung. Wenn es der Türke war, dann ist es mit seiner Intelligenz nicht zum Besten gestellt, würde ich mal sagen. Wenn ich schon ein Messer benutze, das nur in bestimmten Läden zu kaufen ist, dann lasse ich das doch nicht am Tatort liegen. Und dann die ganze Geschichte drum herum. Also, ich bin mir nicht sicher."

„Hast du eine andere Idee?" Thorsten ließ nicht locker.

„Nee, aber vielleicht kann uns das Mädchen helfen."

Diese Hoffnung stellte sich jedoch schnell als trügerisch heraus. Marlin war in einem furchtbaren seelischen Zustand und kaum vernehmungsfähig. Sie weinte beinahe fortwährend und das wenige, was sie gesehen hatte, half nicht weiter. Der Täter war maskiert und hatte mit auffällig ausländischem Akzent gesprochen. Die wenigen Worte, die er gesprochen hatte, waren eine Warnung an ihren Vater, er solle ihn in Ruhe lassen. Da war er also wieder, der Hinweis auf die Türken.

Kapitel 16

Celia und Thorsten waren gerade auf dem Parkplatz des Krankenhauses angelangt. „Es wird höchste Zeit, dass wir uns mit dem Türken unterhalten. Wollen doch mal sehen, ob wir den nicht ausfindig machen können", meinte Celia. Thorsten hatte seine Zweifel. Celias Handy klingelte.

„Oh Gott, das ist nicht Ihr Ernst. Wo? Wir kommen." Celia hatte alle Farbe im Gesicht eingebüßt.

„Was ist passiert?"

Celia hatte Mühe zu sprechen. „Falk ist tot."

Bevor sie weitersprechen konnte, fiel ihr Thorsten ins Wort: „Das ist nicht wahr. Das ist doch ein dummer Scherz von den Jungs?"

Celia fasste Thorsten auf die Schulter: „Nein, er ist mit dem Wagen von Frau Dammann verunglückt. Er ist ungebremst in die Hauswand einer Fahrschule gefahren. Er war wohl sofort tot. Aber ich verstehe nicht, wie er zu dem Wagen kam. Er wollte doch nach Buxtehude und mit Saalmann reden."

Celia war ehrlich erschüttert. Als Polizistin rechnete man nicht damit, dass ein Kollege ums Leben kam. Aber es war auch nicht unwahrscheinlich. Nur dachte man dabei an andere Todesarten, nicht an Autounfälle. Zum ersten Mal setzte Celia das Blaulicht auf das Dach ihres neuen Dienstwagens. So erreichten sie den Unfallort schneller, als beiden lieb war. Man sah Thorsten seine Betroffenheit an. Auch wenn sie keine dicken Freunde waren und Falk sich in den letzten Tagen keine Sympathiepunkte verdient hatte, es blieb die Tatsache, dass sie seit drei Jahren ein Team waren.

So schnell sie von Stade nach Jork gekommen waren, so mühselig gestaltete es sich, an den Unfallort heranzukommen. Im Ort herrschte Chaos. Jork bestand im Wesentlichen aus zwei zu- und abführenden Straßen. Die eine führte von Westen nach Osten. Die andere bediente die beiden anderen Himmelsrichtungen. Sie kreuzten sich in der Mitte des Ortes.

Von Stade, aus dem Westen kommend, mussten die beiden Kripobeamten noch einen Kilometer in Richtung Osten. Mit dem Auto war daran jedoch nicht zu denken. Sie parkten ihren Wagen auf einem Parkplatz vor einer Fleischerei. Als sie endlich die Unfallstelle erreichten, wurde ihr Kollege gerade in den Leichenwagen geschoben. Trotz eines mulmigen Gefühls verlangte Celia ihn noch einmal zu sehen.

Verkehrsunfallopfer sahen in der Regel erschreckend aus. Falk machte keine Ausnahme.

Jemand tippte sie an. Sie war froh, Richie Saalmann zu erblicken. Ihm war der Schock deutlich ins Gesicht geschrieben. Ohne die Frage aussprechen zu müssen, kam Richie zur Sache. „Ich weiß noch nichts. Alles was ich auf den ersten Blick sagen kann, ist, dass er nicht angeschnallt war und offensichtlich nicht gebremst hat. Zwei Fehler, die man beim Autofahren nicht machen sollte. Ich habe aber angeordnet, das Auto zur KTU zu bringen. Es ist doch komisch, dass Falk ausgerechnet im Auto der Dammanns verunglückt. Mag sein, dass ich falsch liege, aber ich will es wenigstens checken lassen. Wisst ihr, wie er zu dem Auto gekommen ist?“

Celia und Thorsten mussten verneinen. „Hat er sich nicht bei dir gemeldet?“

„Wieso sollte er?“, wollte der Chef der Spurensicherung eine Erklärung.

„Mit der Begründung hat er sich bei uns ausgeklinkt, statt

mit uns in die Klinik zu fahren. Er wollte sich noch mal mit dir unterhalten."

„Hm, auch wenn man über Tote nicht schlecht reden soll – aber so ganz koscher hat er sich in den letzten Tagen nicht verhalten, oder täusche ich mich?"

Celia bestätigte den Eindruck. Thorsten war bei dem Gespräch mulmig. So gern er seinen Kollegen verteidigt hätte – Falk hatte alles getan, um genau das Urteil hervorzurufen, das Celia nun von ihm hatte. Er enthielt er sich eines Kommentars.

„Lass Falk von den Pathologen durchchecken? Vielleicht finden die einen Grund dafür, dass er nicht gebremst hat."

Thorsten brach sein Schweigen: „Du willst Falk nicht ernsthaft unterstellen, dass er Drogen genommen hat?"

Celia stellte verwundert die Schärfe in der Stimme ihres Kollegen fest. „Natürlich will ich nichts dergleichen unterstellen. Aber auch du kannst nicht übersehen, dass es schon ein wenig merkwürdig ist, dass Falk ungebremst in diese Hauswand gebrettert ist. Und da wir noch nicht wissen, was die Ursache dafür war, werden wir alles untersuchen. Und dazu zählt auch die Arbeit der Pathologen, wie bei jedem anderen Fall auch!"

Thorsten bedauerte seine Worte. „Tut mir leid." Die leise gemurmelte Entschuldigung brachte ihm ein nachsichtiges Lächeln ein, bevor Celia sich den Verkehrspolizisten zuwandte. Sie wollte weitere Details, die es aber nicht gab.

Der Schaden an der Fahrschule war erheblich. Durch die Wucht des Aufpralls auf einen Balken des alten Fachwerkhauses war die Statik beeinträchtigt. Das Haus musste durch Fachleute abgestützt werden. Solange konnte das Unfallauto nicht abtransportiert werden.

Der Leichenwagen war bereits mit Falk auf dem Weg in die Gerichtsmedizin. Thorsten und Celia verabschiedeten sich von Richie.

„Weißt du was? Lass uns zu mir fahren und einen Kaffee trinken!" Einen Moment lang war Celia versucht, das Angebot des Kollegen anzunehmen. Dann schüttelte sie entschieden den Kopf.

„In dem kleinen Kaff weiß Kurt Dammann wahrscheinlich schneller über den Unfall Bescheid, als uns lieb ist. Die Buschtrommeln trommeln bestimmt schon. Ruf in der Klinik an. Er soll da auf uns warten."

Kapitel 17

Kurt Dammann war im Krankenhaus. Entgegen ihrer Befürchtung wusste er jedoch noch nichts von dem Unfall. Katrin Dammann und ihr Mann reagierten gleichermaßen geschockt auf die Nachricht. Celia nutzte die Gelegenheit:

„Können wir jetzt endlich offen miteinander reden? Es ist doch genug passiert, finden Sie nicht auch?"

Die vier saßen in einem für Kliniken typischen Aufenthaltsraum. Katrin, links von ihrem Mann, schaute diesen unentschlossen von der Seite an.

„Was soll das heißen. Was hat der Unfall mit Marlin zu tun? Das ist doch hanebüchener Unsinn."

„Dann erklären Sie mir doch bitte, wie Falk an Ihr Auto kam?"

„Ganz einfach – ich habe es ihm gegeben. Ich hätte es zur Werkstatt fahren müssen, und Falk hat sich bereit erklärt, das für mich zu übernehmen. Damit ich schneller zu meiner Tochter ins Krankenhaus komme. Was war daran verkehrt?" Kurt Dammann war aufgebracht. Dennoch konnte Celia erkennen, dass dies nur ein Teil der Wahrheit war.

„Warum sollte das Auto in die Werkstatt?"

„Meine Frau hat heute Morgen komische Geräusche gehört, als sie den Wagen angelassen hat. Außerdem leuchtete eine dieser Warnlampen. Da hat sie den Wagen stehen lassen. Ich habe sie in die Klinik gefahren. Aber wir brauchten das Auto so schnell wie möglich. Falk kam vorbei, bot sich an, es für mich in die Werkstatt zu bringen – das Ergebnis kennen Sie. Das hat gar nichts mit Marlin zu tun."

„Unser Kollege kam aber ja nicht rein zufällig bei Ihnen vorbei. Was wollte er bei Ihnen?“

„Er wollte mir sagen, wie leid ihm die ganze Geschichte tut, weil er es bisher nicht geschafft hat, mir das zu sagen.“

Die Aussage klang wenig glaubwürdig. Ihnen blieb jedoch keine Wahl als sie hinzunehmen.

„Sie wissen schon, dass Sie sich strafbar machen, wenn Sie eine Straftat decken?“

Celia konnte sich den Seitenhieb nicht verkneifen. Katrin Dammann reagierte erschrocken. Ihren Mann dagegen schien das nicht zu beeindrucken.

„Kannst du dir vorstellen, dass der so cool ist, wie er tut?“ Thorsten konnte es nicht glauben.

„Für heute bin ich nicht nur mit meinem Latein am Ende, sondern auch mit meinen Nerven. Wir warten bis morgen, und hören, was die KTU über das Auto herausgefunden hat. Dann nehmen wir uns die Dammanns noch mal vor. Zur Not lassen wir alle vier, auch das Ehepaar Mathies, vorladen. Mal sehen, wie ihnen das gefällt. Und jetzt machen wir Feierabend. Ich kann nicht mehr.“

Thorsten widersprach nicht. Er wünschte sich die Nähe seiner Freundin, um die Ereignisse des Tages für einen Moment zu vergessen.

Celia brachte Thorsten nach Hause. Die Autofahrt nutzten sie zum Gedankenaustausch.

„Könnte es auch sein, dass der Vater seine Tochter selbst verletzt hat?“ Thorsten brachte eine neue Richtung ins Spiel.

Celia zweifelte an deren Wahrscheinlichkeit. „Kannst du dir vorstellen, dass Katrin Dammann ihren Mann decken würde, wenn er den Kindern etwas zuleide tun würde?“

Konnte er nicht. „Aber in irgendeiner Form deckt sie ihn jetzt auch. Sie weiß irgendwas. Nur war sie bisher nicht bereit, damit rauszurücken. Und das, obwohl jemand ihr Kind verletzt hat.“

Sie diskutierten, bis sie an einem hübschen Mehrfamilienhaus ankamen. Früher eine Stadtvilla für wohlhabende Familien, hatte man mehrere Wohneinheiten daraus gemacht. Eine davon bewohnte Thorsten, gemeinsam mit seiner Freundin Eva. Celia bewunderte das Haus. Thorsten wiederholte die Einladung zu einem Kaffee. Durch den plötzlichen Tod Falks und ihre intensive Zusammenarbeit waren seine anfänglichen Bedenken wie weggefegt. Er sah keinen Grund, Celia Steine in den Weg zu legen. Celia, die hinter dem Angebot die Geste sehr wohl erkannte, lehnte dennoch ab. Die Situation ging ihr näher als erwartet. Sie sehnte sich nach ihrem Haus und anderen Gedanken.

*

„Jaron bist du zu Hause?" Celia rief schon von der Tür nach Jaron. Dumpf hörte sie ihn antworten. Sie rief erneut nach ihm. Jaron stand im Keller, den Mund voller Nägel. Jaron baute gerade ihr altes Bücherregal zu einem Schuhregal um. „Ich dachte mir, hier neben der Außenkellertüre würde sich ein Regal gut machen. Für Gummistiefel und Gartenschuhe und …" Er unterbrach sich. Celia war in Tränen ausgebrochen. Keine Angewohnheit, die man Celia ansonsten schnell zuschreiben konnte. Jaron ließ Hammer und Nägel fallen, um Celia in den Arm zu nehmen. Fragen stellte er zunächst keine. Dafür würde später immer noch Zeit sein. Er ließ sie weinen und hielt sie fest. Als sie ruhiger wurde, geleitete er sie die Treppe hinauf, in ihre neue Küche. Er setzte sie auf einen Stuhl, drückte ihr ein Taschentuch in die Hand und bereitete einen Tee. Er schwieg weiterhin. Er überließ es Celia zu reden, wenn sie soweit war. Celia beruhigte sich schnell, was nicht zuletzt auf Jarons Fürsorge zurückzuführen war. Sie war ihm dankbar. Jarons Vorgänger in Celias Leben war weniger einfühlsam in solchen Momenten. Bei Jaron fiel es Celia leicht, ein schiefes Lächeln zustande zu bringen. Ein wenig stockend berichtet sie von ihrem Tag. Jaron hörte gespannt zu.

„Hast du das Gefühl, am Wagen wurde manipuliert?"

„Wenn ich das wüsste. Ich hoffe das hat die KTU bis morgen herausgefunden. Aber ich fühle mich so unglaublich schlecht. Ich habe noch nicht mal die Gelegenheit gehabt, die Unstimmigkeiten mit Falk aus dem Weg zu räumen. Und nun ist er tot."

„Ich kann deine Gefühle verstehen. Ich glaube, mir würde es auch nicht besser gehen. Aber trotzdem meine ich, dass er nicht ganz unschuldig ist. So wie du das geschildert hast, hört es sich an, als habe er eigenmächtig gehandelt. Ich glaube nicht, dass du dir im Ernst Vorwürfe machen musst."

Celia stimmte ihm zu. „Ich weiß. Aber ich hätte auf mein Gefühl hören sollen! Ich hatte schon das unbewusste Gefühl, dass er etwas im Schilde führt. Und so war es ja auch. Statt, wie vereinbart, eine Mitfahrt nach Buxtehude bei den Kollegen in Jork zu organisieren, ist er einfach zu den Dammanns gegangen. Und genauso sicher bin ich, dass er mit dem Dammann nicht über sein Mitgefühl gesprochen hat. Aber das ist mindestens ebenso frustrierend. Ich komme einfach nicht an den Mann ran. Der redet einfach nicht. Auch als ich ihm von Falks Tod erzählt habe. Er war geschockt. Schon, aber es hat nicht gereicht, um ihn zum Sprechen zu bringen. Ich verstehe das nicht." Sichtlich erschöpft trank sie ihren Tee.

Jaron verließ die Küche. Sie hörte wie er ihr Wasser für ein Bad einließ. Als sie das Bad betrat, bemerkte sie, dass er es dabei nicht hatte bewenden lassen. Leise Musik lief im Hintergrund, Kerzen brannten. Celia ließ sich ins Wasser gleiten, nachdem sie ihre Kleidung von sich geworfen hatte.

„Essen oder Rücken schrubben, was hilft dir mehr?" Celia entschied sich für das zweite Angebot. Zunächst hielt sich Jaron konsequent an diese Vorgabe. Erst nach einer Weile, als er merkte, dass Celias Spannungen merklich nachließen, wagte er einen Ausflug auf die Vorderseite ihres Körpers. Das wohlige Stöhnen seiner Freundin zeigte, dass er den richtigen Zeitpunkt gewählt hatte.

Kapitel 18

Der Abend hatte die Probleme ihrer Arbeit wieder in den richtigen Blickwinkel gerückt. Celia merkte es, als sie am nächsten Morgen im Büro eintraf. Obwohl sie kein weiteres Wort über den Fall verloren hatten, fühlte sie sich klarer. Thorsten dagegen schien der freie Abend keine Erholung gebracht zu haben. Beinahe sah er noch mitgenommener aus als am Tag zuvor. Celia füllte zwei Tassen mit Kaffee und bat ihn, ihr ins Büro zu folgen.

Celia stand Jaron in ihren Qualitäten als Zuhörer in nichts nach. „Na?" Es klang freundlich und bot Thorsten alle Möglichkeiten. Thorsten entschied sich zugunsten der Emotionen. Er berichtete Celia von Falks Einstellung, als sie erfuhren, dass Celia ihre neue Vorgesetzte würde. Er war ehrlich genug, auch seine eigene Position zu beschreiben. Bis hin zur Wandlung seiner Meinung und der Erkenntnis, dass Falk sich verrannte. Gerade das machte ihm nun die meisten Probleme. Er warf sich vor, wenig bis gar nichts unternommen zu haben, um Falk aus dieser Haltung herauszubringen. Er fühlte sich schuldig an dem, was passiert war. „Hätte ich eingegriffen, hätte ich vielleicht auch seinen Tod verhindern können!"

Celia schüttelte den Kopf. „Mir ging es gestern genauso. Aber heute Morgen denke ich anders darüber. Immerhin war Falk keine 16 mehr. Er hat sich für diese Einstellung mir gegenüber entschieden und hätte, genau wie du, seine Einstellung ändern können. Dafür bedanke ich mich übrigens. Aber er wollte den Weg weitergehen; und dafür bist du nicht verantwortlich! Und ich auch nicht. Es tut mir leid, dass er gestorben ist. Aber Schuld?“ Erneut schüttelte sie den Kopf.

Thorsten wollte gern an ihre Worte glauben. „Dafür, dass ich meine Meinung über dich geändert habe, brauchst du dich nicht zu bedanken. Sie war dumm genug. Außerdem hast du schnell gezeigt, was du auf dem Kasten hast, und da war es nicht weit mit der Änderung. Und ja, ich glaube du hast recht damit, was du über Falk sagst. Er wollte diesen Weg gehen, egal was vernünftig gewesen wäre.“

Schweigend tranken sie ihren Kaffee. Das Telefon störte die Ruhe. Es war das kriminaltechnische Labor.

„Und da gibt es keine Zweifel?“

Der Mann hatte keine Zweifel. Celia fluchte laut. Thorsten war erstaunt über die Kraftausdrücke. Als er den Grund erfuhr, änderte sich das.

„Das heißt, wir haben es jetzt mit Mord zu tun.“

„Ja, heißt es. Und jetzt werden hier andere Seiten aufgezogen.“

Celia wirkte entschlossen, als sie zum Telefonhörer griff und in die Tat umsetzte, was sie gestern bereits angekündigt hatte. Sie ließ sowohl das Ehepaar Dammann als auch Herrn und Frau Mathies zur Einvernahme abholen.

„Wir werden sie getrennt vernehmen. Jeden einzeln. Und wir werden ein paar Kollegen abstellen, die im Warteraum darauf achten, was die Wartenden miteinander besprechen.“

„Wer soll das zweite Verhör leiten?“

„Du, wer sonst?“

„Danke für dein Vertrauen, aber ich bin nicht erfahren. Meine Erfahrungen beschränken sich aufs Zuhören.“

„Na, dann wird es Zeit. Deine Ausbildung soll ja nicht umsonst gewesen sein.“

Sie legten die Reihenfolge fest. Frau Mathies und Herr Dammann machten den Anfang. Dabei hofften sie auf die offensichtliche Antipathie zwischen Rolf Mathies und Katrin Dammann. Der gemeinsame Aufenthalt im Flur sollte sie zu einer Unbeherrschtheit, im Beisein eines Polizeibeamten, verleiten. Sie besprachen kurz die wichtigsten Eckpunkte, als ihnen ein Beamter bereits die Ankunft der beiden Ehepaare meldete. Das Abholen und Vorführen durch Polizeibeamte sollte den Druck auf die Paare verstärken.

Kapitel 19

Celia hatte sich bewusst Kurt Dammann, den härteren Brocken beim Verhör, gewählt. Sie ließ ihn eine Weile zappeln. Sie setzte sich ihm gegenüber an den Vernehmungstisch und schwieg. Kurt Dammanns Nervosität war deutlich spürbar und sichtbar. Acht seiner zehn Fingernägel waren abgekaut. Er hatte bereits angefangen, das Fleisch rund um die Nägel anzunagen.

„Herr Dammann, können Sie sich denken, warum wir Sie herbestellt haben?"

Herr Dammann schüttelte den Kopf. Erneut machte Celia eine Pause.

„Wir haben die Ergebnisse der Kraftfahrzeuguntersuchung Ihres Autos. Möchten Sie wissen, was dabei raus gekommen ist?"

Er zuckte mit den Schultern. Sein Blick konnte seine Neugierde jedoch nicht verschleiern.

„Die Bremsleitungen waren durchtrennt."

Er blickte erstmalig auf – Celia direkt in die Augen. „Vielleicht ein Marder. Das haben wir hier öfter. Letztes Jahr hat einer an meinem Wagen die Kabel durchgefressen."

Celia schüttelte den Kopf. „Das wäre ein ausgesprochen seltenes Marderexemplar. Meines Wissens machen Marder keine glatten Schnitte mit Messern, sondern benutzen die Zähne. Das kann man sehr genau unterscheiden. Sie wissen, was das bedeutet?"

Kurt Dammann wechselte die Gesichtsfarbe. Es war offensichtlich, dass ihm die Bedeutung der Worte nicht entgangen war. Dennoch schien er immer noch nicht gewillt, es Celia gegenüber zuzugeben. Er schwieg.

„Es geht hier nicht mehr um Körperverletzung, Herr Dammann. Hier will irgendjemand ihrer Familie ernsthaften Schaden zufügen. Bei Ihrer Tochter ist es noch glimpflich abgegangen. Aber der zweite Anschlag war tödlich."

„Wie kommen Sie darauf, dass er uns gegolten hat? Immerhin ist niemand unserer Familie ums Leben gekommen!"

Celia kochte. „Wem wollen Sie diesen Unsinn erzählen? Sie wissen so gut wie ich, dass niemals Falk Teubert gemeint war. Oder haben Sie jemanden darüber informiert, dass Herr Teubert bei Ihnen ist? Dann sprechen wir über Beihilfe zu Mord." Kurt Dammanns Nervosität stieg. Der Schweiß rann aus allen Poren. Immer wieder rieb er seine nassen Hände an seiner Jeans trocken. Celia schwieg erneut. Sollte der Mann ruhig schwitzen. Vielleicht kamen sie einer Aussage so näher. Als sie endlich wieder das Wort ergriff, sprach sie leise und eindringlich. „Ich weiß nicht, welches Spiel hier gespielt wird, Herr Dammann. Aber eines weiß ich genau. Jemand spielt gegen Ihre Familie. Und wenn Sie auch nur einen Funken Gefühl für Ihre Frau und Ihre Kinder übrig haben, wird Ihnen nichts anderes übrig bleiben, als endlich den Mund aufzumachen. Ihre Familie ist in ernsthafter Gefahr. Der Unfall mit dem Auto galt Ihrer Frau. Schweigen geht nicht mehr."

Celia, die bis dahin vorgebeugt auf ihrem Stuhl gesessen hatte, lehnte sich nun, scheinbar entspannt, zurück. Nun hieß es warten.

Im zweiten Vernehmungszimmer waren zwei Menschen in Schweiß gebadet. Thorsten Brandt stand Trude Mathies in nichts nach. Sie bemerkte es nicht.

„Frau Mathies, ich habe Ihnen geschildert, was seit dem Überfall auf Marlin noch alles passiert ist. Sie müssen uns sagen, was Sie wissen."

Thorsten hatte, anders als Celia, auf Worte gesetzt. Dabei hatte er nicht unerwähnt gelassen, dass er fest davon überzeugt war, dass der Anschlag einem Mitglied der Familie Dammann gegolten haben musste. Scheinbar gab das den Ausschlag. Die Frau, von den Jahren gezeichnet, wirkte noch vergrämter, noch grauer. Ihre Worte klangen bitter. „Wissen Sie, wenn ich Ihnen irgendetwas über die ganze Geschichte sagen könnte, würde ich es tun. Aber mein Mann spricht nicht mit mir. Jedenfalls nicht, wenn es sich um wichtige Sachen handelt. Guten Tag und guten Weg ist alles, was er noch zu mir sagt. Und in letzter Zeit haben sich Kurt und Katrin, also die Dammanns, zurückgezogen. Früher haben wir uns öfter gesehen. Mal einen Kaffee zusammen getrunken oder abends ein Bier. Aber irgendwie …"

Sie ließ den Satz unbeendet, zuckte stattdessen resigniert und sichtlich enttäuscht die Schultern. „Versuchen Sie sich zu erinnern. Gab es irgendetwas, das dazu geführt haben könnte, dass der Kontakt zu den Dammanns eingeschlafen ist?"

„Der ist nicht eingeschlafen", fuhr sie dazwischen. „Sie haben ihn abgebrochen."

„Warum?"

Sie wusste es nicht. Thorsten glaubte ihr. Er sah keine Anzeichen für eine Lüge. Auch wenn ihm die Frau während der Vernehmung nicht sympathischer wurde, Mitleid empfand er dennoch. Es wirkte, als hätten die drei anderen sie ausgeschlossen. Thorsten wollte die Vernehmung beenden. Frau Mathies aber schien froh über die Gelegenheit, sich den Frust von der Seele reden zu können. Thorsten erhielt einen Einblick in die Ehe der beiden, auf den er gern verzichtet hätte.

Zunächst war die Ehe durchaus glücklich. Jeder hatte seinen Job, und abends trafen sie sich, um sich darüber auszutauschen, was sie erlebt hatten. So ließen sie einander am

Tag des anderen teilhaben. Damals waren die Zeiten noch gut. Den Bauern ging es gut. Dann wurde es schwerer. Neue EU-Verordnungen begrenzten die Bauern beim Spritzen. Bio-Obst wurde gefragter, der Anbau jedoch schwieriger und kostenintensiver. Dann kamen die EU-Erweiterungen und die Grenzöffnungen in den Osten. Und damit preiswerteres Obst. Der Absatz sank. Auch bei ihrem Mann. Zunächst konnten sie es überbrücken. Aber dann regnete es zuviel, im nächsten Jahr zu wenig, mal fiel die Kirschernte aus, mal die Apfelernte. Durch ihren Verdienst konnten sie sich immer noch über Wasser halten – doch Rolf Mathies war stolz. Wie die meisten Altländer. Auch dann, wenn es schon lange nicht mehr vernünftig erschien, seinen Stolz vor sich herzutragen. Statt erneut auf ihre Einkünfte zurückzugreifen, kündigte er die teure Hagelversicherung. Es kam, wie es kommen musste. Weite Teile der Apfelernte des letzten Jahres waren verhagelt. Genau zwei Minuten hatten gereicht. Aus dem Fenster in der Bank hatte sie den Schauer gesehen. Und dabei gehofft, dass er ihr Land verschonen würde. Vergebens! An diesem Abend brauchte ihr Mann nichts zu sagen. Sie sah es seinem Gesicht an. Von da an ging es stetig bergab. Er wurde immer kürzer angebunden, eigensinniger und nicht zuletzt aggressiv. Thorsten horchte auf.

„Was meinen Sie mit aggressiv? Hat er Sie geschlagen?“

„Oh Gott, nein. So habe ich das nicht gemeint. Er wurde jähzornig. Er schmiss mit Tassen oder was auch immer gerade greifbar war. Dabei war er früher ganz ausgeglichen und ruhig. Vielleicht wäre es ja anders gekommen, wenn wir Kinder gehabt hätten.“

„Wollten Sie denn keine?“

Trude Mathies fügte eine weitere Leidensgeschichte ihres Ehelebens an, erzählte, wie sie beide beschlossen hatten, mit Kindern zu warten. Sie wollten aus dem Hof, der zwar recht ansehnlich war, noch mehr machen. Um die Voraussetzungen dafür zu schaffen, ging Trude Mathies weiter ihrem Beruf nach. Das Geld setzten sie für den Kauf neuer Ländereien ein. Als sie scheinbar ihr Ziel erreicht hatten, beschlossen sie, die Verhütung einzustellen. Das was zunächst mit viel Hoffnung und Spaß begonnen hatte, endete in einem Horrortrip. Sex nach Plan und Uhr! Der Erfolg stellte sich nicht ein. Auch nicht nach unzähligen Hormonbehandlungen und künstlichen Befruchtungen. Es gab unschöne Schuldzuweisungen von der einen wie der anderen Seite. Auf die Frage, warum sie sich denn nie getrennt hätten, wusste die Frau auch keine Antwort. Sie vermutete Gewohnheit.

*

Celia musste ihre Vernehmung noch zu Ende bringen. Ihre Geduld zeigte, nach zehn Minuten des Schweigens, doch noch Erfolg. Kurt Dammann brach zusammen. Nun erfuhr Celia die ganze Geschichte. Das, was sie lange wussten, aber nie bestätigt bekommen hatten. Die Geschichte des türkischen Pflückers, illegal bei Rolf Mathies beschäftigt, der eines Abends eine Party auf dem Grundstück der Dammanns gefeiert hatte. Kurt Dammann kannte ihn, wusste, wo er tätig war und wusste oder ahnte zumindest, dass er hin und wieder auch in Drogengeschäfte verwickelt war. Damit wollte er nichts zu tun haben. In all den Jahren, seit er den Betrieb seines Vaters übernommen hatte, hatte er nie illegale Arbeiter auf seinem Hof. Noch viel weniger die, anderer Bauern. Er wusste von einigen Kollegen im Ort, die auf ihren Höfen die illegalen Pflücker von anderen Bauern unterbrachten, und sich sogar daran bereicherten. Das war nicht seine Art. Er wollte sich und seinen Kindern noch mit gutem Gewissen in die Augen sehen können. Deshalb hatte er den Mann an diesem Abend von seinem Hof vertrieben. Anders als erwartet, wurde der Türke aggressiv und ging auf ihn los. Er griff nach einer Holzlatte und schlug damit zu. Kurt Dammann hatte Glück im Unglück. Die Latte traf ihn lediglich oberflächlich an der Nase. Er hatte sich rechtzeitig weggedreht. Das schützte seine Nase vor einem Bruch, aber für ein ausgedehntes blaues Auge reichte es allemal. Die Reste davon hatte Celia noch sehen können.

„Dabei hat er sich wohl selbst erschrocken, und ist mit seinen Freunden abgehauen. Nachdem ich mich von dem Schreck erholt und das Auge ein bisschen gekühlt hatte, bin ich zu Rolf und habe ihn zur Rede gestellt. Ich wollte den Typen anzeigen. Aber Rolf hat solange auf mich eingeredet, dass ich es dann gelassen habe."

Celia konnte sich die Gründe denken, wollte sie aber aus dem Munde Dammanns hören. Er antwortete beinahe bereitwillig.

„Viele Obstbetriebe können nur noch existieren, weil sie die Möglichkeit haben, weit unter Preis Pflücker aus Polen oder der Türkei einzustellen. Die offiziellen Preise sind inzwischen so hoch, dass viele nicht mehr mithalten können. Es hilft schon, wenn zum Hof ein Hofladen gehört, in dem wir unsere Waren anbieten und an die Touristen verkaufen können. Aber wenn man es auf dem herkömmlichen Weg versucht, wie Rolf, sieht es schlecht aus. Also arbeitet er mit den illegalen Pflückern. Wenn ich den angezeigt hätte, dann hätten sie Rolf auch am Arsch gehabt, und das wollte ich nicht. Auch wenn ich in meiner ersten Wut was anderes gesagt habe. Allerdings hatte er versprochen, den Türken vom Hof zu jagen."

„Und hat er?"

„Sieht nicht so aus, würde ich sagen. Er weiß nicht, wo er abgeblieben ist. Sagt er zumindest. Aber ich glaube, der Türke war es, der sich an meiner Tochter vergriffen hat. Und vielleicht auch das mit dem Auto."

„Darum ging es also in dem Streit, den wir auf dem Hof mitbekommen haben."

Dammann leugnete nicht mehr. Er schien, wie Frau Mathies, erleichtert, endlich alles erzählen zu können. Celia brauchte noch ein paar weitere Details. Kurt Dammann lieferte sie. Auch über die Praktiken der illegalen Beschäftigung sprach er. Er erzählte, wo sie den Türken finden konnten. Endlich gab er auch preis, was er Falk mitgeteilt hatte. Es gab keinen Anlass mehr, den wahren Grund seines Besuchs zu verschweigen. Celia entließ Kurt Dammann vorläufig. Jedoch nicht, ohne ihn für die Zukunft auf Zusammenarbeit einzuschwören.

„Sie wissen schon, dass ihnen unter Umständen noch Ärger wegen Behinderung der Polizeiarbeit ins Haus steht?" Dammann zeigte sich wenig erstaunt.

„Ist schon gut. Ich habe sowieso ein schlechtes Gewissen wegen Falk." Celia beließ ihn in seinem Gefühl.

*

Die Annahme der beiden Kripobeamten, die weiteren Vernehmungen würden reine Formsache sein, stellte sich, zumindest im Fall von Rolf Mathies, als irrig dar. Sein Versuch zu retten, was es noch zu retten gab, hätte unter anderen Umständen vielleicht Celias Verständnis gefunden. Nicht jedoch in dieser Situation.

„Ich sage gar nichts. Sie wissen genau, dass ich mich nicht selbst belasten muss. Und das werde ich weder Ihnen, noch Kurt zum Gefallen tun. Ich weiß nicht, wovon Sie reden."

„Sie wissen, dass Sie sich verdächtig machen? Und vielleicht sogar mitschuldig?"

Stur blieb Rolf Mathies bei seiner Einstellung. Celia erwog, ihn für ein paar Stunden in Beugehaft zu nehmen. Sie ließ ihn gehen.

Thorstens Befragung dagegen stellte sich als der Selbstläufer dar, den sie vermutet hatten. Katrin Dammann war unendlich erleichtert, als sie hörte, dass ihr Mann sein Schweigen gebrochen hatte. Dennoch war ihr nur ein Bruchteil der Fakten bekannt. Offensichtlich hatte ihr Mann versucht seine Frau mit Einzelheiten zu verschonen. Sie wusste von dem Angriff durch den Türken ebenso wie von dem anschließenden Gespräch zwischen Rolf und ihrem Mann. Nichts dagegen aber über die Auseinandersetzungen am gestrigen Tag oder über die verfallene Scheune, in der die Illegalen untergebracht waren.

Kapitel 20

Die Frau war fassungslos. Sie meinte, da würde man nicht mal mehr Tiere unterbringen. Eine völlig verkommene Bruchbude. Undicht und seit Jahren unbewohnt." Thorsten war selbst angegriffen.

„Na, ich glaube es wird Zeit, dass wir uns dort einmal umsehen. Aber mit Verstärkung. Ich möchte das MEK. Und vor allem gern jemanden von der Ausländerbehörde. Ich glaube, die können wir, nach allem was wir gehört haben, gut gebrauchen."

Celia telefonierte die zuständigen Leute herbei. Die verbleibende Stunde bis zu ihrem Treffen nutzte Thorsten, um Celia über den Rest der Vernehmung zu informieren.

„Katrin Dammann konnte jedenfalls die frühere gute Beziehung zu den Mathies nicht mehr aufrechterhalten. Sie hat mir erzählt, dass sie es nicht ertragen konnte, dass Rolf Mathies es wichtiger fand, sich zu schützen als andere vor den Übergriffen des Türken. Sie gibt offen zu, dass sie auch nicht objektiv genug war, um wenigstens den Kontakt zu seiner Frau Trude aufrechtzuerhalten. Dabei ist sie davon überzeugt, dass die nichts mit der Sache zu tun hat. Sie beschreibt, was die Frau mir heute Morgen selbst erzählt hat. Nämlich, dass es im Grunde gar keine Ehe mehr gibt. Die reden nicht miteinander, und auch sonst läuft wohl nichts mehr, was es rechtfertigen würde, dass sie überhaupt noch zusammen sind. Aber niemand macht den Schritt zur offiziellen Trennung. Frau Mathies wirkt ziemlich frustriert und verhärmt. Aber ich finde, du solltest dir das Vernehmungsband anhören. Ich bin mir nicht sicher, ob ich alles gefragt habe, was ich fragen sollte. Und zwei Ohrenpaare hören mehr als nur eines. Nicht, dass ich was Wichtiges überhört habe."

Celia stimmte zu, obwohl sie überzeugt war, dass Thorsten seine Aufgabe gut gelöst hatte. Alles was sie bisher gehört hatte, deutete darauf hin, dass er das Vertrauen der Frau gewonnen hatte. Ein wichtiger Umstand, um mehr Informationen zu erhalten.

„Glaubst du, wir haben den Täter, wenn wir den Türken haben?"

Celia bezweifelte es: „Ich weiß es nicht. Ich finde, es deutet alles zu deutlich auf ihn hin. Wir sind zu schnell auf die Sache aufmerksam geworden. Ich bin immer skeptisch, wenn mir der Täter auf dem silbernen Tablett serviert wird. Wenn er auf frischer Tat erwischt wird – dann ja. Aber in einem Fall wie diesem? Ich meine, was für einen Grund sollte er haben, das Mädchen anzusprechen, wenn er genau weiß, er wird an seinem Akzent erkannt. Dann hätte er sich die Mühe mit der Maske doch gleich sparen können." Sie ergänzte: „Und das mit dem Messer ist die gleiche Geschichte. Warum lässt er das Messer am Tatort liegen?"

Thorsten sah, worauf Celia hinaus wollte. „Vielleicht ist er überrascht worden, und hat es in der Eile verloren?"

„Ich weiß es nicht. Lass uns mal sehen, was uns der gute Murat zu sagen hat. Dann sehen wir weiter."

Inzwischen waren die Leute der Ausländerbehörde eingetroffen. Celia versammelte sie gemeinsam mit der Leitung des Mobilen Einsatzkommandos im Besprechungsraum. Er war groß genug für alle. Mit wenigen Worten erläuterte Celia die Situation. Der Leiter der Ausländerbehörde zeigte sich über das Ausmaß der Praktiken mit illegalen Pflückern sehr erstaunt. Er gab an, von der grundsätzlichen Problematik zu wissen. Vom Umfang wollte er jedoch nichts gewusst haben. Celia konnte sich gegen ein Gefühl der Skepsis nicht wehren. Wenn man bereits in Baumärkten über das Thema redete, schien es ihr unwahrscheinlich, dass ausgerechnet die dafür zuständige Behörde nichts wusste. Für wahrscheinlicher hielt sie es dagegen, dass die zuständigen Stellen ein oder zwei Augen zudrückten. Es entlockte ihr eine zynische Bemerkung. Thorsten zuckte beim Unterton seiner Chefin zusammen.

„Ich arbeite jetzt seit genau zwei Tagen hier vor Ort und stolpere über illegale Pflücker an jeder Ecke. Selbst an den Kassen von Baumärkten unterhält man sich über das Thema. Und Sie haben davon nichts gemerkt? Sie verfügen sicher über einen entsprechenden Ausweis?" Auf den fragenden Blick des Leiters der Ausländerbehörde antwortete sie knapp:

„Na, Sie haben doch sicher einen Behindertenausweis! Einen der Ihnen Hör- und Sehschwierigkeiten bescheinigt."

Innerlich musste Thorsten Brandt über die Unverfrorenheit seiner Chefin lachen. Dem Leiter der Ausländerbehörde war genau das allerdings vergangen. Man sah ihm an, dass er eine Retourkutsche in Erwägung zog. Die zuckende Augenbraue Celias hielt ihn im letzten Moment zurück. Er erkannte das unsichere Terrain, auf dem er sich bewegte. Der Vorfall konnte seine Position durchaus gefährden. Ob er wollte oder nicht, er musste gute Miene machen. Als bereits alle anderen den Raum verlassen hatten, lachte Thorsten immer noch: „Du traust dich vielleicht was. Führst du dich immer so ein? Du kennst den doch überhaupt nicht. Warum hast du den gleich so rund gemacht?"

Celia war nach wie vor aufgebracht. „Weil ich so einen Mist nicht hören kann. Von wegen, er hat davon noch nichts mitbekommen. Wenn die Leute ehrlich sind und mir sagen, dass sie mit der Situation überfordert sind, die Arbeitslast zu hoch ist und was weiß ich, dann kann ich damit umgehen. Aber der kann mir doch nicht erzählen wollen, er hätte nichts vom Ausmaß der Problematik gewusst. Ist der neu oder was?“

Das war er nicht. Im Gegenteil. Der Mann, so erzählte Thorsten, saß bereits seit 15 Jahren auf seinem Posten.

„Frag du mich noch mal, warum ich mich so verhalte.“

Sie folgten den anderen zu den Autos. Das MEK hatte inzwischen alle Leute zusammen, um in dem baufälligen Hof in Mittelnkirchen eine Razzia durchzuführen. Vordringlichstes Ziel war, so viele Ausländer wie möglich in Polizeigewahrsam zu nehmen. Danach musste die Identität der Leute festgestellt werden. Arbeitserlaubnisse und Aufenthaltsgenehmigungen mussten überprüft werden. Dann, so hofften Celia und Thorsten, würden sie im günstigsten Fall Murat bereits haben. Im ungünstigsten Fall wäre er nicht dabei, aber sie könnten über die anderen erfahren, wo er sich aufhielt.

Als sie mit dem Großaufgebot in Mittelnkirchen eintrafen, schien es, als würden sie den kleinen Ort sprengen. Er platzte schier aus den Nähten. Und sie verursachten Aufsehen. Sie mussten schnell handeln. Ihr Auftauchen würde nicht lange geheim bleiben.

Aber das MEK war geübt und eingespielt. In kürzester Zeit war der ehemalige Hof umstellt. Niemand hatte die Chance zu entkommen. Zwei versuchten es dennoch. Bereits an der nächsten Ecke wurden sie von der Nachhut abgefangen und in Gewahrsam genommen. Alles ging geordnet und überraschend friedlich zu. In Anbetracht der Waffen, die sie im Gebäude vorfanden, fast ungewöhnlich. Es gab zahlreiche Messer in allen Formen und Arten. Und etliche Schusswaffen stellten sie sicher.

Thorsten blieb die Spucke weg. „Das kann doch nicht wahr sein. Was machen die damit? Das sieht ja aus wie in einem Al Kaida Übungscamp!“ Als sie ihren Fund dem

Leiter der Ausländerbehörde vorlegten, musste dieser schlucken. Der Tag war ihm nachhaltig verhagelt. Zu Recht machte er sich Sorgen um seinen Job. Aber das Hauptinteresse der Kripobeamten lag darin, Murat zu finden. Die verbliebene Arbeit auf dem Hof in Mittelnkirchen konnten sie getrost dem MEK überlassen.

Kapitel 21

Jaron tigerte unruhig im Haus umher. Durch einen Anruf Celias wusste er von ihrem Vorhaben. Selbst zur Untätigkeit verdammt, machte ihn ihre Ankündigung unruhig. Vor seinem geistigen Auge sah er immer wieder die Szene: Celia bei ihrer letzten Festnahme in Köln. Es hatte nicht viel gefehlt, und sie hätte die Festnahme mit ihrem Leben bezahlt. Jaron hatte Angst um Celia. Ein fremdes Gefühl. Seine bisherigen Lebenspartnerinnen waren immer in anderen Berufen tätig gewesen.

„Mist", fluchte er laut vor sich hin. Dabei bereute er, gestern so viel weggearbeitet zu haben. Heute hätte es eine willkommene Ablenkung für ihn dargestellt. Auch der Versuch, ein Buch zu lesen, scheiterte bereits im Ansatz. Über den ersten Satz kam er nicht hinaus. Dann schweiften seine Gedanken wieder ab. Er schaltete das Radio ein. Aber er wurde enttäuscht. Es brachte weder Ablenkung noch Informationen. Jaron setzte sich an seinen Schreibtisch. Er dachte über seinen Gefühlsaufruhr nach. Es brauchte nicht lange bis zur Erkenntnis, dass nicht nur der Beruf Auslöser für seine Gefühle war, sondern Celia in der Tat sehr viel mehr für ihn bedeutete als irgendeine andere Frau bisher. Dabei waren durchaus längere Beziehungen dabei gewesen. Es hatte dennoch nie gereicht, um solche Gefühle auszulösen. Wie am ersten Tag fühlte er sein Herz heftig schlagen, sobald er nur an Celia dachte. Damals war sie in ihr Büro gekommen, in dem er auf sie wartete, um seinen Antrittsbesuch bei ihr zu machen. Er sah sie eintreten und um ihn war es geschehen. Es brauchte einige Zeit, bis die

Situation soweit gediehen war, dass er Celia seine Gefühle mitteilen konnte. Ehrlicherweise musste Jaron zugeben, dass es nur entfernt damit zu tun hatte, dass Celia gebunden war. Viel mehr hatte es damit zu tun, dass er noch nie vorher einen solchen Gefühlsansturm erlebt hatte. Er wusste nicht, wie er damit umzugehen hatte. Wenn er Celia nicht sah, verzehrte er sich so nach ihr, dass er meinte, es ohne sie nicht aushalten zu können. Begegnete er ihr, war es sogar noch schlimmer. Noch nie hatte er eine Frau so stark begehrt. Bis er mit seinen Gefühlen umgehen konnte, spielte er die Rolle des Seelentrösters in ihrem Leben. So lange, bis keiner mehr an ihrer Verliebtheit vorbeisehen konnte. Aber wie so oft in solchen Fällen, hatten die Außenstehenden es lange vor den betroffenen Personen bemerkt.

Die damaligen Kollegen Celias feixten sich einen, wenn Celia und Jaron vehement jede Beziehung leugneten. Jaron zuckte ein wenig zusammen, als ihm klar wurde, dass er wie ein verliebter Primaner, dämlich grinsend, an seinem Schreibtisch saß und an die Frau seines Herzens dachte. Bis vor Kurzem hatte er sich für einen wenig romantisch veranlagten Mann gehalten. Celia weckte jedoch ungeahnte Ressourcen in ihm.

„Genug der Gefühlsduseleien." Er sprach laut mit sich selbst. Er entschied aktiv gegen seine Unruhe vorzugehen. Sein Fitnesstraining wieder aufzunehmen, erschien ihm das geeignete Mittel. In den letzten Wochen hatte er es schändlich vernachlässigt. Der Umzug und die Tatsache, dass er noch keine neue Laufstrecke gefunden hatte, hatten ihn daran gehindert, sein Lauftraining aufzunehmen. Der heutige Tag erschien ihm wie geschaffen dafür. Von neuem Elan getrieben, zog er sich die Sportsachen über, packte eine Flasche Wasser ein und war auch schon im Auto. Als er bemerkte, dass er sein Handy im Haus vergessen hatte, kehrte er noch einmal um. Als er dann endlich losfuhr, war sein Ziel die Elbe. Entlang des Flusses, am Deich, stellte er sich vor, könnte gut seine neue Laufstrecke sein. Mit der Strecke würde er die nächsten zwei Stunden beschäftigt sein und dabei weder erotischen noch beängstigenden Gedanken nachhängen können.

Kapitel 22

Hätte Celia die Wahl zwischen Jogging und ihrer jetzigen Beschäftigung gehabt, hätte sie sich ohne Zweifel ebenfalls für die sportliche Betätigung entschieden. Dabei konnte sie Jogging nichts abgewinnen. Aber alles schien ihr verlockender als das, was sie gerade tat. Das Präsidium glich einem Flüchtlingsauffanglager. Ergebnisse hatte es bisher jedoch nicht gebracht. Murat war nicht unter den bisher vernommenen Ausländern. Frustrierender war nur noch die Tatsache, dass angeblich niemand wusste, wer dieser Mann überhaupt war. Die meisten waren sich ihrer kritischen Situation sehr wohl bewusst und versuchten zu kooperieren. Das war offensichtlich. Aber selbst das brachte sie nicht weiter.

„Wenn hier nicht langsam Bewegung reinkommt, bekomme ich die Pimpernellen." Thorsten musste über den Ausdruck seiner Chefin lachen. Dabei war ihm so wenig zum Lachen wie ihr. Als hätte man ihre Worte erhört, kam einer der Beamten zu ihnen und bedeutete ihnen, ihm in sein Vernehmungszimmer zu folgen. „Könnte sein, dass der Mann, der bei mir sitzt, interessant für Sie ist. Wir haben einen Dolmetscher holen müssen, weil er so gut wie nichts versteht. Aber dafür scheint er Ihren Mann zu kennen."

Celia merkte, wie sich die Spannung ein wenig löste und einer konzentrierten Erwartung wich. Insgeheim hoffte sie, der Beamte möge sich nicht täuschen. Celia stellte sich und Thorsten vor, nachdem sie den Erntehelfer und dann den Dolmetscher begrüßt hatten. Der Dolmetscher tat es ihnen nach und nannte den Beamten den Namen des Mannes und seinen eigenen. Celia wandte sich direkt an den Mann, dessen Namen der Dolmetscher mit Ari Mulem angegeben hatte.

„Herr Mulem, Sie wissen, dass Sie in keiner guten Situation sind. Sie sind unerlaubt in Deutschland, haben ohne entsprechende Papiere hier gelebt und, wenn ich richtig vermute, gearbeitet. Allerdings können Sie Ihre Situation erheblich verbessern, indem Sie mit uns zusammenarbeiten. Sie kennen einen Mann namens Murat?“

Es dauerte einen Moment, bis der Dolmetscher die Worte übersetzt hatte. Während er noch sprach, entspannten sich Ari Mulems Gesichtszüge bereits. Anscheinend hatte er verstanden, wie er sich in ein besseres Licht rücken konnte. Seine Worte ließen keinen Zweifel daran, dass er seine Chance ergreifen wollte. Der Dolmetscher übersetzte und am Ende bestätigte er, dass Herr Mulem Murat kenne. Oder zumindest einen Murat. Er erklärte nämlich in einem Atemzug, dass Murat nicht gerade ein seltener Name sei und er demzufolge nicht sicher wäre, ob sie den gleichen Murat meinten. Wenn das allein noch nicht gereicht hätte, um Celia und Thorsten erneut zu frustrieren, so legte Herr Mulem gleich noch einen obendrauf. Murat, der Murat, den er kannte, war nämlich seit zwei Tagen nicht mehr nach Mittelnkirchen gekommen. Celia stöhnte.

„Okay, wenn wir noch nicht herausfinden können, wo unser Murat ist, dann soll Herr Mulem helfen, ein Phantombild anzufertigen. Damit können wir den Leuten draußen konkretere Fragen stellen.“

Celia war im Begriff das Büro zu verlassen, als ein anderer Beamter es betrat. „Da draußen ist einer, der gern mit Ihnen reden möchte. Hört sich vielversprechend an.“

„Brauchen wir einen Dolmetscher?" Der Beamte verneinte.

„Wie heißt der Mann?"

„Pawelski!"

„Pawelski hört sich wenig türkisch an."

Der Beamte grinste. „Ist es auch nicht. Der ist Pole."

„Und was hat er in der Behausung der Türken in Mittelnkirchen gemacht?"

„Dort gewohnt. Die Bauern halten es nicht für nötig, auf nationale Trennung zu achten. Die wohnen alle durcheinander."

„Und das geht gut?" Celia war erstaunt.

„Sieht so aus. Obwohl der Pole keine besonders hohe Meinung von seinen Arbeitskollegen zu haben scheint."

„Na dann wollen wir uns mal anhören, was er zu sagen hat." Celia drehte sich noch einmal zu dem Beamten. „Beeilen Sie sich bitte mit dem Phantombild. Wir brauchen dringend etwas mehr als nur den Vornamen des Mannes. Ein Bild würde uns sehr helfen."

„Wird gemacht, Frau Dörfer."

Thorsten bemerkte erstaunt, wie respektvoll die Beamten bereits auf Celia reagierten. Es freute ihn für sie. Gleichzeitig bedauerte er erneut die Dummheit Falks. Hätte er sich nicht so in seine Aversion gegen Celia gesteigert, würde er heute noch leben. Davon war Thorsten überzeugt. Bei näherer Betrachtung kam er zu dem Schluss, dass Falks Verhalten lediglich die Fortsetzung seines sonstigen Verhaltens war. Falk war, oberflächlich betrachtet, ein netter Kollege. Bei genauerem Hinsehen stellte man dann schnell fest, dass er unzufrieden war. Schuld trugen jedoch immer die anderen. Thorsten konnte damit leben! Aber es bedurfte keiner besonderen Menschenkenntnis zu merken, dass Falk nicht zu den beliebtesten Beamten im Präsidium gehörte. Er schüttelte traurig den Kopf, als wolle er die Gedanken wegschütteln. Dann konzentrierte er sich wieder auf das aktuelle Geschehen.

Sie erreichten das Büro, in dem der Pole Pawelski auf sie wartete. Celia ging lächelnd auf den Mann zu und streckte ihm die Hand zur Begrüßung entgegen. Herr Pawelski ergriff sie erfreut.

„Ich habe Papiere. Ich nicht versteckt arbeite."

Celia war irritiert. Der Vernehmungsbeamte zuckte mit den Schultern: „Ich habe vergessen, Ihnen das zu sagen. Herr Pawelski arbeitet legal in Deutschland. Schon seit etlichen Jahren. Er hat einen festen Vertrag, alle wichtigen Papiere und ist noch nie mit dem Gesetz in Konflikt gekommen!"

„Aber warum wohnen Sie dann mit den illegalen Pflückern in Mittelnkirchen?"

„Ist billig, kostet fast gar keine Geld. Andere Unterkunft kostet viel mehr, und ich brauche Geld für Familie in Polen."

Celia konnte es nicht fassen. „Sie müssen für eine solche Behausung Geld bezahlen?"

Celia empfand Verachtung für die Praktiken der Bauern. Daran änderte auch die Tatsache nichts, dass sie sehr wohl wusste, dass sich nicht alle so verhielten. Die Zahl derer, die sich so verhielten, war ihr entschieden zu hoch. Doch hier ging es nicht um die illegale Beschäftigung ausländischer Arbeiter. Es ging um Mord und schwere Körperverletzung.

„Herr Pawelski, Sie haben unserem Kollegen eben erzählt, dass Sie einen türkischen Arbeiter mit Namen Murat kennen. Stimmt das?"

Pawelski bestätigte es. Er sprach gut Deutsch. Seine Ausführungen waren weitschweifig und stellten hohe Anforderungen an die Geduld der Beamten. Am Ende wurden sie belohnt.

„Murat ist vor zwei Tagen das letzte Mal in Mittelnkirchen gewesen. Mathies, sein Boss, hat ihn vor die Tür gesetzt. Wollte ihn nicht mehr als Arbeiter haben. Aber war komisch. Murat war richtig gut gelaunt und hatte viel Geld. Hat uns Wodka und Bier spendiert. Nicht billig, sondern aus teure Geschäft. Und ist gegangen dann."

„Wissen Sie wohin er gegangen ist?"

Pawelski schüttelte den Kopf. „Nicht genau wissen, aber glauben."

Es stellte sich heraus, dass Murat Verwandte in der Nähe hatte. Dorthin, glaubte Pawelski, sei Murat gegangen. Die Person Murats bekam nun Konturen. Sie wussten jetzt auch seinen Nachnamen. Murat Ösmal. Die Verwandtschaft lebte in Hamburg, aber nur wenige Kilometer von Buxtehude entfernt. „Woher wissen Sie das alles?"

Pawelski grinste freundlich, schelmisch. „Glauben immer alle, Polen dumm, können nur Auto klauen. Ich seit zwanzig Jahre arbeite hier, und immer mit Türken zusammen. Habe ich gelernt. Verstehe ich genug, was reden. Aber nicht alle Türken wissen, dass ich verstehe." Er grinste erneut schelmisch und durchaus sympathisch. Man sah ihm an, wie stolz er auf seine Fähigkeiten war. Thorsten erhielt von Celia den Auftrag, den genauen Wohnort der Familie Ösmal herauszufinden. Doch bevor er seinem Auftrag nachkommen konnte, riss jemand die Tür auf. Ein Mann, dicht gefolgt von einem Polizeibeamten, stürmte ins Büro. Bei Celia schrillten die Alarmglocken. Blitzschnell griff sie nach ihrer Dienstwaffe, als der Beamte endlich zugriff. Celia stieß hörbar Luft aus. Auch Thorsten, ebenfalls bereits die Hand an der Waffe, entspannte sich. Celia ließ ihrer Wut freien Lauf.

„Was sollte das denn werden? Wieso stürmt der Mann hier einfach rein, ohne dass jemand bei ihm ist?"

Der Beamte, sichtlich schockiert, verteidigte sich. „Tut mir leid. Er hat nur nach dem leitenden Beamten gefragt!

Wegen der Razzia in Mittelnkirchen. Als ich auf das Büro gezeigt habe, ist er losgestürmt. Ich war völlig überrumpelt."

„Dann ist das gar keiner von denen, die wir aus Mittelnkirchen mitgenommen haben?"

Bevor der Beamte dazu kam, das zu bestätigen, mischte sich Pawelski ein. „Das Murat. Murat Ösmal." „Stimmt das? Sind Sie Murat Ösmal? Haben Sie für Rolf Mathies gearbeitet?"

Der Mann nickte. „Lassen Sie ihn los."

Der Beamte zögerte.

„Er aus freien Stücken hergekommen."

Der Beamte ließ ihn los.

„Kommen Sie, Herr Ösmal, gehen wir nach nebenan." In der Tür wandte sie sich noch einmal kurz um. „Vielen Dank für Ihre Aussage, Herr Pawelski. Hat mich gefreut, Sie kennengelernt zu haben. Sie können gehen. Wenn wir noch Fragen haben, brauchen wir eine Adresse, unter der wir sie erreichen können."

„Oh, da, wo mich jetzt auch gefunden. Wird jetzt schön leer. Werde ein bisschen Ruhe haben in nächster Zeit." Der Pole hatte Humor und Durchblick. Celia lächelte ihm zu und verließ hinter den anderen den Raum. Sie folgte ihnen in ein angrenzendes Büro. Murat Ösmal hatte bereits Platz genommen.

Kapitel 23

Beinahe hätte er sein Ziel mit den zwei Stunden erfüllt. Aber auch eine Stunde und fünfundvierzig Minuten hatten gereicht, um das Letzte aus ihm heraus zu holen. Keuchend und völlig erledigt erreichte er den großen Parkplatz am Elbdeich. Seinen Wasservorrat hatte er getrunken. Fühlte sich aber immer noch wie ein Verdurstender in der Wüste. Was, wie er erfreut feststellte, auch mit den deutlich gestiegenen Temperaturen zu tun hatte. Zu seinem Glück gab es auf dem Parkplatz etliche Imbisswagen, an denen Getränke verkauft wurden. Jaron beglückwünschte sich zu seiner Geistesgegenwart, Geld eingesteckt zu haben. Auch, wenn es ihm etwas peinlich war, verschwitzt neben die anderen Besucher der Imbisswagen zu treten. Schweren Schrittes ging er auf den nächstbesten Verkaufswagen zu, nachdem er das Geld aus seinem Auto geholt hatte. Nach den ersten Schlucken fühlte er sich merklich wohler. Der Platz an der Elbe war nicht nur ein beliebter Treffpunkt für Sportler. Auch Ausflügler kamen auf ihre Kosten. Noch vor einigen Jahren, hatte er gelesen, konnte man von einem Schiffsanleger aus mit einer Schnellfähre in 45 Minuten nach Hamburg fahren. Inzwischen war der Fährverkehr eingestellt. Hatte sich wohl nicht gelohnt. Jaron sah entspannt dem regen Schiffsverkehr auf der Elbe zu. Er hatte bereits eine ganze Weile den Wellen und den Schiffen zugesehen, bevor er die Gespräche um sich herum wahrnahm.

„Jetzt ist die Kacke am dampfen, glaub mir das. Ick heb dat ja schon immer secht. Eines Tages fliegen die alle auf.

Aber die können den Hals ja nicht voll genug kriegen."

„Jo, jo, aber die muss doch jemand verpfiffen haben. Sonst wär'n die doch nie auf Mittelnkirchen gekommen. Die haben doch seit Jahren keine Razzia mehr gemacht. Der Olle von der Ausländerbehörde hat doch Geld kassiert, damit er den Mund hält. Oder ist der nicht mehr da?"

Jaron traute seinen Ohren nicht. Das roch bedenklich nach wichtigen Informationen für Celia. Zögernd und Unsicherheit vortäuschend, wandte er sich an die Männer. Dabei besah er sie sich näher. Sie waren bereits im gesetzten Alter. Möglicherweise schon im Ruhestand. Gab es bei Obstbauern einen geregelten Ruhestand? Jaron wusste es nicht. Die Gesichter der beiden Bauern waren von einer Bräune, die man nur bei regelmäßigen Tätigkeiten im Freien bekam. Die Jahre hatten untrügliche Zeichen in die Haut gegraben. Furchen und Falten zierten ihre Gesichter.

„Sagen Sie, tut mir leid, dass ich Sie einfach so anspreche. Ich bin neu hier und suche einen Hof, wo ich regelmäßig Obst beziehen kann. Haben Sie vielleicht selbst einen Hof? Oder können mir einen empfehlen?" Die beiden Männer reagierten abweisend. Dann änderten sie ihre Meinung. Ob es daran lag, dass sie eine Gelegenheit zum Geldverdienen witterten oder sie sich auf ihre guten Manieren besannen, war nicht erkennbar.

„Klar haben wir einen Hof."

Jaron blieb höflich. „Dann kann ich bei Ihnen Äpfel kaufen?"

„Kommt drauf an. Wo wohnen Sie denn?" So hatte man Jaron die Altländer beschrieben. Auf eine Frage antworteten sie mit mindestens drei Gegenfragen!

„In Jork", antwortete Jaron.

Einer der beiden winkte ab: „Wir haben unsere Höfe in Steinkirchen. Zu weit."

Jaron startete einen Versuch, die Namen der Bauern

herauszufinden, indem er sich ihnen vorstellte. Als Reaktion erhielt er jedoch nicht mehr als ein kräftiges Brummen.

„Können Sie mir denn einen Hof in Jork empfehlen, Herr ...?" Er wandte sich an den größeren der beiden Männer. Aber dieser verstand auch die letzte Aufforderung Jarons nicht. Stattdessen legte er los. „Empfehlen? Pfff, die sind doch alle durchtrieben und gierig bis ins Mark. Alle vom Stamme Nimm. Schrecken vor nichts zurück. Gehen Sie bloß nicht zum Hofmann. Den haben sie gerade erwischt."

Er machte eine unheilvolle Pause. Jaron wollte gerade nachfragen, als der andere Bauer die Ausführungen seines Kumpels vollendete.

„Dem ist das Gewerbeamt drauf gekommen, dass er immer billige, abgelaufene Marmelade in den Supermärkten gekauft und dann in eigene Gläser umgefüllt hat. Und dann hat er sie als selbst gemachte Marmelade für teures Geld verkauft."

„Stimmt, und mit der Mettwurst hat er es genauso gemacht. Aber das ist noch nicht alles. Nicht mal das Obst hat er von seinem Hof. Hat er in Belgien gekauft, in eigene Kisten geräumt und unter seinem Namen verkauft."

„Na, das ist ihn aber doch bestimmt teuer zu stehen gekommen." Jaron war sich der Gesetzeslage nicht im Klaren. Die Bauern dagegen wussten Bescheid.

„So'n Blödsinn. Eine Ordnungsstrafe musste er bezahlen. Die hat der in all den Jahren hundertmal verdient, mindestens! Aber bisher hat er sowieso nicht bezahlt. Ist in Berufung gegangen. Wahrscheinlich kommt er am Ende ganz ohne Strafe davon. Aber ich sage Ihnen was. Wenn es nach mir geht, kriegt der keine Kunden mehr. Ich sage allen, wie es ist. Solche Typen machen unseren Ruf kaputt. Und dann können wir hier im Alten Land einpacken."

Jaron stimmte den beiden zu. Die freuten sich, jemanden mit einem offenen Ohr für ihre Ansichten gefunden zu haben. Es dauerte eine ganze Weile, bis Jaron sich endlich von ihnen verabschieden konnte, ohne nun seinerseits als unhöflich zu gelten. Man verabschiedete sich freundlich, beinahe herzlich voneinander. Jaron brauchte eine warme Dusche und ein Gespräch mit Celia.

Kapitel 24

Celia brauchte vor allem Fakten, die den Fall nicht noch verworrener machten, als er ohnehin schon war. Murat hatte alle Hoffnung, in ihm den Täter für die Taten an Marlin und Falk zu finden, zunichte gemacht. Bereits nach wenigen Sätzen hatte Murat den Angriff auf Herrn Dammann zugegeben. Zu allen anderen Vorwürfen erklärte er jedoch hartnäckig seine Unschuld. Und das sehr glaubwürdig.

„Gut, Herr Ösmal, lassen Sie uns noch einmal alles zusammenfassen. Nachdem Sie mit der Holzlatte auf Herrn Dammann eingeschlagen hatten, sind Sie zunächst nach Jork zurück. Dort hat Sie Ihr Chef, der Herr Mathies, aufgesucht, und Ihnen den Kopf gewaschen? Stimmt das soweit?“ Celia schaute sich Murat genauer an. Dabei wurde ihr deutlich, dass sie Murat zur Mitarbeit bewegen musste.

Murat Ösmal war ein stolzer Türke. Allerdings schien er sich den tief religiösen Traditionen seines Volkes nicht verschrieben zu sein. Er machte eher einen europäisierten Eindruck. Murat war groß und schlank. Ungewöhnlich groß für einen Türken. Typisch dagegen waren die schwarzen, krausen Haare, die er allerdings lang trug – sehr lang für einen Türken. Seine Deutschkenntnisse waren ausgesprochen gut, sodass sie auf einen Dolmetscher verzichten konnten. Was Celia erleichtert zur Kenntnis genommen hatte. Eine Befragung mit Dolmetschern war bei den Beamten nicht beliebt. Man konnte nie sicher sein, was und wie etwas übersetzt wurde. Und ob die Zwischentöne stimmten, auf die es häufig ankam.

„Nein, Bauer Mathies hat mich nicht entlassen. Klar war nicht glücklich über, was ich gemacht. Hat gemotzt. Aber ich arbeite seit fünf Jahre für ihn. Immer. Bin auch Winter hier."

„Aber Herr Pawelski hat eben ausgesagt, dass Herr Mathies Sie vor zwei Tagen rausgeschmissen hat, und Sie da das letzte Mal in Jork waren?" Thorsten war irritiert über die Diskrepanz zwischen den beiden Aussagen.

„Stimmt nicht ganz. Bin ich das letzte Mal vor zwei Tagen da gewesen. Aber vorher auch schon nicht mehr. Mathies hat gesagt, ist besser ich wohne erst mal woanders, nicht mehr bei den anderen. Bin ich nach Neuenfelde zu Cousine und Cousin. Haben da ein Geschäft. Geht gut. Viel Türken hier und die kaufen." „Aber vor zwei Tagen hat Mathies Sie dann doch rausgeworfen. Pawelski sagt, Sie sind gekommen und haben erzählt, dass er Sie rausgeschmissen hat und haben für alle Bier und Wodka gehabt."

„Plan hat gut geklappt." Murat lächelte verschmitzt.

„Chef ist kluger Mann."

„Was für ein Plan?" Celia machte ihrer Irritation Luft.

„Na, wollte, dass so aussieht, ich entlassen bin. Wegen sein Freund. Wollte ihn als Freund behalten. Und deshalb sollten alle glaube, ich bin entlassen und arbeite nicht mehr für ihn. Habe ich aber doch."

„Toller Freund! Wer Mathies zum Freund hat, braucht anscheinend keine Feinde. Das ist Kameradschaft ganz nach meinem Geschmack."

Thorsten grinste bei dem emotionalen Ausbruch Celias. Es machte sie menschlicher. Und das gefiel ihm ausgesprochen gut, nachdem er in den letzten Tagen dazu neigte, sie fast für unfehlbar zu halten.

„Dann müssen wir jetzt nur noch klären, wo Sie die letzten Tage gearbeitet haben. Waren Sie am Minnerweg?"

„Nein, nicht, war zu gefährlich, ist direkt neben Hof von

Freund. Außerdem waren Kirschen nichts mehr wert. Jetzt mussten Äpfel versorgt werden."

Celia wurde langsam ungeduldig. Der Mann schien das alles für ein nettes Plauderstündchen zu halten.

„Herr Ösmal, nun mal Klartext. Herrn Dammanns Tochter ist überfallen worden. Man hat sie mit einem Messer schwer verletzt. Dieses Messer kommt aus einem Laden, der von Ihren Landsleuten unterhalten wird. Wo also waren Sie zu der fraglichen Zeit?" Unter seiner gesunden Gesichtsbräune verlor Murat Ösmal die Farbe. Er fluchte laut und vernehmlich in türkischer Sprache. Dann wechselte er unvermittelt wieder ins Deutsche.

„Sagen bitte noch mal. Wer verletzt ist?"

Thorsten der die Ungeduld seiner Chefin spürte, antwortete für sie: „Marlin, die Tochter des Mannes, dem Sie mit der Holzbohle das Auge blau geschlagen haben."

„Wann?"

„ Vor genau zwei Tagen. Gegen Abend."

Celia hatte sich wieder im Griff.

„War ich gar nicht hier. Das sein mein freier Tag. Immer. War bei meine Cousine und Cousin, Neuenfelde. War Hochzeit. Haben gefeiert."

„Und dafür gibt es sicher ganz viele Zeugen!"

„Was ist Zeugen?"

Thorsten erklärte es in wenigen Worten. Als er den Sinn verstanden hatte, bestätigte er, was Thorsten bereits vermutet hatte. Wenn Zweifel an seiner Unschuld bestanden hatten, waren sie nun ausgeräumt. Gleichzeitig aber auch die Hoffnung, Murat hätte vielleicht etwas gesehen.

„Vielleicht können Sie uns aber doch weiterhelfen. Versuchen Sie sich zu erinnern, ob es unter den Arbeitern irgendjemanden gibt, der nicht gut auf Dammann und seine Familie zu sprechen ist. Wer arbeitet für Dammann? Kann es einer von denen sein?" Murat ließ sich die Fragen der

Kripobeamtin gründlich durch den Kopf gehen. Bedächtig schaukelte er den lockigen Kopf von einer auf die andere Seite. Celia scharrte innerlich mit den Füßen vor Ungeduld. Äußerlich hatte sie sich in der Gewalt.

„Ich kenne nicht Männer von Dammann. Die nix wohnen bei uns. Wohnen alle auf Hof da."

„Aber Sie sind sich doch sicher begegnet, wenn Sie Hof an Hof gearbeitet haben."

„Schon klar. Aber die alle ehrlich hier sind. Nix illegal. Und wohnen alle gut auf Hof. Haben nicht viel zusammen gesprochen, und ich nicht weiß, wer sauer auf Chef war."

Celia und Thorsten hatten keine Wahl. Sie entließen ihn. Dabei stand ihnen die neuerliche Frustration deutlich ins Gesicht geschrieben. Mit Murat hatten sie nicht nur einen Verdächtigen weniger auf ihrer Liste. Es stand einfach niemand mehr auf dieser Liste. Es fehlte ihnen jeder Anhaltspunkt. Sie waren so mit dem Ergebnis der letzten Befragung beschäftigt, dass Celia Jaron, der in einvernehmlichem Gespräch mit dem Chef der Spurensicherung im Vorzimmer saß, beinahe übersehen hätte. Erst als Richie aufstand und sich verabschiedete, registrierte Celia Jaron.

„Hey, Jaron, hallo, Richie."

Obwohl die Umarmung für Jarons Geschmack ein wenig herzlicher hätte ausfallen können, nahm er es seiner Freundin nicht übel. Er wusste zu gut, wie anstrengend Vernehmungen waren. Die Hand noch um Jarons Hüfte gelegt, wandte sie sich an Richie Saalmann.

„Hast du was Neues? Der Fall entwickelt sich zu einem einzigen Chaos."

Jaron und Richie konnten die Ungeduld in ihrer Stimme hören.

„Tut mir leid, ich habe nichts, das dich aufmuntern könnte. Ich war so freundlich und habe alles stehen und liegen lassen, um mich als Erstes mit Falk zu beschäftigen.

Aber da ist nichts zu holen. Der Gerichtsmediziner hat ebenfalls nichts gefunden. Der ist sauber wie ein Babypopo, sagt er. Keine Einstiche, keine anderen Verletzungen. Weder durch Fremdeinwirkung, noch durch sich selbst. Nichts im Körper, was sein Bewusstsein getrübt oder behindert hätte. Nicht mal Restalkohol. Alle Verletzungen, die er hatte, stammen eindeutig vom Unfall. Sie waren so schwer, dass er nicht den Hauch einer Chance hatte. Und für alle, die so etwas tröstend finden: Er war sofort tot. Keine Sekunde hat er mehr gelebt."

„Alles klar. Und danke für deinen Eifer. Ich werde es mir merken. Hast was gut bei mir."

Auf Celias Gesicht zeigte sich bereits wieder ein zaghaftes Lächeln.

„Das merke ich mir. Ich bin so überlastet, dass ich mir so viel Entgegenkommen eigentlich nicht leisten kann. Das wirst du beim nächsten Fall merken. So, und jetzt kann ich heute Nacht gut schlafen, weil ich meine gute Tat für heute schon vollbracht habe."

Richie atmete tief ein und hörbar aus. Celia rechnete ihm an, dass er ihr ein wenig Schwere von den Schultern genommen hatte.

„So, und welchen großen Gefallen hast du mir getan? Heute scheint ja mein Glückstag zu sein."

Jaron lächelte sie bedauernd an. Sie stöhnte.

„Och nää, den Blick kenne ich. Der verheißt nichts Gutes. Bitte nicht! Der Tag ist doch auch so schon schlimm genug. Komm, sag es schnell, dann habe ich es hinter mir. Ist unser Haus abgebrannt? Hat die Nachbarkatze sich auf unserem Dachboden erhängt oder was ist es?"

Jaron grinste mit zusammengebissenen Zähnen.

„Es ist weniger privat", sagte er leise.

Celia schrie auf: „Jaron ich würge dich gleich. Was gibt es diesmal? Hast du den Täter im Supermarkt getroffen?"

Bedauernd schüttelte er den Kopf. Celia wurde ernst. „Na dann! Was gibt es so Wichtiges, dass du herkommen musstest?"

„Ich war an der Elbe joggen, und an einer Frittenbude habe ich zwei alte und mitteilsame Bauern kennengelernt. Man erzählt sich, dass der Typ von der Ausländerbehörde geschmiert ist. Und das schon eine ganze Weile."

Triumphierend drehte Celia sich zu Thorsten.

„Na, findest du immer noch, dass ich den Typen zu hart angefasst habe?"

Celia konnte ihre Schadenfreude nicht verhehlen. „Dem schicke ich jetzt die Kollegen vom Betrugsdezernat auf den Hals."

Sie küsste Jaron schmatzend auf die Wange.

„Du bist rehabilitiert. Ich danke dir, du hast meinen Tag gerettet. Du kannst dir nicht vorstellen, in was für einem Zustand die Ausländer in Mittelnkirchen leben. Und ich bin sicher, das war ist keine Ausnahme. Und der Typ hält frech die Kralle auf und kassiert."

„Soll ich dir denn gar nicht die Namen der Zeugen nennen. Wenn ich dir erzähle, was ich noch alles erfahren habe, wirst du den Kölner Klüngel in Zukunft für einen Kinderscherz halten."

„Jaron, ich sperre dich bald zu Hause ein. Immer wenn du losziehst, wird daraus am Ende ein Berg Arbeit für mich. Und überhaupt – hypnotisierst du die Leute, damit sie dir ihre Lebensbeichte ablegen, oder was machst du mit denen?"

„Das gleiche wie mit dir", flüsterte er ihr ins Ohr, um dann laut den Rest der Geschichte, inklusive der Namen, zu erzählen. Thorsten machte sich Notizen. Celia war sprachlos, als sie von den Betrügereien an den Obstkunden erfuhr.

„Ach, Celia, komm mal auf den Boden. Nur weil wir hier auf dem Land sind, ist doch nicht alles rechtschaffen. Hier gibt es genausoviel Beschiss und Pfusch wie in der Stadt. Nur der Rahmen ist ein bisschen freundlicher." Celia musste Thorsten recht geben. Sie hatte spontan und ziemlich empört reagiert. Aber im Grunde wusste sie zu gut, was für Untiefen in den Menschen steckten. Da spielte es keine Rolle, an welchem Fleckchen Erde man sich nun gerade aufhielt.

„Okay, gib alles an die Kollegen weiter, und dann wenden wir uns mal wieder unserem Fall zu."

In kurzen Worten brachte sie Jaron auf den neuesten Stand.

„Du hattest also recht mit deinem Gefühl, dass der Türke eher nicht als Täter in Frage kommt."

Jaron war nachdenklich. „Die Frage ist nur, wer bleibt dann noch."

„Gute Frage – neue Frage", lautete Celias lakonischer Kommentar.

„Ich denke uns bleibt nichts übrig, als das Leben der Dammanns gründlicher unter die Lupe zu nehmen. Es muss doch einen Grund für die Attacken gegen die Familie geben." Celia nickte zu Thorstens Worten. „Jaron, hast du Lust, dich ein bisschen zu beteiligen? Ich dachte an Kaffee und Grübeleien. Oder neudeutsch – Brainstorming."

Jaron zögerte. „Ich weiß nicht, wie das ankommt."

Doch Celia und Thorsten fegten seine Bedenken weg. Er ließ sich gern überzeugen.

Kapitel 25

„Rolf, es reicht mir. Ich will jetzt endlich wissen, was hier los ist."

Rolf Mathies stand seiner Frau in der ungemütlichen und unaufgeräumten Küche ihres Hauses gegenüber. Sie waren vor wenigen Minuten von einem Polizeiwagen auf den Hof zurückgebracht worden. Hatte man im Ort bisher noch nicht über die Familien Mathies und Dammann geredet, würde sich das nach dem heutigen Tag mit Bestimmtheit ändern. Als die beiden Familien abgeholt wurden, hatten dies nicht viele Dorfbewohner mitbekommen. Die Ankunft dagegen sehr wohl. Rolf Mathies schien das völlig unberührt zu lassen. Seiner Frau hatte es den Rest gegeben. Tränen überströmt versuchte sie seit Minuten ihren Mann zu einem Gespräch zu bewegen.

„Hör endlich auf zu heulen", herrschte er sie an. „Es gibt nichts zu erzählen. Und jetzt lass mich in Ruhe und geh mir aus dem Weg."

Mit einem kräftigen Schubs drängelte er sich an seiner Frau vorbei. Kurz darauf vernahm sie die zuschlagende Haustür. Dann das startende Auto.

Resigniert und erschöpft ließ Trude Mathies sich auf einen Küchenstuhl fallen. Dabei nahm sie seit langem mal wieder bewusst ihre Umgebung wahr. Was war bloß aus ihnen geworden? Diese Frage stellte sie sich nicht zum ersten Mal. Nur bisher hatte sie es bei der Frage belassen. Den Zustand des Hofes und den ihrer Ehe konnte man mit den gleichen Wort beschreiben: desolat. Was früher harmonisch und liebevoll gewesen war, trug heute den Stempel der

Vernachlässigung und des Verfalls. Beim Blick aus dem Fenster registrierte Trude beinahe zynisch, dass das Wetter umgeschlagen war. Der Regen hatte endlich aufgehört. Die Sonne strahlte vom Himmel.

„Zu spät", dachte die Frau. „Es wird Zeit, Entscheidungen zu treffen", murmelte sie.

Sie erhob sich entschlossen. Sie setzte die Kaffeemaschine in Gang, suchte nach einer sauberen Tasse und spülte sich schnell eine ab, als sie keine fand. Sie nahm Stift und Block und setzte sich mit dem Kaffee zurück an den Tisch. Gewissenhaft wie es ihre Art war, sortierte sie in Listen ihr Leben. Dem einen oder anderen wäre dies sicher merkwürdig erschienen. Für Trude Mathies war das der einzige Weg, sich vor Augen zu halten, was an Problemen vorhanden war und welche positiven Aspekte es geben könnte. Lange brauchte sie jedoch nicht bis zu der Erkenntnis, dass nur wenig Positives in ihrem Leben übrig geblieben war. Kraftlos schrieb sie quer über den Zettel: Scherbenhaufen!

Dann erhob sie sich erneut. Bevor sie ihre Sachen packen und ihren Mann verlassen wollte, hatte sie noch einen schweren Gang vor sich. Sie hatte schon viel zu lange gewartet. Gewartet und gehofft, das Problem würde sich von selbst lösen oder Katrin Dammann auf sie zukommen. Nichts dergleichen war geschehen. Sie musste das Gespräch mit Katrin führen. Sie musste in Erfahrung bringen, wie es zu dem Bruch zwischen ihnen gekommen war. Sie ahnte zwar, dass ihr Mann der Grund war. Aber sie brauchte endlich Klarheit. Obwohl die Sonne schien und die Temperatur auf 25 Grad gestiegen war, zog Trude Mathies sich eine Wolljacke über – vielleicht, um sich vor dem zu schützen, was nun kommen würde.

*

„Ich weiß nicht, wie es euch geht – mir ist nach Schluss machen."

Jaron und Thorsten brauchten nicht überzeugt zu werden. Zwei Stunden hatten sie nun versucht, die Situation von allen Seiten zu beleuchten und neue Hinweise auf den oder die Täter zu finden.

„Alles was wir bisher haben, ist die Erkenntnis, dass wir uns zu sehr darauf verlassen haben, dass es sich um nur einen Täter handelt. Mit keiner Sekunde hat einer von uns daran gedacht, dass es sich bei zwei Taten auch um zwei Täter handeln könnte."

Jaron beschwichtigte Celia, der er anmerkte, dass sie sich Vorwürfe wegen des Versäumnisses machte.

„Es liegt einfach auf der Hand. Ich finde die Wahrscheinlichkeit, dass beide Taten irgendwie zusammenhängen, nach wie vor groß. Aber es hindert euch ja nicht, auch in andere Richtungen zu ermitteln. Dennoch sollten wir jetzt Feierabend machen Und wer weiß, vielleicht kommt ja die Erleuchtung über Nacht."

Dem hatte Thorsten Brandt nichts hinzufügen. Er war froh über die Aussicht auf den Feierabend. Gemeinsam verließen sie das Präsidium.

Obwohl Jaron und Celia den gleichen Weg hatten, fuhr jeder mit dem eigenen Wagen. Kurz darauf hielten sie nacheinander auf ihrer Einfahrt. Jaron war kurz vor Celia da und hatte bereits den Schlüssel im Schloss der Haustür, als Celia ebenfalls die Stufen hochstieg. Erschöpft und ermattet legte sie sich gegen das Treppengeländer. Als Jaron die Tür öffnete, fühlte sie sich zu schwach, um einen Fuß vor den anderen zu setzen. Am liebsten wäre sie dort stehen geblieben. Jaron zog sie hinter sich her. Er führte sie an der Küche vorbei, durch das Wohnzimmer, auf direktem Weg zur Terrasse. Zwei Rattansessel, die bisher Jarons Stadtbalkon geziert hatten, erfüllten fürs Erste ihren Zweck auf der neuen Terrasse. Dankbar ließ sich Celia in das gemütliche Sitzkissen sinken, lehnte den Kopf zurück und schloss die Augen. Letzte Sonnenstrahlen wärmten ihre Haut. Gleich ging es ihr besser. Als ein Schatten auf ihr Gesicht fiel, öffnete sie die Augen. Jaron reichte ihr ein Glas Weißweinschorle.

„Du bist zu gut für diese Welt. Du musst doch genauso erledigt sein wie ich auch."

„Vergiss es. Mir geht es gut. Ich habe doch eigentlich den ganzen Tag nur gemacht, wozu ich Lust hatte." „Okay, ich werde nicht darauf bestehen, dass du auch erschöpft bist. Sonst muss ich mich womöglich noch um etwas Essbares kümmern."

„Weißt du was, dazu habe ich auch keinen Bock. Wollen doch mal sehen, ob es in diesem durchaus fortschrittlichen Dorf nicht einen Lieferservice gibt. Dann mache ich Feuer im Kamin, und wir lassen es uns gut gehen. Einverstanden?"

Der Vorschlag bedurfte keiner Zustimmung. Er klang zu verlockend. Ohne Mühe fand Jaron einen Lieferservice. Er ließ ein üppiges italienisches Essen, inklusive Nachspeise, liefern.

„Hält Herz und Seele zusammen", lautete seine Entschuldigung, als Celia ihn wegen der Völlerei lächelnd tadelte. Während der Mahlzeit ging Jarons Rechnung auf. Celia ließ es sich schmecken, und vergaß die ungelösten Fragen des Falls. Kaum hatte sie jedoch den letzten Krümel verdrückt und Jaron sich auf den Weg in die Küche gemacht, um ihnen zum Abschluss einen Espresso zu bereiten, verfiel sie erneut ins Grübeln. Jaron störte sie bei seiner Rückkehr nicht. Schweigend stellte er den Espresso ab, setzte sich ihr gegenüber. Er betrachtete ihr hübsches, aber von Erschöpfung gekennzeichnetes Gesicht. Er bedauerte zutiefst, dass gleich der erste Fall im Alten Land soviel Energien auf sich zog. Seiner Meinung nach, hätte Celia mehr Pause zwischen dem letzten Fall in Köln und dem neuen hier brauchen können. Auf der anderen Seite wusste er, dass Celia robuster war, als es auf den ersten Blick schien.

„Okay, erzähl. Wo liegt der Hase begraben?"

„Wenn ich das wüsste. Wir haben zurzeit zwei Taten und nicht einen Verdächtigen. Und das Schlimme – ich habe das dumme Gefühl, wir werden es noch mit einer dritten Tat zu tun bekommen, wenn wir jetzt nicht langsam etwas Brauchbares herausfinden."

„Wie kommst du darauf?"

Jaron nahm Celias Worte ernst. Aus Erfahrung wusste er, dass sie nicht zur Überspanntheit neigte. Im Gegenteil, sie hatte einen guten Instinkt.

„Schau – der Täter, und ich gehe immer noch von einem Täter aus, bezweckt etwas mit seinen Taten. Er möchte bei den Dammanns irgendetwas erreichen. Ihnen etwas mitteilen. Was auch immer. Nur, weder die Dammanns noch wir oder jemand anderes verstehen, um was es hier eigentlich geht. Und das ist der Grund, warum ich glaube: Das Ding ist noch nicht zu Ende. Da muss noch was nachkommen!"

Jaron konnte den Gedankengängen nicht nur folgen. Sie erschreckten ihn.

Celia stimmt ihm zu. „Weißt du, der Täter muss ausgesprochen kaltblütig sein. Wenn jemand in der Lage ist, ein Kind so oft und so systematisch zu verletzen und gleichzeitig die Stärke der Verletzungen zu kontrollieren …", sie ließ den Rest unausgesprochen. „Mir wird kalt. Lass uns reingehen", bat Celia nach einigen Minuten des Schweigens. „Ich würde zu gern ein wenig in der Glotze rumschalten. Vielleicht gibt es ja einen schönen alten Film."

Die Programmdirektoren hatten ein Einsehen. Auf dem Dritten lief ein alter Film mit Heinz Rühmann. „Pater Brown kann es nicht lassen" war einer ihrer Lieblingsfilme. Jaron schmunzelte.

„Schade dass es den guten Pater Brown nicht gibt. Wir könnten ein paar seiner Hinweise gut gebrauchen." Celia grinste schief und frech. Eine zweite Weinschorle lehnte sie ab. Seinen Arm zum Einkuscheln nahm sie dagegen gern. In ihm schlief sie kurz nach Filmende ein. Alle Versuche Jarons, sie zu wecken, scheiterten. Zum Schluss gab er auf und bettete sie, wo sie war, in ihre Bettdecke. Liebevoll betrachtete er sie, bevor er selbst ins Bett ging. „Gott, wie sehr ich diese Frau liebe", murmelte er, erstaunt über das Ausmaß seiner Gefühle.

Kapitel 26

Auch Familie Dammann hatte zu einer liebevollen Stimmung zurückgefunden, wenngleich auch nicht zu einer unbelasteten. In den letzten Tagen hatte Katrin Dammann das Gefühl, ihr Mann habe sie verraten. Obwohl ihr Mann darum wusste, hatte keiner seine Gefühle ausgesprochen. Nach dem Besuch im Präsidium hatten sie sich endlich zusammengesetzt.

„Warum hast du mir denn nicht gesagt, dass du den Murat im Verdacht hast? Du hast immer nur gesagt, ich soll nichts über die Geschichte im Hof erzählen, und damit hast du mich stehen lassen. Und Marlin im Grunde auch. Ich hatte einfach den Eindruck, dass dir alles andere wichtiger ist als unser Kind. Trotzdem wollte ich dich nicht verraten. Es war absolut schrecklich!"

Sie brach in lange unterdrückte Tränen aus. Es bot Kurt Dammann eine Gelegenheit, auf seine Frau zuzugehen. Er nahm sie in den Arm. Nachdem die größte Flut an Tränen vorbei war, setzten sie sich gemeinsam ins Wohnzimmer. Immer noch aufgewühlt und leicht fröstelnd entzündete Kurt Dammann ein Feuer im Kamin. Es wärmte sie. Sie nutzten die Zeit, um zu bereden, was in den letzten Tagen zu kurz gekommen war. Es war auch der Versuch, zu altem Vertrauen zurückzufinden.

„Glaubst du wirklich, dass Murat unserer Tochter etwas getan hat und versucht hat, mich umzubringen?"

„Wenn ich das wüsste. Ich weiß nur, dass ich Rolf nicht ganz über den Weg traue. Ich bin mir nicht sicher, ob er Murat wirklich zum Teufel gejagt hat."

„Ich konnte von Anfang an nicht verstehen, dass du weiter zu ihm gehalten hast, obwohl er dich und eure Freundschaft so verraten hat. Du hast all die Jahre schon die Augen zugemacht, wenn du mitbekommen hast, dass er nach wie vor illegal Ausländer beschäftigt. Hast ihn immer gedeckt. Und als er Murat nicht mal anzeigen wollte, lässt du dich auch darauf ein. Was ist, wenn der sich jetzt wirklich an dir rächt, weil du ihn vom Hof gejagt hast?"

„Katrin, ich weiß, dass du mich nicht verstehen kannst. Aber für mich war die Freundschaft mehr wert als eine Anzeige. Ich hätte doch Rolf am Ende mehr geschadet als dem Türken. Ich hätte allerdings schon erwartet, dass er ihn nicht weiter beschäftigt. Aber vielleicht tue ich ihm auch unrecht." Er zuckte hilflos die Schultern. „Und warum ist er dann so unkooperativ? Mach doch die Augen auf, Kurt!"

Katrin erkannte, wie sehr die Situation ihren Mann in seinen Grundfesten erschütterte. Sie waren ein Grund für ihre Liebe zu ihm. Er hatte ernste Grundsätze. Auch die Treue gehörte dazu. Seiner Frau ebenso wie seinen Kindern gegenüber. Aber eben auch seinen Freunden gegenüber. Kurt war ein ehrlicher Mensch. Er gehörte zu den Menschen, die schon als Kind keine Lüge über die Lippen brachten, ohne sich gleich zu verraten. Wenn er Mist gebaut hatte, so stand er dazu. Umso schwerer fiel es ihm zu erkennen, dass nicht viele Menschen sein Lebensmotto teilten. Katrins Enttäuschung über ihren Mann war, als sie ihn so mit hängenden Schultern sah, wie weggeblasen. Sie rückte noch ein wenig näher an ihn heran. Liebevoll legte sie ihre Arme um ihn. Froh, die Distanz der letzten Tage endlich überbrückt zu haben, schmiegte der sich an seine Frau. Als es genau in diesem Moment an ihrer Haustür klingelte, zuckten beide heftig zusammen. Katrins fragenden Blick beantwortete er mit einem ahnungslosen Zucken der Schultern.

Trude Mathies war die Belastung der letzten Tage ins Gesicht geschrieben. Mühsam versuchte sie, ein Lächeln auf ihr Gesicht zu zaubern. Es misslang gründlich. Stattdessen traten ihr Tränen in die Augen.

„Ich muss mit euch reden. Ich weiß, ich hätte viel früher kommen müssen. Aber ich habe immer gedacht, es regelt sich schon alles wieder, und es ist alles nur eine vorübergehende Sache, weil ihr zu viel zu tun habt oder …" Ihre Stimme zitterte: „Ach ich rede Unsinn. Ich wusste genau, dass etwas nicht in Ordnung ist. Aber ich wollte mich nicht auch noch damit befassen. Ich war zu feige. Ich habe gehofft, einer von euch würde kommen. Könnt ihr mir sagen, was passiert ist? Weshalb unsere Freundschaft einfach so auseinander gegangen ist? Ich muss es wissen! Bevor ich Rolf verlasse, muss ich den Rest meines Lebens klären. Und ihr seid mir so wichtig."

Kurt und Katrin waren völlig überrumpelt. Sie hatten nie damit gerechnet, dass Trude Mathies ihren Mann verlassen würde. Noch weniger damit, dass sie völlig ahnungslos war. Katrin, immer noch ein wenig distanziert, bot Trude einen Platz an. Dann erzählten sie ihr die Geschichte. Je länger sie wurde, desto betroffener wurde Trude Mathies. Katrin konnte nicht umhin einzusehen, dass sie ihrer Freundin unrecht getan hatte. Sie wäre nie auf die Idee gekommen, dass Mathies überhaupt nicht mit seiner Frau redete. Aber sie wussten so vieles nicht. Sie saßen lange bis spät in die Nacht zusammen und holten die Versäumnisse der letzten Monate nach.

Kapitel 27

Celia schreckte verstört hoch. Irritiert versuchte sie, sich zu orientieren. Es dauerte einen Moment, bis sie begriff, dass sie durch das Klingeln ihres Diensthandys aufgewacht war. Benommen torkelte sie in die Diele, in der sie ihre Tasche hatte fallen lassen. Im Dämmerlicht einer kleinen Nachtlampe suchte sie nach dem Handy. Dabei fluchte sie unfein. Wie immer, befand sich das Handy, in der hintersten Ecke ihrer großen Tasche. „Dörfer", meldete sie sich leise, als sie es endlich gefunden hatte. Der Rest ihres schlaftrunkenen Zustands verlor sich, als ihr die Bedeutung der Nachricht bewusst wurde, die ihr der Kollege am Telefon übermittelte. „Oh Gott! Danke! Natürlich komme ich selbst. Benachrichtigen Sie Herrn Brandt. Und, falls Sie es noch nicht veranlasst haben, die Spurensicherung."

Schockiert und benommen beendete sie das Gespräch. Ihre Sinne in höchster Alarmbereitschaft, hörte sie Jaron sofort, als er die Treppe herunter kam. Der Gesichtsausdruck seiner Freundin ließ ihn Schlimmes ahnen.

„Deine Voraussage von heute Abend hat sich bewahrheitet? Wer ist es?"

Celia schüttelte den Kopf: „Gott sei Dank nicht ganz. Der Täter hat den Hund der Familie im CA-Lager getötet."

„Er hat was? Was ist denn ein CA-Lager? Und was macht dich so sicher, dass es unser Täter ist?"

„Alles hübsch der Reihe nach. CA-Lager, daran kannst du dich bestimmt erinnern, haben wir uns doch letztens erklären lassen. Das sind die hässlichen Metalllager, in denen dem Obst der Sauerstoff entzogen wird. Dadurch wird sein Reifeprozess gestoppt und es kann länger gelagert werden. Erinnerst du dich?"

Jaron konnte sich nun erinnern. Celia sprach weiter. „Und warum wir vermuten, dass unser Täter wieder am Werk war? Er hat eine Botschaft hinterlassen!"

„Geh du ins Bad und mach dich frisch. Ich mache inzwischen Kaffee, und dann mache ich mich auch frisch. Ich komme mit."

„Bist du sicher?" Aber ihr Protest war nur Formsache. Jaron würde sich nicht abwimmeln lassen. Und sie war froh, ihn an ihrer Seite zu haben. Der Fall entpuppte sich als Nervenkiller. Da konnte sie jemanden mit der Erfahrung ihres Partners gut gebrauchen. Jaron schubste sie liebevoll aber energisch Richtung Bad. Sie ließ es anstandslos zu.

Nur kurze Zeit später saßen sie einträchtig in Celias Dienstwagen. Sie mussten ans andere Ende des Ortes. Sie sprachen kaum miteinander. Als sie auf dem Hof ankamen, fanden sie dort nicht nur die Nachbarschaft, sondern einen nicht unerheblichen Teil der restlichen Bevölkerung Jorks versammelt. Nur mit Mühe konnten sie auf den Hof vordringen. Celia kämpfte gegen ihre aufsteigende Wut. Als einer der örtlichen Kollegen in Sichtweite kam, fasste Jaron ihr leicht an die Hand. Er wusste, was Celia empfand. Gegen ihren Willen musste sie lachen, als ihr klar wurde, wie gut Jaron sie bereits kannte. „Schon gut", flüsterte sie ihm zu. Dennoch steuerte sie zielstrebig auf den Kollegen zu. „Guten Morgen! Schon reichlich Betrieb hier!"

Der Mann stöhnte. „Das können Sie laut sagen. Als der Alarm des Lagers losging, hat irgendjemand den Feueralarm ausgelöst. Das mobilisiert hier jeden."

„Gut, scheuchen Sie alles weg, was hier nichts zu suchen hat. Maximal die direkten Nachbarn will ich noch auf dem Grundstück sehen. Dann können wir sie auch gleich befragen. Alle anderen sollen gefälligst in ihre Betten zurück!"

Der Polizist grinste dankbar, dass der erwartete Anschiss ausgeblieben war. In diesem Moment trudelte Thorsten Brandt ein.

„Hey, was geht denn hier ab. Volksbelustigung?“

Celia winkte ab: „Der Kollege kümmert sich darum. Vielleicht schaffen wir es ja trotzdem, zum Tatort durchzukommen.“

Damit bahnte sie sich zielstrebig einen Weg durch die Menge, zum Ende des Hofes. Hinter Celia begrüßte Thorsten Jaron.

„Na, wie ich sehe, hat dich auch nichts im Bett gehalten. Die Sache wird ja auch immer merkwürdiger.“

Thorsten Brandt schien nichts Ungewöhnliches daran zu finden, dass Jaron Karloff an den Ermittlungen teilnahm.

Im Zentrum einer Menschentraube konnte Celia das Ehepaar Dammann ausmachen. Jeder hatte eines der beiden anderen Kinder im Arm. Sie weinten heftig. Celia überschaute die Menschenmenge. Aus dem Augenwinkel nahm sie eine bekannte Gestalt wahr. Trude Mathies! Ihr Anblick überraschte Celia, da sie bisher den Eindruck hatte, eine tiefe Kluft stände zwischen den beiden Familien. Sie suchte die Menge nach Rolf Mathies ab. Konnte ihn aber nicht ausmachen. Sie begrüßte das Ehepaar Dammann.

„Ich glaube, wir sollten ins Haus gehen. Vielleicht können Sie mir dann in Ruhe erzählen, was passiert ist.“

Thorsten erhielt den Auftrag, sich bei der Spurensicherung nach Ergebnissen zu erkundigen.

Zunächst hatte es so ausgesehen, als sei der Hof mit eigenen Scheinwerfern ausgeleuchtet. Als er näher kam, erkannte Thorsten jedoch, dass die Spurensicherung, allen voran Richie Saalmann, die eigene Lichtausrüstung mitgebracht hatten. Richie, von Natur aus ein fröhlicher Mensch, den so schnell nichts aus der Ruhe bringen konnte, wirkte richtig gehend schlecht gelaunt.

„Was willst du schon hier? Wir haben gerade erst mit der Arbeit angefangen! Es gibt noch nichts Brauchbares! Also lass uns in Ruhe unsere Arbeit machen und komm in drei Stunden wieder, wenn ich meinen ersten Frühstückskaffee getrunken habe!"

Thorsten lachte und auch um Richies Mundwinkel zeigten sich schon wieder erste Lachgrübchen. Er ließ es sich dennoch nicht nehmen, noch ein wenig weiter zu nörgeln: „Das erste Mal seit endlosen Wochen hatten meine Freundin und ich einen gemeinsamen Abend. Ich schwöre, einer von uns beiden muss sich bald einen neuen Job suchen. Krankenschwestern und Spurensicherer sollten keine Paare werden dürfen. Es war endlich mal richtig schön, romantisch und alles, was dazugehört und dann das ..."

Er deutete auf das Lager. Thorsten konnte den Frust des Mannes verstehen. Seine Freundin hatte keinen Wechseldienst, keine Bereitschaft – dennoch reduzierten sich die Treffen auf ein solches Minimum, mit dem man Beziehungen eigentlich nicht aufrechterhalten konnte. Bis jetzt war es gut gegangen, aber wer wusste schon, wie lange noch.

*

Im Haus sorgte Celia für Strukturen. Trude Mathies, die ihnen mit ins Haus gefolgt war, beauftragte sie, sich um die Kinder zu kümmern. Die Eltern führte sie in die Küche, wo sie ihnen Jaron vorstellte. Doch das Ehepaar reagierte kaum. Sie waren völlig aus der Fassung. Selbst Kurt Dammann, der bisher eher hartgesotten schien, liefen Tränen über das Gesicht. Nichtsdestotrotz stellte Celia fest, dass die Eheleute offensichtlich wieder zueinander gefunden hatten. Die Kluft der vergangenen Tage schien überwunden.

„Auch wenn es Ihnen schwerfällt. Wir müssten darüber reden, was passiert ist."

Celia wählte ihre Worte vorsichtig, während sie Tee einschenkte, den sie zubereitet hatte. Sie spürte, dass die Dammanns nervlich an ihre Grenzen kamen.

„Erzählen Sie von vorn. Was ist passiert, seit Sie bei uns auf dem Präsidium waren?"

Es überraschte Celia kaum, dass es Katrin Dammann war, die das Wort ergriff. „Meine Eltern haben unsere beiden anderen Kinder nach Hause gebracht." Sie zögerte einen Moment.

„Gut, was war dann?", forderte Celia zum Weitersprechen auf.

„Wir haben eine Weile mit unseren Kindern gesprochen, sie getröstet und versucht die Situation zu erklären. Dann sind sie spielen und fernsehen gegangen. Und wir beide haben es uns in der Stube gemütlich gemacht. Wir haben endlich geredet."

Celia lächelte, als sie hörte, dass ihr Eindruck sie nicht getäuscht hatte.

„Dann klingelte es an der Haustür, und Trude stand da und wollte mit uns reden. Das haben wir gemacht. Und sie ist geblieben, bis der Melder losgegangen ist."

„Was für ein Melder?" Jaron schaltete sich das erste Mal ins Gespräch ein.

Katrin zuckte die Schultern: „Na, der vom Lager. Das ist so eine Art Alarmanlage, wenn jemand das Lager betritt, während es noch in Betrieb ist. Es bedeutet Lebensgefahr."

Celia und Jaron schauten sich verblüfft an. „Können Sie uns das erklären?"

Diesmal ergriff Kurt Dammann das Wort. Offensichtlich fühlte er sich in dieser Sache kompetenter.

„In diesem Lager wird dem Obst der Sauerstoff entzogen. Sobald jemand das Lager betritt, während es in Betrieb ist, ist er in kürzester Zeit tot. Erstickt! Bevor man so ein Lager betreten darf, muss es mindesten eine halbe Stunde belüftet werden. Hält man sich nicht daran ..."

„Und wann reagiert die Alarmanlage?"

„Sofort, wenn jemand die Tür oder das Dach öffnet." „Wieso das Dach?" Celia kannte sich nicht aus.

„Im Dach sind Luken zur schnelleren Belüftung! Da man sie nicht von innen öffnen kann, muss es ja eine Möglichkeit von außen geben."

„Gut, der Alarm ging los und Sie sind zusammen mit Trude Mathies raus?"

Es war mehr eine Feststellung als eine Frage.

„Ja klar. Aber ich habe Ihnen ja gerade erklärt, dass man so schnell nichts machen kann. Wir mussten die halbe Stunde abwarten, um zu sehen, was eigentlich los ist. Und dann ..."

Kurt brach in Tränen aus. Katrin Dammann musste den Satz zu Ende bringen.

„Und dann haben wir unseren Hund gefunden." „Moment." Celias Stimme wurde schärfer. „Bevor wir angerufen wurden, ist mindestens eine halbe Stunde vergangen?"

Kurt und Katrin Dammann nickten.

„Und Sie haben niemanden gesehen, nichts gehört?" Celia war frustriert.

„War Ihr Hund sehr zutraulich? Hat er jeden an sich ran gelassen?"

„Nein, er war eher ängstlich. Fremde hat er verbellt. Aber mehr aus Angst als aus Beschützerinstinkt."

Die Antwort kam auch diesmal von Katrin Dammann. Jaron und Celia warfen sich einen nachdenklichen Blick zu, sagten aber nichts.

„Gut, das wäre es hier drinnen fürs Erste. Wir gehen jetzt mal raus und sehen, was die Spurensicherung in Erfahrung bringen konnte."

Just in diesem Moment klingelte es an der Hautür.

Thorsten Brandt brachte, wie auf Kommando, erste Ergebnisse der Spurensicherung.

„Richie gibt sich die größte Mühe. Aber es ist schwierig. Klar dürfte aber zumindest sein, dass der Täter den Hund über die Dachluke ins Lager befördert hat. Jedenfalls deuten die Verletzungen des Hundes auf einen Sturz aus größerer Höhe hin."

„Oh Gott", stieß Kurt Dammann hervor, dann verließ er würgend die Küche. Thorsten fing einen tadelnden Blick seiner Chefin auf. Er quittierte ihn mit einem Schulterzucken.

„Was gibt es sonst? Habt ihr brauchbare Spuren?"

„Bis jetzt kann Richie dazu wenig sagen. Es gibt zahlreiche Fingerabdrücke. Aber solange wir nicht wissen, wer alles berechtigten Zugang zur Dachluke hat, wissen wir natürlich auch nicht, welche verdächtig sind."

„Ja, ja, ist schon klar." Celia wusste selbst, wie dumm ihre Frage eigentlich war. Dennoch passierte es mitunter, dass man aus Verzweiflung die unsinnigsten Fragen stellte.

„Okay, ich gehe mal zu Richie."

Jaron und Thorsten ließ sie im Haus zurück.

*

„Hallo, Richie. Wie sieht es aus?"

„Schlecht! Wie immer, wenn ich irgendwo hoch hinaus muss. Ich bin nämlich nicht schwindelfrei."

„Echt jetzt? Kein Spaß?"

„Leider nicht. Aber das wolltest du nicht wissen, oder?" Er ließ Celia keine Zeit zu antworten.

„Also, der Hund ist durch die Dachluke in die Scheune geworfen worden. Kein besonders leichtes Unterfangen, wenn du mich fragst. Der Hund kann nicht selbst hoch geklettert sein und er war ein recht großes Tier! Das heißt, unser Täter hatte schwer zu tragen!"

„Wo ist die Leiter?"

„Um die Ecke."

Die Leiter stand hinter dem Lager, wo sie vom Hof aus nicht zu sehen war. Jeder konnte auf dem Weg unbemerkt auf das Dach gelangen.

„Warum macht jemand so etwas? Zeig mir doch mal den Brief, den ihr gefunden habt."

Richie deutete in Richtung seines Koffers. In ihm befand sich alles, was er zur Untersuchung eines Tatortes brauchte, und dort sammelte er alles, was er an eben diesem fand. Celia nahm den in Folie verpackten Brief und las. Er war kurz.

„Das glaube ich ja nicht. Wir sind immer noch bei dem unbekannten Ausländer, der Familie Dammann schaden möchte. Und der Hund ist eine Warnung für das, was noch folgt. Aber weißt du, was mir nicht in den Sinn will? Unser Täter sagt nie, warum er sich so benimmt. Was haben die Dammanns getan, dass er sich so maßlos rächt?"

„Ich denke, das kannst du nur von den Dammanns erfahren. Denen müssten doch langsam alle ihre Sünden wieder eingefallen sein. Ich meine, die denken doch auch darüber nach, warum das alles passiert."

„Du hast recht. Wir müssen nach dem Motiv suchen." Celia kehrte um. Auf der Hälfte des Weges kam ihr Jaron entgegen. Er nahm sie beiseite.

„Was hast du in Erfahrung gebracht?" Sie erzählte in weniger Worten, was Richie herausgefunden hatte.

„Hast du Richie angewiesen, den Hund obduzieren zu lassen? Ich kann mir nicht vorstellen, dass der Täter ihn lebend da rauf bekommen hat. Selbst bei dem größten Vertrauen, hätte ein Hund sich niemals da hochtragen lassen."

„Bist du Hundeexperte oder woher weißt du das?"

„Hey, so einen zickigen Unterton kenne ich gar nicht von dir. Habe ich dich gekränkt?"

Celia atmete tief aus. „Nein, hast du nicht. Tut mir leid. Du hast so einen Ton auch nicht verdient. Aber mir geht der

Fall echt an die Nerven. Und dabei habe ich geahnt, dass es nicht vorbei ist", sie zögerte, bevor sie eingestand: „Außerdem hast du natürlich den wunden Punkt getroffen. Ich habe es versäumt, eine Obduktion des Hundes anzuordnen."

„Celia, das ist doch nicht so schlimm. Noch ist er ja da."

„Jaron bitte, nicht in diesem gönnerhaften Ton. Wenn ich Mist gebaut habe, dann stehe ich dazu. Dann braucht man mich nicht zu trösten oder mir zu erzählen, ich hätte eigentlich gar keinen Fehler gemacht."

„Tut mir leid, so sollte es nicht klingen. Kann es sein, dass ich dir hier zu nahe bin? Willst du lieber allein weiterarbeiten?"

Celia, die auf dem Weg zurück zur Spurensicherung war, blieb stehen und drehte sich zu Jaron. Sie ließ die Arme kraftlos am Körper runter hängen.

„Nein, es stört mich nicht, wenn du hilfst. Ich habe keine Probleme damit. Das weißt du. Der Fall ist es, den ich am liebsten abgeben würde. Er ist es, der mich unter Druck setzt und genervter sein lässt, als ich es eigentlich sonst bin. Du bist nur derjenige, der es abbekommt. Weil du mir am nächsten stehst, und ich mich bei dir nicht so kontrollieren muss."

Jaron lachte und nahm sie in den Arm: „Wie nett. Das ist bestimmt die merkwürdigste und fragwürdigste Liebeserklärung, die ich bisher bekommen habe. Wenn das Ausdruck deiner Liebe zu mir ist, möchte ich lieber nicht, dass sie noch größer wird."

Nun musste auch Celia lachen. Die Spannung war vorbei. Sie legte den Arm um Jaron und küsste ihn liebevoll. „'Tschuldigung!"

„Alles okay. Ich kann dich gut verstehen. Dieser Fall ist so absurd, dass es einem nicht in den Kopf will. Wir müssen noch mal intensiv mit den Dammanns reden. Irgendwo in ihrer Geschichte muss sich ein Motiv ableiten lassen. Mir erscheint das Ganze zu persönlich. Das ist kein gestörter Ausländer, der sich rächt."

„Das Gleiche haben Richie und ich eben auch schon besprochen."

„Pfff", gab Jaron von sich, „heißt das, du brauchst mich etwa gar nicht?"

Celia knuffte ihn gegen den Arm. „Komm schon, wir müssen zuerst mit Richie reden. Und vielleicht kann Thorsten, wenn wir mit den Dammanns reden, mit Trude Mathies reden. Ich wüsste zu gern, wo deren Mann abgeblieben ist."

„Ja, kaum anzunehmen, dass den das Spektakel kalt lässt."

Inzwischen waren sie bei Richie, der seine ungeliebte Tätigkeit auf dem Dach des Lagers wieder aufgenommen hatte. Er schaute kurz auf, als er die beiden erblickte.

„Ach, der Herr Staatsanwalt höchstpersönlich. Dein Vorgänger ist nicht so eifrig. Willst du uns in Zukunft immer auf die Finger schauen oder ist das hier eine Ausnahme?"

Jaron Karloff war nicht leicht zu foppen. Er hatte den lächelnden Unterton herausgehört.

„Nein, keine Ausnahme – Regel! Ich überzeuge mich immer gern selbst von der Qualität der Ermittlungsarbeit meiner Mitarbeiter. Kannst also schon mal anfangen, wieder alles nach Vorschrift zu machen." „Das ist prima. Dann fange ich damit an, meine restlichen Überstunden zu nehmen, bevor sie verfallen. Ich liebe geregelte Zustände."

Die drei lachten kurz, bevor Richie wieder ernster wurde. „Ich habe etwas, das vielleicht interessant werden könnte. Hier ist ein Stück Stoff am Haken der Dachluke. Ich gehe davon aus, dass der Täter hier hängen geblieben ist, als er den Hund über die Kante gewuchtet hat. Sucht also nach dem Rest, der zu dieser Faser grünen Stoffs gehört. Das ist doch was, oder?"

Celia konnte vor Begeisterung kaum an sich halten.

„Großartig, wenn das alles ist, haben wir den Täter in spätestens drei Minuten. Ich nehme an, der Stoff ist so extravagant, dass es in dem ganzen Ort nur einen Menschen gibt, der ihn am Leib trägt."

„Nana, wer wird so zynisch sein. Im Ernst, der Stoff ist nicht so ganz normal. Sowohl Farbe als auch die Dichte des Gewebes lassen mich an Bundeswehrhosen denken. Und die trägt ja nun nicht jeder."

Das musste Celia zugeben. Sie ließ sich den Stofffetzen zeigen und wies Richie an, den Hund obduzieren zu lassen. Was der jedoch schon veranlasst hatte.

„Ich bin stolz auf dich", setzte Celia den scherzhaften Ton der Unterhaltung fort, bevor sie sich verabschiedete.

*

Zeit für ein weiteres Gespräch mit Ehepaar Dammann. Als sie das Haus erreichten, wurde ihnen der Verlauf der Situation aus der Hand genommen. Thorsten Brandt kam ihnen bereits an der Treppe des Eingangs entgegen.

„Ich wollte euch grade holen kommen. Kurt Dammann ist eben zusammengebrochen. Ich glaube, die ganze Geschichte überfordert ihn. Jedenfalls habe ich erst mal den Notarzt gerufen. Der müsste jeden Moment hier sein."

Er hatte den Satz kaum ausgesprochen, als in der Ferne das Martinshorn erklang. Dann ging alles schnell. Der Arzt stellte Herzrhythmusstörungen fest und veranlasste vorsichtshalber die Einlieferung in die Klinik. Betroffen beobachteten die anderen Familienmitglieder und Trude Mathies, wie der Rettungswagen mit Kurt Dammann an Bord abfuhr. Nach einigem Zögern hatte Katrin Dammann sich entschieden, bei ihren Kindern zu bleiben. Nicht ohne sich mehrfach zu vergewissern, dass tatsächlich keine lebensbedrohliche Situation vorlag. Celia traf, wenn auch unwillig, eine neue Entscheidung. Sie verschob die Befragung der Frauen.

Kapitel 28

Völlig erschlagen kamen Jaron und Celia in ihrem Haus an. Sie sprachen kaum miteinander, bevor sie sich ins Bett legten. Wie so oft in solchen Fällen erwachten sie erschöpfter als vorher. Celia beneidete Jaron darum, selbst entscheiden zu können, ob er aufstehen wollte oder nicht. Ihre Entscheidung wäre eindeutig gewesen. Für sie war die kurze Nacht Punkt neun Uhr beendet. Die Espresso-Maschine war gerade in Gang gesetzt, als Jaron strahlend in der Küche erschien. Ohne Zeichen von Müdigkeit redete er los.

„Oh nee, Jaron, das ist nicht fair! Kannst du mir mal sagen, wie du es schaffst, nach so einer Nacht mit einer so unverschämt guten Laune aus dem Bett zu kriechen? Und das auch noch freiwillig?“

Jaron lachte.

„Ich meine es ernst.“

Während sie sich echauffierte, stibitzte Jaron Celia den ersten Kaffee. Scheinbar erbost, jagte sie hinter ihm her. Jaron ließ sich gern einholen, gab ihr den Kaffee zurück und nahm sich eine eigene Tasse.

„Du wolltest mich wohl nicht mitnehmen. Hast dich heimlich aus unserem Bett geschlichen.“

„Jaron, das kann nicht dein Ernst sein. Du willst nicht wirklich mitkommen. Warum schläfst du nicht einfach aus? Du hast alle Zeit der Welt!“

Jaron wurde merklich ernster. „Der Fall lässt mir keine Ruhe. Ich habe sogar davon geträumt. Celia, da ist noch mehr im Busch. Wir müssen rauskriegen, wer so eine Wut auf die Familie hat. Es ist schon ein starkes Stück, zuerst das Kind so zu verletzen, das Auto zu manipulieren und dann den Hund zu töten. Der Täter steigert sich."

„Na, das stimmt doch nicht. Immerhin ist Falk vor dem Hund ums Leben gekommen."

„Ja, aber ich glaube nicht, dass das beabsichtigt war. Ich glaube, dass der Täter auch da nur eine Verletzung im Sinn hatte. Wie es gekommen ist, war eher ein dummer Zufall. Du weißt selbst, dass solche Unfälle normalerweise nicht tödlich ausgehen!"

Celia nickte nachdenklich. Ihr leuchtete ein, worauf Jaron hinauswollte. Auch wenn sie den Gedanken nicht gern zuließ.

*

Im Büro wurden sie bereits erwartet. Thorsten Brandt stellte sie einander vor.

„Unser Noch-Staatsanwalt Dr. Mertens. Die neuen Kollegen, Staatsanwalt Karloff und Hauptkommissarin Dörfer."

„Formvollendete Vorstellung", lobte Dr. Mertens. Sein Gesicht spiegelte die Jahre wieder. Gleichsam auch die zahlreichen, mit Lachen verbrachten Momente. Auch jetzt vertieften sich seine Lachfalten um Mund und Augen.

„Der junge Mann hat nur einen Fehler gemacht. Man begrüßt doch immer noch zuerst die Dame. Es freut mich, Sie endlich persönlich kennenzulernen. In den Personalakten wird ja nur das Beste über Sie berichtet. Aber sie enthalten, scheint mir, nur einen Teil der positiven Nachrichten."

Celia fühlte sich geschmeichelt.

„Na, und Sie, Herr Kollege", wandte er sich an Jaron, „ich habe ja schon viele engagierte Leute gesehen, aber Sie schießen den Vogel ab. Drei Wochen vor Beginn Ihrer eigentlichen Amtszeit schon im Einsatz. Das nenne ich toll."

Man sah und hörte, dass er auch dieses Kompliment ernst meinte.

„Dr. Mertens, wie schön Sie kennenzulernen. Eigentlich wollte ich die Zeit nutzen, um unser Haus ein wenig einzurichten. Aber dann ist mir der Fall förmlich über die Füße gerollt."

„Ich habe es den Protokollen entnommen." Der Staatsanwalt lachte herzlich. „Wissen Sie, mir ist in meiner Amtszeit ja auch schon eine Menge passiert. Und es gibt immer wieder Zufälle, die in einen Fall hineinspielen. Gerade hier, wo die Menschen sich kennen, die Beziehungsgeflechte viel ausgeprägter sind als in der Stadt. Aber so was ist mir in all den Jahren nicht untergekommen. Kann es zugegebenermaßen auch nicht. Ich habe nämlich zwei linke Hände. Wenn ich anfange sie zu gebrauchen, schreit meine Frau lauthals nach Handwerkern. Und wenn Sie sich meine Figur ansehen, können Sie sich ausrechnen, wie viele Kilometer ich in meinem Leben wohl schon gejoggt bin." Er hatte die Lacher auf seiner Seite.

Die vier Beamten, auch Thorsten Brandt war mit von der Partie, hatten sich in Celias Büro niedergelassen.

„Leider müssen wir zum ernsten Teil der Angelegenheit kommen", wechselte der Staatsanwalt das Thema. „So wie sich der Fall entwickelt, ist die Geschichte ernster als gedacht. Immerhin haben wir es ja nicht nur mit einem verletzten Kind und einem toten Hund zu tun. Wir haben auch den Tod eines Kollegen zu beklagen. Können Sie mich ein wenig ausführlicher ins Bild setzen? Geschrieben sind Tatsachen mitunter doch nicht so klar wie gesprochen."

Er hatte sich eindeutig an die ermittelnde Hauptkommissarin gewandt. Celia antwortete ausführlich und verheimlichte dabei auch nicht die zuletzt geäußerten Gedankengänge ihres Freundes. Je länger der Bericht andauerte, umso ausgeprägter wurden die Sorgenfalten auf dem sonst so fröhlichen Gesicht des Staatsanwaltes.

„Sie haben anscheinend in ein Wespennest gestochen. Aber es ist in der Tat merkwürdig. Ein seltsamer Fall. Was für Anhaltspunkte haben wir denn noch, nachdem der Herr Ösmal als möglicher Täter ausgeschieden ist?“ „Um ehrlich zu sein – nicht besonders viele. Was uns weiterbringen könnte, sind zwei Dinge aus der letzten Nacht. Zum einen hat der Täter erstmalig ein Schreiben am Tatort hinterlassen. Und zum anderen, unbeabsichtigt, ein Stück Stoff verloren, das den wachsamen Augen Herrn Saalmanns nicht entgangen ist.“

„Ach, das hatte ich den Unterlagen nicht entnommen. Richie arbeitet auch an diesem Fall mit? Da bin ich sehr getröstet. Dann haben wir ja zumindest das kompetenteste Team am Start, das wir aufzubieten haben.“

Eine willkommene Aufmunterung für die drei, nachdem sie bereits begonnen hatten, an ihren Fähigkeiten zu zweifeln.

„Frau Dörfer, ich müsste Sie noch allein sprechen“, beendete der Ältere die gemeinsame Besprechung. Celia zuckte kurz verwundert mit der Augenbraue. Dr. Mertens, ein guter Beobachter, bemerkte es.

„Keine Sorge, keine verspätete Kritik. Ich muss einen Bericht über den Tod unseres Kollegen Teubert verfassen. Bei Ihrem Bericht überkam mich ein ungutes Gefühl – so, als wäre es hier nicht ganz reibungslos verlaufen. Darüber wollte ich mit Ihnen reden.“

Celia war erleichtert, dass es sich nur darum handelte. Ihr schlechtes Gewissen hatte sie inzwischen so weit besänftigt, weil sie erkennen konnte, dass sie keine Mitschuld am Tod des Kollegen trug. Thorsten und Jaron verließen das Büro und überließen es den beiden, das Verhalten des Falk Teubert zu erörtern. Dafür benötigten die beiden nicht viel Zeit. Die Fakten, so erkannte Mertens sehr schnell, lagen klar. Auch wenn die Fakten ihn nicht eben froh stimmten.

„Mir ist dennoch nicht ganz klar, warum Herr Teubert sich so verhielt. Haben Sie den Eindruck, er hat versucht, jemanden zu decken?“

„Nein, jedenfalls gibt es keinerlei Hinweise darauf. Er hat zwar mit Kurt Dammann gesprochen, ohne mit mir Rücksprache zu halten. Aber ich habe ihn danach nicht mehr gesehen und gesprochen und kann deshalb nicht mit Bestimmtheit sagen, dass er die Fakten für sich behalten wollte. Und Herr Dammann hat mir erzählt, um was es im Einzelnen ging. Da war eigentlich nichts, was man hätte zurückhalten müssen. Ich denke, es ging mehr um kollegiale Eifersucht. Es schien, als sei ich als Frau ihm ein Dorn im Auge. So hat er sich Herrn Saalmann gegenüber geäußert. Spielt aber nun ja keine Rolle mehr. Am Ende hat er sich selbst mehr geschadet, als man irgendeinem wünscht. Ich denke, das muss nicht an die Öffentlichkeit.“

„Nett von Ihnen, dass Sie so denken. Ich wusste nicht, wie ich den Abschlussbericht verfassen soll. Daher wollte ich vorher mit Ihnen darüber gesprochen haben.“ Bevor sie sich voneinander verabschiedeten, gab Celia sich einen Ruck. Es gab noch ein Thema, das ihr unter den Nägeln brannte.

„Ist es für Sie eigentlich in Ordnung, dass Herr Karloff bereits mitmischt? Nicht, dass Sie das Gefühl haben, wir wollten Sie vorzeitig in den Ruhestand schicken.“

Dr. Mertens lachte: „Nein, nein, gar nicht. Ich habe meine Reaktion eben ernst gemeint. Mir macht es nichts aus. Und da wir ihn ja auch noch nicht bezahlen …“ Immer noch lachend, ließ er das Ende des Satzes offen. „Aber wie ist es für Sie? Haben Sie keine Probleme mit der Vermischung von Privatleben und Dienst?“

Celia verneinte heftig: „Wissen Sie, nachdem mein letzter Partner aus einer ganz anderen Branche kam und sehr wenig Verständnis für meinen Beruf hatte, ist mir diese Variante wesentlich lieber. So brauche ich zumindest nicht immer zu erklären, warum ich mal wieder nicht pünktlich zur Verabredung komme."

„Sie haben recht. Dafür haben nur wenige Verständnis. Ich habe viel Glück mit meiner Frau. Sie hat sich nie beschwert. Das kommt wahrscheinlich jetzt, wenn ich zu Hause bin. Dann kann sie wahrscheinlich gar nichts mit mir anfangen."

Wäre nicht die erste Ehe, in der es Probleme mit dem Ruhestand gibt, dachte Celia. Aber für Dr. Mertens hoffte sie das Beste. Er war ihr überaus sympathisch.

Kapitel 29

Eigentlich schade, dass er geht. Ist ein guter Typ", witzelte Thorsten in Jarons Richtung.

„Warum, hast du Angst, ich kontrolliere dich zu viel?" Obwohl die Stimmung offensichtlich gut war, schlug Celia einen ernsten Ton an.

„Thorsten, ich möchte, dass du dich mit Frau Dammann unterhältst. Versuch herauszufinden, was in ihrem Leben bisher passiert ist. Wann hat sie ihren Mann kennengelernt? Mit welchen Menschen verkehren sie? Haben sie Schulden, haben sie Feinde und, wenn ja, warum? Konzentrier dich nicht zu sehr auf Herrn Dammann. Immerhin könnte es auch um die Frau gehen. Schließlich war es ihr Wagen, in dem Falk ums Leben gekommen ist."

Gemeinsam mit Jaron wollte sie Herrn Dammann im Krankenhaus aufsuchen. Im Anschluss wollten sie sich mit Frau Mathies im Präsidium unterhalten. Die Kollegen wurden angehalten sie festzuhalten, bis sie wieder zurück waren.

„Und Thorsten, geh auch zu Mathies. Frag ihn nach dem Leben der Dammanns, und wo er gestern war. Ich habe ihn bei der ganzen Aktion vermisst. Eigentlich ungewöhnlich, dass der beste Freund und nächste Nachbar nicht da ist, wenn ein solches Unglück geschieht."

*

„Wie sieht es aus? Müssen wir Herrn Dammann schonen?"

Celias Frage richtete sich an den behandelnden Arzt. Offensichtlich gehörte er zu der großen Zahl der überarbeiteten und überstrapazierten Stationsärzte. Er hielt keine Sekunde in seinem Gang über die Station inne. Celia, nicht untrainiert, hatte Mühe ihm zu folgen. „Keine Auskunft. Ärztliche Schweigepflicht“, lautete die dahingehechelte Antwort des Mediziners. Celia hatte genug.

„Macht es Ihnen etwas aus, eine Sekunde stehen zu bleiben und mich anzusehen, wenn ich mit Ihnen rede? Ich habe Sie nicht nach einer Diagnose gefragt, sondern lediglich danach, ob ich, ohne den Mann zu gefährden, mit ihm reden kann. Und das fällt nicht in den Bereich Ihrer Schweigepflicht!“

Jaron Karloff, der den Dauerlauf der beiden boykottiert hatte und am Anfang des Ganges beim Schwesternzimmer stehen geblieben war, grinste. Verdutzt blieb der Arzt stehen. Celia, die nicht mit so einer spontanen Reaktion gerechnet hatte, lief beinahe in ihn rein.

„Okay, was wollen Sie von mir?“

„Danke, ausgesprochen höflich.“ Den Seitenhieb konnte sie sich nicht verkneifen.

„Ich möchte wissen, ob eine Gefährdung für Herrn Dammann eintreten könnte, wenn wir ihn bei der Befragung aufregen.“

„Halte ich für unwahrscheinlich“, antwortete er und hetzte weiter. Er hatte eine schlechte Nacht hinter und noch einen halben Tag Dienst vor sich. Er verfluchte seine Berufswahl häufig. Heute besonders heftig. Gleichzeitig wurde ihm bewusst, dass die Frau, der er gerade so uncharmant in die Parade gefahren war, ausgesprochen attraktiv war. Unter anderen Umständen hätte sie sicher sein Interesse geweckt. Aber nicht nach einer solchen Nacht.

„Aber die Zimmernummer des Patienten können Sie uns schon noch mitteilen?“

Er konnte. Celia stellte erstaunt fest, dass es beinahe freundlich klang. „Danke!“ Celia machte kehrt.

Kapitel 30

Kann ich Ihnen Kaffee oder Tee anbieten?" Thorsten entschied sich für einen Kaffee. Katrin Dammann sah mitgenommen aus. Thorsten erkundigte sich nach ihrem Befinden. Er hatte Mitleid mit ihr. Katrin Dammann dankte es ihm mit einem Lächeln.

„Ehrlich? Beschissen. Auch wenn ich versuche, mir so wenig wie möglich anmerken zu lassen. Auf irgendjemanden müssen sich die Kinder ja stützen können. Jetzt, wo Kurt auch noch ausgefallen ist ..." Sie beendete den Satz nicht. Sie kämpfte mit Tränen. „Ich kann es nicht glauben. Ich weiß überhaupt nicht, was das alles soll. Wir haben noch nie jemandem etwas getan. Warum macht jemand so etwas?"

„Deshalb bin ich hier. Wir müssen über Ihr Leben reden. Wollen doch mal sehen, ob wir nicht einen Anhaltspunkt für diese unselige Geschichte finden."

„Was soll es da schon geben? Glauben Sie, ich hätte nicht schon darüber nachgedacht?"

Thorsten Brandt besänftigte die Frau. Sehr behutsam und mit viel Feingefühl ging er ihr bisheriges Leben mit ihr durch.

„Was ist mit Ihrer Zeit als Hebamme? Gab es da mal einen Zwischenfall? Ist einmal etwas Unvorhergesehenes geschehen?"

Plötzlich wechselte Katrin Dammann die Gesichtsfarbe. Verunsichert stotterte sie, als der Ermittler sie durch Kopfnicken aufforderte zu reden.

„Das kann nicht sein. Das ist doch schon Jahre her", versuchte sie die Sache herunterzuspielen. Stockend erzählte sie Thorsten Brandt eine Jahre zurückliegende Begebenheit.

Damals, sie arbeitete erst kurze Zeit als selbstständige Hebamme, wurde sie zu einer Geburt gerufen. „Es lief von Anfang bis Ende alles schief. Das Wetter war beschissen, wie selten im Winter. Es schneite den ganzen Tag, dann regnete es auf einmal. Alles gefror zu einer einzigen Eisfläche. Ich musste zusehen, wie ich zu der Frau kam. Aber die hatte mich viel zu spät gerufen. Das Kind war, als ich endlich bei ihnen ankam, schon beinahe da. Der Kopf war schon durch. Aber der kleine Wurm hatte die Nabelschnur um den Hals. Und da ich nicht rechtzeitig da war … Ich konnte ihm nicht helfen. Auch der Notarzt, den ich sofort verständigt hatte, nicht."

Obwohl Thorsten die Tragik des Falles berührte, sah er keinen Zusammenhang zum heutigen Fall. Aber Katrin Dammann war noch nicht fertig.

„Die Frau war nicht bei mir zur Vorsorge. Ich kannte sie also nicht. Sie war leider bei niemandem zur Vorsorge. Sie traute keinem Arzt über den Weg. Sie wollte alles natürlich. So konnte sie also auch nicht wissen, dass sie Zwillinge erwartete. Niemand wusste es."

Thorsten erriet das Ende der Geschichte. Und Katrin bestätigte es. Auch das zweite Kind kam tot zur Welt. Die Eltern machten sie, die Hebamme, dafür verantwortlich. In ihrer Trauer wollten sie ihre eigene Verantwortung nicht erkennen. Katrin Dammann bot sich als Sündenbock an. Es dauerte lange, bis die Eltern aufhörten, sie durch Anrufe und Briefe zu beschimpfen. „Haben Sie nie daran gedacht, dem Einhalt zu gebieten?"

Hatten sie. Aber sie hatten sich entschieden, es laufen zu lassen. Sie waren der Meinung, die Eltern würden so am ehesten zu ihrer eigenen Verantwortung finden. Und die Umstände schienen ihnen recht zu geben. Irgendwann hörten die Anrufe auf, und es kamen auch keine Briefe mehr. Durch andere hatten sie erfahren, dass das Ehepaar inzwischen Kinder hatte. Thorsten notierte sich Namen und Anschrift. Gern hätte er die Briefe mitgenommen. Aber die Dammanns hatten sie, konsequent wie sie waren, verbrannt. Bevor er sich von Frau Dammann verabschiedete, erkundigte er sich nach Rolf Mathies. Der hatte sich weder in der Nacht, noch am heutigen Morgen sehen lassen.

„Ist das nicht ungewöhnlich?"

Frau Dammann winkte ab. Sie hegte keine großen Sympathien für den Mann, wie man unschwer aus ihren Worten erkennen konnte. Dennoch versicherte sie glaubhaft, dass es immer schon Zeiten gab, in denen man sich mal mehr und mal weniger gesehen hatte.

Kurze Zeit später klingelte Thorsten Brandt an der Haustür der Familie Mathies. Es dauerte geraume Zeit, bis sich etwas rührte. Gerade wollte er sich abwenden, als er Geräusche hinter der Tür vernahm. Dann öffnete sie sich. Vor dem Kripobeamten erschien ein hochroter, verwuschelter und dem Geruch nach angetrunkener Rolf Mathies.

„Hallo, Herr Mathies. Können Sie sich noch an mich erinnern?"

Thorsten konnte sich nicht vorstellen, dass der Mann überhaupt denken konnte. Thorsten wurde leicht übel. „Sicher weiß ich, wer Sie sind. Aber ich lasse Sie trotzdem nicht rein. Will endlich meine Ruhe. Meine Frau ist weg. Und ich will mit niemandem reden."

Er versuchte, die Tür von innen zu schließen. Durch den Alkohol waren seine Bewegungen jedoch schwerfällig und langsam! Thorsten schob seinen Fuß zwischen Tür und Rahmen. Mit der Wut, die seine Aktion bei Mathies auslöste, hatte er nicht gerechnet. Der knallte die Tür mit voller Wucht gegen den Fuß des Kripobeamten. In seinem

Schmerz zog der den Fuß zurück. Mathies knallte die Haustür zu.

„Herr Mathies, öffnen Sie sofort die Tür. Ich kann auch anders. Was soll das?“

Im Haus rührte sich nichts.

*

„Hey Celia, was soll ich mit Mathies machen?“

„Lass ihn seinen Rausch ausschlafen und stell ihm einen Kollegen vor die Tür. Wenn er sich wieder blicken lässt, soll der Kollege ihn zum Revier bringen. Ich glaube, seine Frau ist inzwischen auch dort eingetroffen. Wir sehen uns da. Wir sind hier mit Dammann fertig und haben gerade das Krankenhaus verlassen.“

Das Gespräch mit Kurt Dammann hatte nichts Wesentliches ergeben. Genau genommen erschien das Leben des Mannes so langweilig und gradlinig, dass es beinahe erschreckend war. Er war nie aus dem Ort gekommen. Nicht mal zur Ausbildung. In den wilden 70er-Jahren war er sauber geblieben. Keine Drogen, kein Alkohol und keine sexuellen Ausschweifungen. „Der Einzige, der ihn, was die Vorbildlichkeit übertrifft, ist der Papst. Unglaublich.“

Jaron lachte. Da auch er eine eher wilde Jugend hinter sich hatte, konnte er die Zweifel Celias verstehen. „Gleichzeitig ist er überzeugend in seiner Art. Ihm nehme ich das einfach ab. Der ist einfach solide. Und gutmütig. Der glaubt wirklich an das Gute im Menschen. Und mit seiner Frau scheint er eine gute Ehe zu führen.“

„Hm“, stimmte Celia ihm nachdenklich zu.

„Jedenfalls habe ich nicht den Hauch eines Motivs herausgehört. Du?“

Jaron schüttelte den Kopf. „Nichts zu holen. Hat Thorsten was gesagt, wie es bei Frau Dammann war?“ Celia schüttelte den Kopf und erzählte stattdessen, wie Thorsten Rolf Mathies vorgefunden hatte.

„Das könnte zumindest eine Erklärung dafür sein, warum er gestern nicht erschienen ist."

„Kann – muss aber nicht. Er hatte ja auch danach noch genug Zeit, sich einen Kater anzusaufen."

„Hast du das Gefühl, er könnte mit der Sache zu tun haben?" Jaron schien erstaunt.

„Nee, eigentlich nicht. Ich weiß auch nicht, warum ich ihm gegenüber so skeptisch bin. Es ist nur so ein Gefühl von Antipathie. Aber ihm fehlt jedes Motiv!"

Kapitel 31

„Hallo, Frau Mathies. Ich hoffe, man hat Ihnen die Wartezeit zumindest mit Kaffee erträglich gemacht." Frau Mathies grinste. Auch wenn die letzten Tage nicht spurlos an ihr vorbeigegangen waren – sie machte einen frischen Eindruck. Celia machte keinen Hehl aus ihrer Beobachtung.

„So fühle ich mich auch. Ich habe gestern endlich das gemacht, was ich schon lange hätte machen sollen. Ich habe meine Koffer gepackt und meinen Mann verlassen."

„Unser Kollege, Herr Brandt, hat so etwas angedeutet. Ihr Mann hat es nicht so positiv aufgenommen. Er ist zu Hause und hat einen Kater, der sich gewaschen hat." Frau Mathies lachte hart und kurz.

„Das kann ich mir vorstellen. Das ist in letzter Zeit seine bevorzugte Methode, mit Problemen umzugehen. Mein Freund die Flasche. Am nächsten Tag verlangt er nach Hilfe. Kenn ich schon. Aber glauben Sie mir – dem ist nicht zu helfen. Der wird sich nicht mehr ändern. Vor allem, weil er immer die Schuld bei anderen sucht. Egal, um was es geht. So war es auch damals, als sich herausstellte, dass wir keine Kinder bekommen können und festgestellt wurde, dass es an ihm liegt. Er dreht und wendet die Tatsachen so lange, bis er anderen die Schuld in die Schuhe geschoben hat. Und wenn kein anderer zu finden war, dann war ich es."

Celia spürte Mitleid mit der Frau. Ihr letzter Freund hatte ebenfalls Talent darin bewiesen, alles zu drehen und zu wenden, bis die ganze Welt Schuld an seinem Unglück oder Versagen hatte, nur er selbst nie.

„Erzählen Sie mir, was den Ausschlag gegeben hat. Sie haben gestern nicht den Eindruck auf mich gemacht, als wollten Sie Ihren Mann verlassen?“

„Nein, das hatte ich auch nicht vor. Ich meine, ich hatte es nicht geplant.“

„Wie kam es dann dazu? Was ist passiert, nachdem Sie vom Präsidium zurückgekommen sind?“

„Das, was in letzter Zeit immer passiert ist. Ich habe versucht, ein Gespräch mit meinem Mann zu führen, und er ist abgehauen. Hat mich stehen lassen. Ich habe schon lange die Augen davor zugemacht, was mein Mann alles macht, um seine Verluste auszugleichen. Ich hatte auch eine Ahnung, was es mit den ausländischen Pflückern auf sich hatte. Aber ich muss zu meiner Schande gestehen, dass ich nie wirklich gefragt habe und es im Grunde auch nicht wissen wollte. Aber gestern ist mir klar geworden, was mein Mann in den letzten Jahren getrieben hat. Dass er unsere Freundschaft zu den Dammanns einfach aufs Spiel gesetzt hat. Und da wurde mir klar, dass ich endlich Fragen stellen musste. Tja, aber ich habe keine Antworten bekommen. Er ist abgehauen.“

Celia lenkte das Gespräch auf das Leben der Familie Dammann. Trude Mathies dachte lange nach, bevor sie zögernd antwortete.

„Es gibt eigentlich nur eine Sache, die mir einfällt. Aber ich kann mir nicht vorstellen, dass die Geschichte etwas mit der jetzigen Situation zu tun haben soll.“ Sie zögerte erneut. „Außerdem handelte es sich damals gar nicht um Ausländer.“

Celia wurde ungeduldig. „Frau Mathies, es gibt nichts, was nicht vielleicht von Bedeutung sein könnte. Wir tappen komplett im Dunkeln. Da kann alles wichtig sein. Wenn Sie sich also an irgendetwas erinnern, dann sagen Sie es bitte.“

„Na ja“, gab sich Trude Mathies einen Ruck, „Katrin

konnte nichts dafür. Sie hatte ja keine Schuld."

Celia erfuhr die Geschichte, die Thorsten Brandt wenige Stunden vorher von Katrin Dammann erfahren hatte. „Was wurde aus der Geschichte?"

„Ein Drama sage ich Ihnen. Die Dammanns sind lange mit Anrufen und Briefen der Familie tyrannisiert worden. Bis die endlich noch mal Eltern geworden sind."

„Aber der Tod der beiden Kinder muss doch untersucht worden sein. Hat man Frau Dammann eine Mitschuld oder gar Schuld an dem Tod der beiden Kinder gegeben?"

„Nein." Frau Mathies schüttelte heftig den Kopf. „Ganz im Gegenteil. Es ist eindeutig festgestellt worden, dass Katrin unschuldig war. Sie hatte nicht den Hauch einer Chance, auch nur einen der Säuglinge zu retten. Aber das Ehepaar wollte davon nichts hören."

Die Frau schwieg einen Augenblick, bevor sie weitersprach.

„Aber auf der anderen Seite brauchten sie vielleicht Katrin als Blitzableiter, weil sie sonst an ihrer eigenen Schuld kaputt gegangen wären. Immerhin ist es nicht leicht, sich eingestehen zu müssen, dass durch eine Vorsorgeuntersuchung womöglich beide Kinder hätten überleben können."

„Haben die Dammanns die Polizei eingeschaltet?"

Celia konnte nicht glauben, dass man sich einer solchen Situation widerstandslos aussetzte. Aber so war es gewesen. Ansonsten blieb es bei dem bisherigen Bild: die Dammanns – eine glückliche, nette Familie, die keine Feinde hatte, aber unzählige, ihnen wohlgesonnene Menschen in ihrem Umfeld. Celia ließ sich den Namen der Familie geben. Es war eine neue Spur.

„Wo wohnen Sie jetzt?" erkundigte sich Celia zum Abschluss bei Trude Mathies.

„Katrin hat mir ein Zimmer gegeben. Aber da werde ich

nur so lange bleiben, wie es unbedingt nötig ist. Gott sei Dank, verdiene ich eigenes Geld, und kann mir eine Wohnung leisten.“ Die beiden Frauen verabschiedeten sich freundschaftlich voneinander.

Kapitel 32

Vor ihrem Büro traf Celia auf Thorsten und Jaron. Ersterer kühlte den Fuß, der zwischen die Tür geraten war, auf seinem Schreibtisch. Jaron versorgte ihn mit heißem Kaffee. Thorsten war immer noch wütend. Was seine Worte unterstrichen. „Den kriege ich dran. Es ist mir egal, wie besoffen der war. Der kann mit einer deftigen Anzeige rechnen. Jetzt ist Schluss mit lustig."

In der Tat sah sein Fuß nicht gut aus. Neben einer Schwellung offenbarte ein Blick unter das Kühlkissen eine deutliche und starke Blaufärbung. Trotzdem ließ Celia sich von ihrem Kollegen berichten, wie sein Gespräch mit Frau Dammann verlaufen war. Es enttäuschte sie ein wenig, dass auch er nichts anderes zutage gefördert hatte als die Geschichte der toten Säuglinge.

„Okay, wollen mal schauen, ob wir damit was anfangen können."

Entschlossen setzte Celia sich an den Computer ihres Kollegen. Nach kurzer Zeit erhielt sie Informationen über die Familie.

„Na schau doch mal einer an. Die Familie scheint immer noch Briefe zu verfassen. Es liegt eine Anzeige von einem Arzt vor. Anscheinend ist er regelmäßig mit Briefen überschüttet worden, die nicht besonders freundlich waren."

„Und um was ging es?"

Jaron war nun wieder hellwach, obwohl er durch das lange Warten während der Befragungen schläfrig geworden war. Mit Details konnte Celia nicht aufwarten. Wohl aber mit der Adresse des Arztes und der der Familie. Thorsten blieb mit hochgelegtem Fuß zurück, als Celia und Jaron sich gemeinsam auf den Weg zu Familie Fendrich machten.

„Ist es nicht schön, über den Luxus eines Navigationssystems zu verfügen. Ansonsten müssten wir jetzt lange in der Karte suchen."

Jaron schmunzelte: „Du meinst, du müsstest lange suchen."

Celia lachte mit. Sie hatte eine unüberwindliche Schwäche im Kartenlesen. Dabei machte es ihr wenig, damit ein Klischee zu erfüllen, das man Frauen gern nachsagte.

„Stimmt, aber dafür kann ich das Navigationssystem bedienen und du nicht."

Tatsächlich tat Jaron sich schwer in der Bedienung aller technischen Geräte. Angefangen beim Programmieren des Videorecorders, über das Runterladen von Musikstücken aus dem Internet, bis hin zur Bedienung eines Navigationssystems. Technische Geräte waren Jarons Feinde.

Nach Celias Eingaben führte das Gerät die beiden problemlos in einen Stadtteil Buxtehudes, der ausgesprochen ländlich wirkte. Durch viele kleine Straßen kamen sie an einen verwilderten Feldweg, dem sie weiterfolgten. Allerdings nur, weil die freundliche Stimme des Routensystems sie dazu aufforderte. Ansonsten wären sie längst umgedreht. Auch wenn es nicht so schien – es gab hier tatsächlich noch eine menschliche Behausung. Von außen betrachtet hatte das Haus eine gewisse Ähnlichkeit mit der Villa Kunterbunt von Pippi Langstrumpf. Früher einmal eine stattliche Villa, brauchte man heute viel Fantasie, um sie als solche zu bezeichnen. Ein Garten war schon lange nicht mehr erkennbar. Von ehemals gepflegten Beeten war nichts mehr übrig. Alles war von Unkraut überwuchert.

„Dabei könnte das hier ein Paradies sein."

„Ja, aber inzwischen bräuchte man ein kleines Vermögen, um es sichtbar zu machen."

„Schade", seufzte Celia, „das würde mir schon gefallen."

„Gott Celia, das meinst du doch hoffentlich nicht ernst. So sehr kann ich mich in dir nicht geirrt haben. Du bist nicht heimlich ein Messie, oder?"

„Natürlich nicht in dem Zustand. Aber stell dir das Ganze mal ordentlich hergerichtet vor. Das ist ein Traum."

Jaron schüttelte skeptisch den Kopf. „Tut mir leid, ich bin ein trockener Jurist. So viel Fantasie habe ich nicht." Dabei grinste er jedoch schelmisch. Er konnte sich sehr gut vorstellen, aus dem Haus und dem Garten etwas Wundervolles zu schaffen.

„Lass uns schauen, wie es drinnen aussieht."

Celia wurde sachlich. Die Türglocke schien ebenso desolat wie alles andere. Celia benutzte ihre Faust, um damit kräftig gegen die Tür zu klopfen. Das Bild der Frau, die ihnen nach geraumer Zeit öffnete, passte sich nahtlos in das Gesamtbild des Hauses und des Grundstücks ein. Auch sie konnte man nur als verwahrlost bezeichnen. Verwahrlost und vernachlässigt. Und genau wie bei Haus und Garten konnte man auch bei der Frau durchaus hübsche Züge erkennen. Celia hielt ihren Ausweis hoch. Jaron stellte sie vor. Dabei drängte sich ihr der Gedanke eines verpassten Lebens auf. Zu deutlich war erkennbar, dass die Frau nicht freiwillig so aussah. Gleichgültig öffnete sie die Tür ein Stück weiter und ließ die beiden Beamten ins Haus. Kraftlos schlurfte sie vor ihnen her, führte sie in die Küche. Sie umschifften auf ihrem Weg Berge von Wäsche. Ob gewaschen oder nicht, war nicht erkennbar. In der Küche zeigte sich das gleiche Bild. Frau Fendrich verschaffte den beiden Gästen Platz, indem sie zwei Stühle von Geschirr befreite und es auf dem Boden neu stapelte. Jaron, der lange nicht so viel Erfahrung hatte wie Celia, war durch die unordentliche Umgebung irritiert.

Celia begann die Befragung der Frau.

„Frau Fendrich, Sie kennen Frau Dammann?"

War die Frau vorher bereits blass, verfärbte sich die Gesichtsfarbe nun beinahe bläulich. Nur gepresst kamen bestätigende Laute.

„Sie hegen keine besonderen Sympathien für die Frau und ihre Familie?"

Als die Frau nun zum ersten Mal deutliche und verständliche Worte formulierte, war Celia überrascht. Die Stimme der Frau passte nicht zu ihrem Erscheinungsbild. Sie war weder zögerlich noch leise oder vorsichtig. Im Gegenteil, sie hatte eine volle, wohlklingende Altstimme.

„Mit der hat alles angefangen. Unser ganzes Unglück. Sie ist eine Hexe und hat das Böse zu uns gebracht." Celia warf einen kurzen Blick zu Jaron. Celia fühlte die angestaute Wut beinahe körperlich. Äußerlich unbeirrt, stellte sie weiter ihre Fragen.

„Sie haben viele Briefe an Frau Dammann geschickt. Wann hatten Sie zuletzt Kontakt zu ihr und ihrer Familie?"

Die Frau schien verwirrt. „Überhaupt nicht mehr. Schon seit Jahren nicht mehr. Wir wollten das Böse aus unserem Leben streichen. Als die Kinder kamen, wollten wir nur noch Freude in unsere Herzen scheinen lassen. Die Kleinen sollten nicht vergiftet werden durch das Böse, was sie verbreitet hat."

Celia zweifelte an der geistigen Gesundheit der Frau. Sie erkundigte sich, in der Hoffnung auf ein produktiveres Gespräch, nach dem Ehemann. Es schien die falsche Frage zu sein. Die Frau fiel nun endgültig aus der Rolle. Sie beschimpfte beide und wollte zum Schluss auf sie losgehen. Dazu kam sie nicht. Jaron reagierte diesmal schnell. So schnell, als hätte er ein solches Verhalten erwartet. Er griff ihre Arme, und drängte sie zurück auf ihren Stuhl. Er selbst setzte sich neben sie und hielt sie. Die Berührung schien eine beruhigende Wirkung zu haben. Sie hörte auf zu fluchen. Stattdessen liefen ihr Tränen über das Gesicht. Nur mit Anstrengung konnten die beiden Beamten die Worte der Frau verstehen. Herr Fendrich hatte seine Frau verlassen. Mit den Kindern! Es waren inzwischen drei. Es dauerte eine Weile, bis sie die gesamte Geschichte zusammengetragen hatten. An ihrer Tragik änderte sich dabei nichts.

Nach dem Tod der Zwillinge hatte die Eheleute die gemeinsame Wut auf die Hebamme zusammengehalten. Dann, ungefähr ein Jahr nach dem Tod der Kinder, wurde Frau Fendrich erneut schwanger. Diesmal nahm sie die Vorsorgeuntersuchungen in Anspruch. Dadurch konnte eine neue Tragödie verhindert werden. Denn auch dieses Kind wäre, ohne vorherige Untersuchungen, bei der Geburt gestorben. Vielleicht auch die Mutter. Das Kind lag bis zum Schluss verkehrt und konnte nicht gedreht werden. Ein Kaiserschnitt ließ sich nicht verhindern, rettete aber ihr Leben. Die beiden weiteren Kinder wurden jeweils mit knapp eineinhalb Jahren Abstand geboren. Ohne Komplikationen. Das letztgeborene Kind, ein Mädchen, erkrankte an Leukämie. Alle bisherigen Behandlungen hatten nicht geholfen.

Die Eltern warteten händeringend auf eine Knochenmarkspende. Aber Frau Fendrich steigerte sich erneut in Verfolgungsfantasien. Sie vermutete, der behandelnde Arzt würde ihnen den Spender vorenthalten. Es war eine dramatische und zugleich wirre Geschichte. Die Frau begann, den Arzt in Briefen zu beschimpfen. Diesmal jedoch ohne Zustimmung ihres Mannes. Er erwartete von seiner Frau, dass sie sich auf das Kind konzentrierte. Aber es gelang ihr nicht. Und dann, eines Tages, war der Mann mit den Kindern weg.

Die Frau beendete ihre Geschichte und stand auf. Jaron

beobachtete sie dabei mit Argusaugen. Aus einem Regal in der unordentlichen Küche holte sie einen Brief. Sie übergab ihn Jaron. Nachdem er ihn gelesen hatte, reichte er ihn an Celia weiter. Sie hatte von Weitem schon das amtliche Schreiben erkannt. Als sie den Brief in den Händen hielt, sah sie sich bestätigt. Das Jugendamt hatte Frau Fendrich das Umgangsrecht mit ihren Kindern vorerst untersagt. Bei verschiedenen Gesprächen und Untersuchungen habe man festgestellt, dass sie für die Kinder keinen guten Umgang darstellte und deren Entwicklung beeinträchtigte. Celia fühlte sich hundsmiserabel. Sie hatte keine Worte für so viel Leid. Wieder kam ihr Jaron zur Hilfe.

„Und was haben Sie gemacht? Ist Ihnen die alte Wut auf Frau Dammann wieder eingefallen? Haben Sie das Gefühl, sie sei schuld und Sie müssten sich an ihr rächen?“

Frau Fendrich schüttelte heftig den Kopf.

„Klar hat alles mit ihr angefangen. Aber ich habe schon lange keine Briefe mehr an sie geschrieben.“

„Aber, haben Sie die Familie mal besucht? Sind Sie mal auf ihrem Hof gewesen?“

Auch dieses Mal schüttelte sie den Kopf. Allerdings nicht mehr ganz so heftig. Celia hatte das Zögern bemerkt. „Sie sind dort gewesen, stimmt es?“

Zunächst versuchte sie, weiter zu leugnen. Celia hatte ihren guten Ruf jedoch nicht umsonst. Sie wusste, wann sie mit einer Lüge konfrontiert war. Und die Frau war eine ausgesprochen schlechte Lügnerin. Es dauerte nicht lange, bis Frau Fendrich zugab, auf dem Hof gewesen zu sein. Schwieriger war es, den Zeitpunkt ihres Besuchs herauszufinden. Frau Fendrich hatte jeden Bezug zum normalen Leben verloren. Tag und Nacht gingen bei ihr ineinander über. Es gab keine Wochenenden, keinen Anfang und kein Ende.

„Was haben Sie gemacht, als Sie dort waren. Was haben

Sie gesehen? Wen haben Sie gesehen?"

Jaron wurde ungeduldig. Dabei stellte er zu viele Fragen auf einmal. Celia bemerkte die Überforderung.

„Frau Fendrich, war es hell oder dunkel, als Sie auf dem Hof waren?"

„Hell natürlich. Musste es doch sein. Wenn es dunkel ist, kann ich nicht mehr mit dem Bus fahren."

„Warum nicht?"

Jaron verstand den Grund nicht. Dabei war die Lösung einfach. Sie hatte nichts mit ihrer Verfassung zu tun. Nach 20 Uhr gab es schlicht keine Busverbindung mehr.

„Wie lange ist es her, dass Sie auf dem Hof waren?"

Die Frau überlegte angestrengt. Aber sie zuckte mit den Schultern. Sie wusste es nicht.

„Ich glaube, vor einer Vollmondphase, aber es können auch zwei gewesen sein."

Celia spürte, wie ihre Toleranzgrenze dem Ende entgegen ging. Es schien ihr unwahrscheinlich, genauere Angaben über den Zeitpunkt zu erhalten. Sie verfolgte den Aspekt nicht weiter.

„Als Sie auf dem Hof waren, haben Sie dort jemanden gesehen? Was haben Sie gemacht?"

„Nichts habe ich gemacht. Ich wollte mir die Frau noch mal ansehen, wie sie mit ihrer Schuld lebt. Aber ich habe sie nicht gesehen."

„Haben Sie jemand anderen gesehen?"

Erneut schüttelte die Frau den Kopf.

„Doch, habe ich, da war jemand auf dem Hof, und hat was repariert. Aber das war keiner von der Familie. Die kenne ich ja."

„Haben Sie die Kinder der Familie gesehen?"

„Habe ich nicht. Da waren keine Kinder."

Celia hatte zwar das Gefühl, die Frau sagte die Wahrheit, dennoch wollte sie Gewissheit.

„Sind Sie sicher? War da nicht zufällig ein Mädchen, dem Sie in den Hof gefolgt sind?“

„Bestimmt nicht. Daran würde ich mich erinnern.“

Aus irgendeinem Grund glaubte Celia der verwirrten Frau. Sie stellte noch eine letzte Frage.

„Als Sie zu dem Hof gefahren sind, war Ihr Mann da mit den Kindern bereits ausgezogen oder wohnten Sie hier noch zusammen?“

„Der war da schon weg. Sonst wäre ich doch da gar nicht hin. Erst als er weg ist und mich allein gelassen hat, da war mir klar, dass es mit der Frau angefangen hat und nie wieder aufgehört hat.“

Zum Schluss erkundigten sie sich nach der neuen Adresse ihres Mannes. Aber die Frau wusste sie nicht. Das Jugendamt und der Mann hatten Geheimhaltung beschlossen.

Kapitel 33

Bedrückt verließen Celia und Jaron die Frau. Sie waren schon einige Meter gefahren, bevor einer die Stille brach. „Ich bin nicht sicher, ob ich die Reaktion des Jugendamtes und des Mannes gut finde. Die Frau tut mir leid."

Jaron hatte ebenfalls Mitgefühl mit der Frau, konnte aber auch vernünftige Erklärungen für die Lösung finden. „So verwirrt, wie die Frau ist, kann ich mir vorstellen, dass sie nur eine zusätzliche Last für den Mann und die Kinder, insbesondere für das kranke Kind, ist. Wir sollten zuerst mit dem Mann reden, bevor wir ein Urteil fällen. Wir kennen nur die eine Seite. Und um ehrlich zu sein – die Frau macht auf mich nicht den Eindruck, als wäre sie in der Lage, sich um ein schwer krankes Kind zu kümmern. Sie schafft es ja nicht mal, sich um sich selbst zu kümmern."

„Vielleicht bist du jetzt derjenige, der ein wenig schnell urteilt. Du weißt ja nicht, wie es dort ausgesehen hat, als die Familie noch komplett war. Vielleicht hat sie sich erst nicht mehr gekümmert, als sie gesehen hat, dass es niemanden mehr gibt, um den es sich zu kümmern lohnt."

Aber irgendwie glaubte Celia selbst nicht an ihre Worte. Jaron bemerkte es. Er ließ ihre Worte unkommentiert. Celia forderte die Adresse von Herrn Fendrich an. Thorsten Brandt meldete sich schon nach kurzer Zeit zurück. „War nicht leicht, die ausfindig zu machen. Die Behörden halten die Adresse unter Verschluss. Man will verhindern ..."

Celia ließ ihn nicht aussprechen, schilderte ihm stattdessen die Geschichte aus Sicht der Frau.

„In unserem Fall reiht sich ja ein sozialer Abgrund an den

nächsten. Illegale Ausländer, illegale Unterbringung, kranke Kinder und Frauen, denen die Fürsorge für ihre Kinder entzogen wird. Was kommt als Nächstes?“

„Weiß nicht. Aber vielleicht haben wir Glück und der nächste Fall ist in der High Society angesiedelt und wir kommen mal mit goldenen Toilettenbrillen in Kontakt.“

*

Erneut nahm Celia das Navigationssystem zu Hilfe. Trotz der Tageszeit trafen sie Herrn Fendrich zu Hause an. Als er den Ausweis von Celia Dörfer entzifferte, stöhnte er: „Okay, was hat sie diesmal angestellt?“ Celia war irritiert. „Von wem reden Sie?“

Er meinte seine Frau. „Noch-Frau, um genau zu sein. Ich habe die Scheidung eingereicht.“

„Wollen wir die Angelegenheit hier im Hausflur besprechen, oder wollen Sie mich und Herrn Karloff hineinbitten?“

Der Mann entschuldigte sich, und ließ die beiden in die Wohnung. Herr Fendrich bewohnte mit seinen Kindern eine Wohnung in einem Mietshaus. Der dörflichen Gegend angepasst, war es ein kleines Mietshaus. Dennoch waren Celia und Jaron automatisch davon ausgegangen, dass die Kinder und ihr Vater weiterhin in einem Haus leben würden. Der Mann klärte sie auf, als hätte er die Gedanken erraten. „Mehr können wir uns nicht leisten“, vielsagend wies er auf die Räume. „Ich verdiene nicht genug, um alles zu finanzieren. Wichtiger als ein Hause, war eine Tagesmutter, die ins Haus kommt, und sich um die Kinder kümmert, wenn ich arbeite. Das hatte Vorrang.“ „Und haben Sie jemanden gefunden?“

Das hatte er. Er berichtete von einer Frau, die beinahe die Großmutter der Kinder sein könnte. Aber sie war topfit, hatte das Herz am richtigen Fleck, war alleinstehend und bereit, auch zu ungewöhnlichen Zeiten auf die Kinder aufzupassen. Auch dann, wenn er als Angestellter der Elektrizitätswerke in der Nacht Bereitschaft hatte. Celia schaute sich in der Wohnung um. Bereits im Flur war der Unterschied zum Haus auffällig. Alles machte einen sauberen und gepflegten Eindruck. Die Wohnung war hell, freundlich und gemütlich. Herr Fendrich hatte die beiden Beamten ins Wohnzimmer geführt. Offensichtlich waren weder die Kinder noch die Tagesmutter im Haus. Celia und Jaron wurde Kaffee angeboten, den beide ablehnten. Herr Fendrich stellte seine eingangs gestellte Frage erneut.

„Wir wissen nicht, ob Ihre Frau etwas angestellt hat. Aber wie kommen Sie darauf, dass es so sein könnte?"

Der Mann zuckte resigniert mit den Schultern.

„Das ist eine lange und traurige Geschichte. Sind Sie sicher, dass Sie sie hören wollen?"

Die Frage war rhetorisch. Der größte Teil der Geschichte war ihnen bereits durch die Schilderungen von Frau Dammann und Frau Mathies bekannt. Die Fortsetzung jedoch, die Herr Fendrich erzählte, wirkte in der Resignation und Nüchternheit des Mannes doppelt grausam.

„Damals, als die Zwillinge gestorben sind, da war es auch für mich eine gute Möglichkeit, meine Trauer zu verdrängen, indem ich mich an den Briefen und Anrufen bei den Dammanns beteiligte. Aber irgendwann war es gut, es war vorbei. Ich konnte erkennen, dass wir allein die Schuld an der Situation trugen. Ja, ich auch." Er winkte ab, als er merkte, dass Celia Einwände erheben wollte.

„Ich hätte ja darauf drängen können, dass meine Frau zur Vorsorge geht. Habe ich aber nicht. Tja, und dann kamen unsere Kinder. Ich war glücklich. Und auch meine Frau. Jedenfalls in der ersten Zeit. Es war ein Prozess, glaube ich, der langsam voranschritt. Ich habe es am Anfang gar nicht gemerkt. Es waren nur Kleinigkeiten. Das Haus war nicht aufgeräumt! Die Kinder wirkten immer ein bisschen verwahrlost. Aber ich habe den Kopf in den Sand gesteckt, habe alles darauf geschoben, dass die Kinder so schnell hintereinander gekommen sind, und die Belastung für meine Frau groß war. Also habe ich gearbeitet, wenn ich vom Dienst kam. Im Garten, im Haus."

Er zögerte. Celia nickte ihm zu. Herr Fendrich, der ein durchaus attraktiver Mann war, wirkte mit einem Mal erschöpft. Er stützte den Kopf mit den lockigen braunen Haaren in seine Hände und schaute mit traurigen, braunen Augen von einem zum anderen. Erneut zuckte er hilflos mit den Schultern.

„Was hätte ich tun können. Ich musste mich von ihr trennen. Glauben Sie mir – es ist mir nicht leicht gefallen. Aber sie hat unsere Kinder krank gemacht. Nicht so sehr körperlich. Aber psychisch. Sie hat sie nicht in die Schule geschickt, sie hat sie nicht gebadet. Kein Essen gekocht. Nichts mehr. Und als Lynn dann wirklich körperlich krank wurde und dringend Hilfe brauchte, ging gar nichts mehr. Ich konnte an der Situation nicht mehr vorbeischauen. Einer von uns musste erwachsen werden. Unsere Kinder hatten ein Recht darauf, Kinder zu sein und von uns Hilfe zu bekommen."

„Aber zunächst sind Sie noch bei Ihrer Frau geblieben. Wann genau sind Sie ausgezogen?"

„Natürlich bin ich nicht sofort ausgezogen. Ich hatte die Hoffnung, meine Frau würde sich fangen, nachdem sie begriffen hatte, dass eines unserer Kinder ernstlich krank ist. Ich wollte nicht wahrhaben, dass sie bereits vor langer Zeit aufgehört hatte, in einer realen Welt zu leben."

„Aber wann genau sind Sie ausgezogen. Wir brauchen den Tag."

„Sie hat also doch etwas angestellt!"

„Herr Fendrich, bitte, wir brauchen das Datum."

Er nannte den genauen Termin und Celia wurde aufgeregt. Er offenbarte – die Frau musste auf dem Hof der Dammanns gewesen sein, zu einer Zeit, als die Übergriffe gerade passiert waren.

„Neigt Ihre Frau zu Gewalttätigkeiten?"

„Wenn Sie Verwünschungen zu Gewalttätigkeiten zählen, dann ja. Ansonsten – wenn Sie damit ausschließlich körperliche Gewalt meinen, dann definitiv nein. Paula hat, auch in den Briefen, nie gedroht, jemandem etwas anzutun. Sie hat die Menschen verwünscht."

„Können Sie sich vorstellen, dass ihre Krankheit durch Ihren Weggang neue Dimensionen erreicht hat? Dass sie von Verwünschungen zu realer Rache übergegangen ist?" Herr Fendrich schüttelte heftig den Kopf.

„Niemals. Das passt überhaupt nicht. Verstehen Sie, Paula ist lethargisch, die lässt sich gehen, die bewegt sich nicht. Körperliche Gewalt überschreitet ihre Fähigkeiten."

Celia musste zugeben, dass die Beschreibung ihrem eigenen Bild der Frau sehr nahe kam. Die Taten setzten genau das jedoch voraus. „Kennt Ihre Frau sich mit Autos aus?"

Herr Fendrich lachte schallend. „Nein, ganz sicher nicht. Sie hat keinen Führerschein, kein Auto und findet es schändlich, ein Auto zu fahren. Was meinen Sie, was wir für Diskussionen hatten, bis wenigstens ich mir ein Auto anschaffen durfte."

„Und Sie? Kennen Sie sich mit Autos aus?"

„Auch nicht wirklich. Zu meiner Schande muss ich gestehen, dass ich vielleicht gerade noch Reifen wechseln kann. Aber zu mehr reicht es nicht."

„Wie stehen Sie eigentlich zur Familie Dammann?" Erstaunt schaute Herr Fendrich zunächst Jaron, dann Celia an. Er war ehrlich überrascht. Jaron, der die Frage gestellt hatte, bohrte nach. „Sie haben eben so getan, als würden die Briefe auf dem Mist Ihrer Frau gewachsen sein. Aber das kann sie doch nicht die ganze Zeit gegen Ihren Willen getan haben."

„Hat sie auch nicht. Für mich, das habe ich ja schon gesagt, war es, genau wie für meine Frau, eine gute Möglichkeit, an meiner eigenen Verantwortung, am Tod der beiden Kinder vorbeizuschauen. Aber – Gott, irgendwann war es vorbei. Eigentlich mit dem Augenblick, als Paula wieder schwanger wurde. Sie wollte wieder nicht zum Arzt, weil sie Ärzten nicht vertraute. Und da ist mir ein Licht aufgegangen. Ich habe durchgesetzt, dass sie wenigstens die wichtigsten Untersuchungen machen lässt. Und als sich herausstellte, dass die Geburt ohne die Untersuchungen das gleiche Fiasko geworden wäre, da war es endgültig vorbei. Um ehrlich zu sein, habe ich mich sogar geschämt, die Familie Dammann so verfolgt zu haben."

Dem Blick, den Jaron Celia zuwarf, konnte sie entnehmen, dass er den Mann für glaubwürdig hielt. Das Gefühl konnte sie teilen. Bevor sie den Mann verließen, erkundigten sie sich nach der erkrankten Tochter.

„Sie hat anscheinend Glück. Letzte Woche hat sich ein Spender gefunden. Sie ist in der Klinik, damit die notwendigen Vorbereitungen für die Rückenmarktransplantation gemacht werden können." Zurzeit war die Tagesmutter bei ihr, da der Vater gerade erst von der Schicht gekommen war. Es war also Zufall, dass sie ihn zu Hause angetroffen hatten. Die beiden anderen Kinder waren in der Schule und im Kindergarten. Celia und Jaron konnten nicht umhin, die rührende Sorge des Mannes zu bewundern. Sie wünschten ihm und seinen Kindern viel Glück für die Zukunft.

Kapitel 34

Die Betroffenheit, die beide bereits vor dem Besuch empfunden hatten, hatte sich durch das Gespräch nicht gelegt. Im Gegenteil! Jaron brachte es auf den Punkt. „Manche Familien greifen immer wieder in die Scheiße. Ist dir das mal aufgefallen? Bei manchen Menschen folgt ein Schicksalsschlag auf den nächsten. Man meint, es könnte nicht mehr schlimmer kommen. Aber denkste, es kommt noch was und noch was. Und andere Menschen, und ich weiß, es ist nicht besonders christlich so zu denken, die hätten vielleicht mal einen Dämpfer verdient. Aber die marschieren unbehelligt von jedweden Sorgen und Nöten durchs Leben. Was für ein Mist."

„Stimmt, das denke ich auch manchmal. Aber ich finde es tröstlich, dass man für das kleine Mädchen einen Spender gefunden hat. Zumindest wird sie gesund."

„Das ist überhaupt nicht sicher. Manchmal stößt der Körper das Transplantat ab, auch wenn alle Untersuchungen im Vorfeld positiv waren. Man muss abwarten. Aber zumindest sind ihre Chancen auf Heilung gestiegen."

Celia war einigermaßen überrascht über die Reaktion ihres Lebenspartners. Sie hatte ihn selten so deprimiert gesehen.

„Ach, ich kann mit vielen Situationen umgehen, aber wenn es um Kinder geht, bin ich ziemlich dünnhäutig." Celias Überraschung verstärkte sich. Es entging Jaron nicht.

„Bisher haben wir nie über Kinder gesprochen, ich weiß."

Es war offensichtlich, dass der Satz nicht beendet war. Die Fortsetzung betraf auch ihr gemeinsames Leben.

Bisher hatten sie alle Entscheidungen aus dem Bauch, spontan getroffen. Auch die Entscheidung, zusammenzuziehen und einen Ortswechsel vorzunehmen. Sicher war dies schon ein Hinweis darauf, dass keiner der beiden leichtfertig mit den Gefühlen des anderen umging.

„Weißt du was, da vorn ist ein wundervolles kleines Café. Ich suche einen Parkplatz, und bei einem Kaffee reden wir in Ruhe weiter.“ Jaron spürte Erleichterung darüber, dass Celia seine Gefühlslage erkannte und mit Verständnis reagierte.

Wenige Augenblicke später saßen sie sich in dem kleinen Café gegenüber. Es war überraschend leer. Jaron versuchte den Faden wieder zu finden.

„Komm rede. Was ist los? Dein Gefühl hat doch nicht nur mit dem Fall zu tun?“, forderte Celia ihn auf.

Jaron schüttelte den Kopf. „Du hast recht. Das hat was mit meiner eigenen Geschichte zu tun.“

„Meinst du damit deine Vergangenheit als Jude?“ „Nein, nichts Geschichtliches. Direkt und persönlich.“ „Na dann. Jetzt jillt et …“, flachste Celia im rheinischen Dialekt.

Jaron lächelte sie liebvoll an. „Deine Vorgängerin in meinem Leben, ich habe dir kurz von ihr erzählt, wurde während unserer zweijährigen Beziehung schwanger.“ Celia entfuhr ein kurzes „Oh!“

„Oh, ist vielleicht der richtige Ausdruck. Oder vielleicht, hoppla. Denn leider habe ich es nie erfahren.“

„Wie jetzt? Du erzählst mir doch gerade davon.“

Jaron lachte ein wenig bitter auf. „Ja, aber nur deshalb, weil die beste Freundin meiner damaligen Freundin es für wichtig hielt mir mitzuteilen, dass ich beinahe Vater geworden wäre. Meine Freundin hat gar nichts dazu sagen wollen.“

„Wieso, was ist aus dem Kind geworden?“

„Nichts, sie hat es abtreiben lassen.“

Celia zuckte mit der Augenbraue. Ein Zeichen der Missbilligung. Bevor Jaron ihre Missbilligung falsch deuten konnte, erklärte sie sich: „Du meinst im Ernst, sie ist einfach losmarschiert, hat das Kind wegmachen lassen, und wenn die Freundin nicht gewesen wäre, hättest du nie etwas davon erfahren?“

Jaron nickte.

„Was für eine Scheiße.“

Jaron nickte wieder.

„Wärst du gern Vater geworden?“

„Ich weiß es nicht.Wir waren beide noch im Studium, wussten nicht, wo wir landen würden. Aber eine Schwangerschaft war für mich ein gewichtiges Thema, bei dem ich immer davon ausgegangen bin, dass man darüber spricht und den anderen einbezieht. Aber Carola fand meine Reaktion überzogen und lächerlich. Sie meinte, es ginge schließlich um sie und ihren Bauch. Sie hat es im Grunde immer darauf reduziert, es so darzustellen, als hätte ich sie zur Schwangerschaft überreden wollen. Aber das wollte ich gar nicht.“

„Und was weiter? Ich meine, wo ist der Bezug zur heutigen Situation?“

„Es gibt keinen, wenn du mich so fragst. Höchstens insofern, als dass hier ein Kind mit dem Tod kämpft und gern leben würde, und Carola dem Kind nie die Chance gegeben hat zu kämpfen. Aber es hat mir gezeigt, dass mir Kinder wichtig sind. Und ich – ich hoffe das klingt nicht zu pathetisch – ich eine Sehnsucht nach Kindern in mir fühle. Aber davon wusste ich bis eben gar nichts. Es ist mir bei Fendrich aufgefallen. Und jetzt habe ich natürlich nichts Besseres zu tun, als dich damit zu überfallen.“

Celia grinste ein wenig schief.

„Normalerweise läuft das umgekehrt. Jedenfalls in den Geschichten, die ich kenne. Da sitzen die Frauen irgendwann den Männern gegenüber und reden davon, endlich Mutter werden zu wollen. Aber meistens wollen die Männer nichts davon hören. Sieht so aus, als wäre ich in einer anderen Geschichte gelandet."

Jaron nickte. „Schon irgendwie, ja!"

Celia merkte, dass er mehr von ihr erwartete. Sie zögerte noch einen Moment, suchte die richtigen Worte. „Wie soll ich das sagen?"

Jaron hob an, aber sie ließ ihn nicht zu Wort kommen. „Wenn ich dich richtig verstehe, war das ein Angebot an mich, oder? Ich danke dir. Aber es macht mich ein wenig verlegen. Ich muss zugeben – ich habe noch nicht darüber nachgedacht. Ich weiß nur, dass in meiner Lebensplanung Kinder immer eine Rolle gespielt haben. Ich bin nie davon ausgegangen, allein zu leben. Aber wann? Da habe ich keine feste Idee. Was ich dir aber sicher in die Hand versprechen kann. Sollte ich je von dir schwanger werden, wirst du es als Erster erfahren, und ich würde keine Schritte unternehmen, die ich nicht vorher mit dir abgesprochen habe."

Jaron lachte erleichtert. „Für einen Moment hatte ich plötzlich Angst, ich hätte dich mit meinen Gefühlswallungen in die Enge getrieben. Ich meinte natürlich auch nicht, dass du jetzt und hier schwanger werden sollst. Obwohl, wir sind ja beinahe allein", scherzte er.

„Aber es ging mir um die Gemeinsamkeit. Ja, ich glaube, das war der Bezug zu unserem Fall. Herr Fendrich kämpft allein. Seine Frau hat sich ausgeklinkt. Zusammensein und doch allein zu sein, ist die schlimmste Form des Verlassenwerdens."

Celia schien die richtigen Worte gefunden zu haben. Und sie war froh darüber. Der Knoten, der sich für einen Moment in Celias Magengrube gebildet hatte, löste sich allmählich wieder.

„Weißt du, Jaron, der ganze Fall ist vom ersten bis zum

heutigen Zeitpunkt mit unheimlich vielen Emotionen behaftet. Ich weiß zwar, dass in den meisten Mordfällen Emotionen eine Rolle spielen. Aber hier gibt es bei allen Beteiligten eine Extraportion Gefühl."

„Ja, das stimmt. Allerdings wäre ich nicht auf die Idee gekommen, es so zu formulieren."

„Entschuldige, ich bin schon wieder bei dem Fall."

Sie griff über den Tisch nach Jarons Hand und drückte sie. Jaron erwiderte den Druck und lächelte sie an.

„Was sollst du auch sonst tun. Meine Gefühlsduselei gehört hier auch eigentlich nicht hin. Und so ganz fair ist es ja auch nicht, in so einer Situation nach deinen Kinderplänen zu fragen. Aber ich habe es schon sehr ernst gemeint. Ich kann mir gut vorstellen, für immer mit dir zusammen zu bleiben, und genauso gut kann ich mir vorstellen, mit dir eine Familie zu gründen."

Jaron war bei seinen Worten ein wenig rot geworden. Aber Celia hütete sich vor einem Kommentar, da es ihr genauso erging. Dafür fasste sie ihre eigene Verlegenheit in Worte: „Jaron, ich weiß nicht, was ich sagen soll. Das rührt mich. Mir geht es genau wie dir. Ich habe mich noch nie so wohl in einer Partnerschaft gefühlt. Dabei war mir schon ein bisschen mulmig, als wir beschlossen haben zusammenzuziehen."

„Es ist einfach schön." Jaron zog Celia mit der Hand zu sich und schaute ihr in die Augen, bevor er ihr einen liebevollen Kuss gab. Sie trennten sich erst, als sie die Tür des Cafés hörten. Jaron lachte.

„Wie ein Teenager. Aber wenn ich dich sehe, kann ich nicht anders. Dennoch müssen wir uns wohl wieder um den Fall kümmern."

Celia lachte auch. „Ja, eigentlich schade, dass Thorsten sich den Fuß verletzt hat, sonst könnte ich ihn jetzt losschicken."

Kapitel 35

Wieder im Büro, diktierten die Tatsachen das weitere Geschehen.

„Sag mal, wo warst du? Ich versuche, dich mindestens seit einer Stunde auf deinem Handy zu erreichen!" Thorsten war offensichtlich ungehalten. Celia nahm es souverän.

„Ich hatte das Handy während des Gesprächs mit Herrn Fendrich ausgeschaltet, und dann schlicht vergessen, es wieder einzuschalten. Ich gehe davon aus, hier ist inzwischen nicht der Dritte Weltkrieg ausgebrochen. Und ich hätte ihn verhindern können, wenn ich nur erreichbar gewesen wäre."

„Ups", ruderte Thorsten zurück. „Ich glaube, ich bin im Ton ein wenig übers Ziel raus. Tut mir leid. Es ist nichts Dramatisches passiert, außer, dass Herr Mathies in halbwegs zurechnungsfähigem Zustand von den Kollegen abgeliefert worden ist. Er sitzt im Vernehmungszimmer und ist, gelinde formuliert, ein wenig ungehalten. Und um ehrlich zu sein – ich halte mich für zu befangen, um die Vernehmung durchzuführen."

„Wie bedacht von dir. Und entschuldige, es war unaufmerksam, dass ich das Handy nicht eingeschaltet habe. Jetzt kann Mathies aber auch noch einen Moment länger warten. Wir sollten uns erst mal absprechen."

Celia benötigte beinahe eine halbe Stunde, um Thorsten auf den neuesten Stand zu bringen.

„Oh Gott, so viel Kuddelmuddel und verkrachte Geschichten sind mir noch nie untergekommen. Aber ich glaube, den Fendrich können wir außer Acht lassen."

Celia und Thorsten nickten.

„Auf Frau Fendrich trifft das aber nicht zu. Sie erscheint zwar harmlos. Und ihr Mann bestätigt das ja auch. Aber ich bin mir nicht sicher, was es bei ihr ausgelöst hat, von der ganzen Familie verlassen worden zu sein."

„Celia, ich kann mir das nicht vorstellen."

Celia widersprach Jaron. „Sie war immerhin dort. Dafür hat es allemal gereicht. Warum sollte sie nicht noch einmal hingefahren sein? Wir wissen es doch nicht."

Weder Jaron noch Thorsten wollten an Frau Fendrich als Täterin glauben. Obwohl beide im Laufe der Jahre genug erlebt hatten, um auch die abwegigsten Verdächtigen mit einzubeziehen.

„Okay, kümmern wir uns mal um Mathies. Ich denke, er ist inzwischen nüchtern."

Celia lächelte schelmisch. Jaron fühlte bei ihrem Anblick ein feines Kribbeln im Magen.

„Bleibt ihr beiden hier oder möchte einer von euch mit?" Beide Männer schüttelten den Kopf. Jaron deutete mit dem Kopf zur Spiegelwand.

„Wir bewundern dich von dieser Seite des Raumes." „Danke, sehr nett."

Mit einem Lachen und einem angedeuteten Knicks eilte Celia davon.

Als sie Mathies gegenübertrat, musste sie zweimal hinschauen. Das Bild stimmte nicht mehr mit dem überein, das sie bisher von ihm hatte. Die große, würdevolle Gestalt des Herrn Mathies war in sich zusammengesunken. Das Gesicht gerötet und aufgedunsen, seine Bewegungen fahrig, als sei er über Nacht zum Säufer geworden. Aber er war nüchtern. Seine Worten belegten dies: „Was zum Teufel machen Sie hier eigentlich mit mir? Was habe ich verbrochen, dass Sie mich hier seit Stunden festhalten. Glauben Sie, ich hätte meine Zeit gestohlen?"

„Entspannen Sie sich mal. Da Sie es vorgezogen haben, unserem Kollegen heute Morgen die Tür vor der Nase zuzuschlagen statt mit ihm zu reden, mussten wir Sie leider herbestellen. Und da Sie bei der gleichen Gelegenheit unserem Kollegen den Fuß verletzt haben, was übrigens noch Konsequenzen haben wird, konnte er Ihre Vernehmung wegen Befangenheit nicht vornehmen. Also mussten Sie auf mich warten. So ist das im Leben. Handlungen haben nun mal Konsequenzen. Auch wenn sie einem nicht gefallen."

Die beiden Männer auf der anderen Seite des Spiegels grinsten bei Celias Worten.

„Deine Freundin ist richtig gut", lobte Thorsten. Jaron fühlte, wie Stolz in ihm keimte. Er fand Celia ebenfalls beeindruckend. In Köln hatte es keine Gelegenheit gegeben, sie bei Vernehmungen zu erleben. Er konzentrierte sich wieder auf das Gespräch hinter dem Spiegel.

„Kommen wir zur Sache. Dann können Sie schneller zu dem zurück, was Sie so dringend erledigen müssen." Nachdem Celia sein Einverständnis eingeholt hatte, schaltete sie das Aufnahmegerät ein, das zwischen ihnen auf dem Tisch stand.

„Sie haben mitbekommen, was gestern auf dem Hof ihres Freundes geschehen ist?"

„Klar, steht ja fett in den Zeitungen."

„Sie haben also noch nicht mit Ihrem Freund gesprochen?"

„Nee, wie denn. Ich denke der liegt im Krankenhaus."
„Steht das auch in der Zeitung?"

Celia kannte die Antwort genau.

„Steht es nicht", bestätigte nun Mathies.

„Aber ich habe ja Ohren. Und die Leute reden ja genug."

„Ach, ich dachte, Sie waren so besoffen, dass Sie heute noch gar nicht in der Lage waren rauszugehen. Jedenfalls hatte mein Kollege diesen Eindruck."

„Ich brauchte dafür nicht vor die Tür zu gehen. Jedenfalls nicht heute. Das haben sie gestern schon erzählt."

„Gestern? Herr Mathies, Herr Dammann ist erst heute, in den frühen Morgenstunden, ins Krankenhaus gekommen."

Mathies zuckte gleichgültig mit den Schultern.

„Ist doch eh wurscht. Gestern oder heute in den Morgenstunden", äffte er Celia nach.

Celia ließ sich nicht provozieren.

„Sie können mir sicher sagen, wo man die Informationen diese Nacht schon bekommen konnte."

„Kann ich – muss ich aber nicht."

„Herr Mathies, jetzt hören Sie mir gut zu."

Celia wollte den Mann auf seine Situation hinweisen, doch er überrumpelte sie. Mit einer schnellen Handbewegung griff er den Tisch, der zwischen ihnen stand, und schleuderte ihn zur Seite. Mathies galt nicht als verdächtig. So war kein weiterer Polizeibeamter zugegen. Bevor Celia die Situation erfasste, hatte Mathies sie gegriffen. Doch sie hatte sich gefangen. Mit einer schnellen seitlichen Bewegung gelang es ihr, sich aus dem Griff zu lösen. Gleichzeitig packte sie seine Hand und drehte sie ihm auf den Rücken. Dann sprang die Tür auf. Thorsten und Jaron, beide leichenblass, standen im Rahmen.

„Danke, Männer, aber zu meiner Rettung kommt ihr zu spät. Aber vielleicht wäre es nicht schlecht, wenn ihr bei dem weiteren Gespräch zugegen seid. Herr Mathies wollte das Gespräch zwar schon beenden, aber er hat leider vergessen, dass ich hier die Entscheidungen treffe."

Jaron, der langsam wieder Farbe ins Gesicht bekam, atmete auf. Beim Anblick des Angriffs, war ihm für einen Augenblick der Atem weggeblieben. Die Angst um Celia hatte ihn gelähmt. Thorsten, nicht durch persönliche

Emotionen gelähmt, war dennoch durch den plötzlichen Angriff überrumpelt. Sein Fuß hatte ihn zusätzlich behindert.

Celia ging nicht weiter auf die Situation ein. Sie führte Mathies zurück zu seinem Stuhl. Sie stellte den Tisch und das Aufnahmegerät zurück. Thorsten postierte sie neben Mathies. Jaron neben die Tür. Er schüttelte innerlich den Kopf darüber, wie gelassen und ruhig sie mit dem Angriff umging – und dabei unverschämt gut, beinahe verführerisch aussah. Jarons Gedanken drohten abzuschweifen. Als hätte Celia seine Gedanken bemerkt, schaute sie zu ihm hin. Ihre Augen leuchteten dunkel. Beinahe abrupt wandte sie sich wieder Rolf Mathies zu.

„Sie begeben sich hier auf dünnes Eis. Zuerst ruinieren Sie den Fuß meines Kollegen. Jetzt ein tätlicher Angriff gegen mich. Was soll das? Sind Sie besonders scharf darauf, sich mit der Polizei anzulegen?“

Mathies stellte zur Abwechslung ein zerknirschtes Gesicht zur Schau.

„Bisher haben wir Sie lediglich als Nachbarn und Freund in der Sache befragt. Aber für Sie wird jetzt schon mehr aus der Sache, wenn Herr Brandt tatsächlich Anzeige erstattet. Ich würde es mir zweimal überlegen, ob ich kooperiere oder weiter den Bulldozer spiele.“

„Ist ja schon gut“, lenkte Mathies ein. „Ich war in der Kneipe am Marktplatz. Den ganzen Abend, und habe mir einen gesoffen, nachdem meine Frau mir verkündet hat, dass sie mich verlässt. Dieses dumme Weibsstück. Und das nur, weil ich ein paar Türken nicht angemeldet habe. Aber so war sie immer schon. Pingelig. Bei ihr muss immer alles korrekt sein.“

Celia verspürte wenig Lust, sich Tiraden über die böse Ehefrau anzuhören. Zumal sie die Darstellung der anderen Seite glaubwürdiger fand.

„Hat die Kneipe einen Namen?"

„Himmel, wir leben doch hier nicht in New York, wo sich eine Kneipe an die nächste reiht. Am Marktplatz gibt es nur eine Kneipe. Aber wenn es Ihnen leichter fällt sie zu finden, wenn Sie den Namen wissen – Marktschreier, so heißt sie."

„Ist doch prima, dass Sie sich noch daran erinnern können. Sicher können sich auch andere daran erinnern, dass Sie dort waren?"

Mathies lief dunkelrot an.

„Was soll das denn heißen? Brauche ich ein Alibi, oder was?"

Seine Stimme überschlug sich beinahe. Thorsten spannte die Muskeln an.

„Bisher handelt es sich um reine Routine. Sie waren gestern nicht da, als Ihre Nachbarn erneut Opfer eines Anschlags wurden. Dabei war sonst das ganze Dorf auf den Beinen. Aber so wie Sie sich aufregen, könnte man ja glatt vermuten, dass Sie was zu verbergen haben. Kann das sein?"

Celia glaubte nicht an das, was sie sagte. Und auch Thorsten und Jaron glaubten nicht daran. Aber allen gefiel es, den Mann in seine Schranken zu weisen. Er verhielt sich nahezu unverschämt. Der Einschüchterungsversuch fruchtete allerdings nur bedingt. Mathies veränderte zwar den Ton. Freundlicher wurde er dadurch jedoch nicht. „Was werfen Sie mir vor? Vielleicht die Tatsache, dass ich mich nicht am Unglück anderer weide, oder was? Nur, weil das ganze Dorf da gestanden hat und zugesehen hat, wie die Dammanns schon wieder einen auf den Deckel kriegen, muss ich mich nicht mit in die Reihe stellen. Und wenn mich das in Ihren Augen verdächtig macht, dann kann ich es auch nicht ändern. Sonst noch was? Dann würde ich jetzt gern wieder zu meiner Arbeit auf den Hof fahren. Im Gegensatz zu Ihnen verdiene ich mein Geld nämlich nicht mit Nichtstun. Vielleicht kümmern Sie sich mal darum, denjenigen zu finden, der den Dammanns ans Zeug flicken will, statt mich und meine Kollegen in Schwulitäten zu bringen, weil wir ein paar Ausländer beschäftigen."

Celia musste an sich halten. Aber jede Erwiderung hätte weitere, wertvolle Zeit gekostet. Der Mann war unbelehrbar. „Um die Geschichte mit den Ausländern kümmert sich eine andere Behörde. Im Grunde war es lediglich ein Abfallprodukt unserer Arbeit, dass wir Ihnen auf die Schliche mit den Ausländern gekommen sind. Aber lassen wir das. Wir brauchen noch einige Namen von Gästen, mit denen Sie gestern zusammen gezecht haben. Dann können Sie gehen. Es wäre allerdings von Vorteil, wenn Sie sich nicht zu weit von Ihrem Hof entfernen, damit wir bei Bedarf Fragen an Sie stellen können. Das verstehen Sie sicher. Und es hängt ganz von Ihnen ab, ob wir die Fragen hier oder bei Ihnen stellen."

Mathies nannte die geforderten Namen und Adressen. Grußlos verließ er das Präsidium.

Kapitel 36

„Was ist mit deinem Fuß?" Celia musste für die weitere Planung die Einsatzfähigkeit Thorstens einschätzen können.

„Wenn ich nicht gerade eine Verfolgung zu Fuß absolvieren muss, bin ich dabei."

Celia war erleichtert. „Dann übernimm die Überprüfung der Alibis von Freund Mathies."

„Um welchen Zeitraum handelt es sich genau?"

„Richie müsste inzwischen mit den Leuten von der Rechtsmedizin so weit sein, dass sie dazu Angaben machen können."

Sie griff zum Telefonhörer. „Beschäftigen die sich auch mit toten Tieren?"

Thorsten konnte das nicht glauben. „Na klar, wenn es im Zusammenhang mit einem Verbrechen steht."

Celia erreichte niemanden.

„Wisst ihr was. Ich gehe mal zu ihm runter. Irgendwo da unten, in den Katakomben unseres netten Gebäudes, wird er ja wohl stecken. So lange kannst du noch deinen Fuß schonen. Jaron, vielleicht kannst du für uns einen Kaffee besorgen. Dann können wir, wenn ich zurück bin, das weitere Vorgehen planen."

Thorsten war innerlich zusammengezuckt, als er realisierte, dass Celia Jaron zum Kaffeeträger degradiert hatte. Er wartete auf eine Reaktion. Aber sie blieb aus. Celia und Jaron verließen gemeinsam das Büro. So entging Thorsten die leidenschaftliche Umarmung der beiden, als sie sich trennten.

„Schade, dass Thorsten nicht den Rest allein erledigen kann. Ich wüsste einen Ort, an dem ich jetzt lieber mit dir wäre. Und ich habe deinen Blick eben gesehen. Ich weiß genau, woran du gedacht hast", flüsterte Celia Jaron ins Ohr. Die Worte verfehlten ihre Wirkung auf Jarons Körper nicht. Er fühlte, wie sein Herz heftig zu rasen anfing.

„Hör auf, bitte", seine Stimme klang rau, „wenn ich noch bis heute Abend warten muss, ist das ohnehin schon die reinste Qual. Du musst es nicht noch verschlimmern."

Celia lächelte ihn schelmisch an: „Warum?", lautete die kesse Antwort. Jaron löste sich aus der Umarmung, und drohte ihr spielerisch mit der Hand. „Sieh zu, dass du zu Richie kommst, damit du bei mir kein Unheil anrichten kannst. Ich übernehme sonst keine Verantwortung mehr für mein Handeln."

*

„Prima, dass ich dich antreffe. Ich habe eben versucht dich zu erreichen, aber da warst du nicht in deinem Büro!"

Richie lächelte Celia freundlich entgegen. „Stimmt, ich war beim Rechtsmediziner. Wegen unseres toten Hundes."

„Das trifft sich gut. Ich muss wissen, wann der Tod des Hundes eingetreten ist. Wir müssen den Zeitraum der Tat ein wenig eingrenzen."

Das konnten sie anhand der Fakten. „Also, der Alarm ist circa um 0.30 Uhr losgegangen. Was ich bereits vermutet hatte, hat der Rechtsmediziner inzwischen bestätigt. Der Hund war zu dem Zeitpunkt bereits tot. Er ist mit einem schlichten, stark dosierten Rattengift umgebracht worden. Das Zeug war mit Hundefutter vermischt. Der Hund ist demnach recht schnell gestorben. Wobei schnell natürlich relativ ist. Eine gute halbe Stunde wird es gedauert haben. Dann sind wir bei Mitternacht."

Celia wollte etwas einwenden. Doch Richie war in Fahrt! Er winkte ab. „Wenn wir jetzt berücksichtigen, dass der

Hund nicht ganz leicht war, und es ein gehöriges Stück Arbeit bedeutet, ihn da hochzuwuchten, müssen wir den Zeitraum noch ein wenig zurückverlegen."

In Celias Kopf arbeitete es. „Der Täter muss also spätestens um 23.30 Uhr auf dem Hof gewesen sein, damit das mit den Zeiten und der Tat passt, oder?"

Richie nickte.

„Okay, gab es sonst noch etwas Auffälliges?"

Richie verneinte. Sie hatte es geahnt. Der Fall wollte sich nicht entwirren.

Mit diesen Informationen verließen Jaron, Thorsten und Celia kurz darauf das Präsidium. Jaron hatte seine Gefühle wieder unter Kontrolle. Und Thorsten hatte seinen Fuß sogar wieder in den Schuh zwängen können. Sie hatten ihr weiteres Vorgehen abgestimmt. Thorsten machte sich auf den Weg zu den von Mathies benannten Zeugen. Celia und Jaron wollten Frau Fendrich einen weiteren Besuch abstatten. Jaron ersetzte dabei den verstorbenen Kollegen Falk. Celia wollte mit der Frau reden. Seine Aufgabe bestand darin, Zeugen zu finden, die ihr Kommen und Gehen beobachtet hatten. Keine leichte Aufgabe, in Anbetracht der Wohnlage. Jaron ließ sich nicht abschrecken.

„Was soll's. Wenn ich ein bisschen an der frischen Luft bin, kühlen meine Hormone vielleicht wieder ab", scherzte er.

„Bei den heutigen Außentemperaturen dürfte das eine vergebliche Hoffnung sein, mein Herz."

Sie kamen Frau Fendrichs Wohnhaus näher. Ohne Absprache wechselten sie das Thema.

„Wird nicht leicht, hier draußen jemanden zu finden, der mitbekommt, wann die Frau ihr Haus verlässt und wann sie dort ist. Hier ist ja der Hund begraben."

„Mhh, stimmt. Aber wenn hier der Hund begraben ist,

gibt es vielleicht Hundebesitzer, die ihre Hunde hier ausführen. Die freie Fläche bietet sich ja geradezu an."

Jaron stimmte zu, obwohl er auf Anhieb niemanden sah. „Dann lass mich hier raus", forderte Jaron.

Celia hielt den Wagen.

„Wir treffen uns am Haus wieder."

Während Jaron sich zu Fuß auf den Weg machte, fuhr Celia das kleine Stück bis zum Haus weiter. Haus und Garten wirkten noch trübsinniger und verkommener als beim ersten Besuch. Vor allem sah es verlassen aus. Hervorgerufen wurde das Gefühl durch das Spielzeug im Garten. Es wurde, wie auch der Sandkasten und die Schaukel, von Unkraut überwuchert.

Celia klopfte kräftiger an die Tür als es nötig gewesen wäre. Wie bei ihrem ersten Besuch, dauerte es auch diesmal eine ganze Weile, bis im Haus Schritte vernehmbar waren. Frau Fendrich öffnete. Nichts in ihrem Blick deutete darauf hin, dass sie sich an die Beamtin erinnerte.

„Frau Fendrich, ich muss Sie noch einmal sprechen! Können wir uns drinnen unterhalten?"

Frau Fendrich blieb unschlüssig in der halb geöffneten Tür stehen. Celia nahm ihr die Entscheidung ab. Die Sonne strahlte warm vom Himmel. Sie hielt es für eine gute Idee, sich mit Frau Fendrich auf die Treppenstufen zu setzen. Nachdem sie sich niedergesetzt hatte, klopfte sie mit der Hand auf den Platz neben sich. „Kommen Sie, hier in der Sonne ist es schön. Wir unterhalten uns hier. Da stört uns ja auch niemand. Sie wohnen hier ja wundervoll friedlich."

Frau Fendrich löste sich ein wenig hinter der Tür und kam einen kleinen Schritt näher. Celia hatte den unbestimmten Eindruck, dass sich der Zustand der Frau, seit ihrem Besuch am Vormittag, noch einmal verschlechtert hatte. Sie schien noch verwirrter. Celia tastete sich vor. „Sie haben ein wundervolles Grundstück und ein schönes Haus."

Plötzlich ging ein Ausdruck des Erkennens und Erschreckens über das Gesicht der Frau. „Sie wollen das Haus kaufen? Aber ich habe es meinem Mann gesagt, und ich sage es jedem anderen, der herkommt auch: Ich verkaufe das Haus nicht! Die Kinder brauchen Platz, wenn sie zurückkommen. Wir sind nämlich bald wieder eine richtige Familie. Also, verschwinden Sie!"

Frau Fendrich wollte sich ins Haus zurückziehen. Celia schaffte es eben noch rechtzeitig, sie daran zu hindern, die Tür zu schließen.

„Ich will Ihr Haus nicht kaufen", warf sie hastig ein.

Es verwirrte Frau Fendrich noch mehr.

„Was wollen Sie dann?"

Celia erklärte es. Sie versuchte die Erinnerung an den Vormittag zu wecken. Das gelang ihr jedoch erst, als sie Jaron ins Spiel brachte. Celia konnte sehen, wie die Erinnerung erwachte. Jaron schien einen bleibenden Eindruck hinterlassen zu haben. Dennoch gestaltete sich das Gespräch mühsam. Celia wiederholte das Gespräch des Vormittags. Erst dann stellte sie neue Fragen.

Doch so verwirrt die Frau schien, sie blieb hartnäckig bei ihrer Aussage, nur einmal auf dem Hof der Dammanns gewesen zu sein. Weiter beteuerte sie, niemanden der Familie dort gesehen zu haben.

„Nur jemand, der etwas repariert hat. Den habe ich gesehen."

Celia durchzuckte es, als ihr bewusst wurde, dass sie diese Aussage am Vormittag überhört hatte. Sie versuchte äußerlich ruhig zu bleiben.

„Sagen Sie, was wurde denn auf dem Hof repariert?" „Na was wohl. Eins von diesen Autos, die uns eines Tages alle krank machen."

Der Abscheu gegen Autos, den ihr Mann bereits erwähnt hatte, war nicht zu überhören. Aber ein Aspekt, der Celia wichtiger erschien, interessierte sie mehr. Hatte Frau Fendrich beobachtet, wie an Frau Dammanns Auto manipuliert wurde? Celia wagte kaum, auf einen so deutlichen Fortschritt zu hoffen.

„Wann war das?"

Erneut wurde sie auf eine harte Probe gestellt. Frau Fendrich hatte keinen Bezug zu Zeit und Raum. Celia formulierte die Frage neu.

„War das, bevor Ihr Mann ausgezogen ist, oder danach?"

„Mein Mann und meine Kinder kommen bald wieder. Bald ist alles wieder gut."

„Ja, Frau Fendrich, das glaube ich Ihnen. Aber ich muss dennoch wissen, ob Sie auf dem Hof waren, als Ihr Mann für kurze Zeit ausgezogen ist, oder ob er noch hier bei Ihnen war."

Frau Fendrich dachte angestrengt nach.

„Nein, er war bereits mit den Kindern verreist. Deshalb hatte ich ja auch Zeit mit dem Bus zu fahren. Sonst waren ja immer die Kinder hier. Und mein Mann wollte nicht, dass ich mit allen im Bus fuhr. Er hat immer gedacht, ich schaffe das nicht."

Frau Fendrich fing an zu kichern. Es klang wie bei einem Kleinkind, das etwas ausgefressen hat. Kichernd erzählte sie von Ausflügen, die sie gemeinsam mit den Kindern manchmal gemacht hatte. Ohne Wissen ihres Mannes. Den Mädchen hatte sie verboten, ihm davon zu erzählen. Einmal, erzählte sie, waren sie sogar in Hamburg. Nun wurde sie ernst.

„Aber Sie dürfen mich nicht verraten."

Celia schüttelte den Kopf.

„Mein Mann hatte recht. Der Ausflug war nicht so gut. Ich wusste nicht mehr, mit welcher Bahn wir fahren müssen, um nach Hause zu kommen. Und dann hat uns die Polizei nach Hause gebracht. Das war lustig. Die Mädchen waren noch so klein, sie haben es nicht verpetzt."

Celia wurde selbst bei der bloßen Erzählung mulmig. Die Frau war auf dem Stand eines Kindes. Celia mochte nicht an die Gefahren für die Kinder denken. Konnte Herrn Fendrichs Beweggründe für die Trennung nachvollziehen.

„Danach bin ich lange nicht mehr Bus gefahren. Erst wieder, als die Kinder und mein Mann weg waren."

„Wie sah die Person aus, die das Auto repariert hat?"

„Welches Auto? Wo?"

Celia stöhnte innerlich.

„Bei Familie Dammann. Sie haben doch erzählt, dass Sie von der Familie niemanden gesehen haben, aber jemanden, der ein Auto repariert hat."

Celia betete inbrünstig, die Frau möge nicht der totalen Amnesie anheim fallen. Sie wurde erhört.

„Ja, habe ich gesehen."

„Dann beschreiben Sie denjenigen einmal. War es ein Mann?"

Frau Fendrich zuckte mit den Schultern.

„War es eine Frau?"

Gleiche Reaktion.

„Aber Sie müssen doch wissen, ob das ein Mann oder eine Frau gewesen ist?"

Celia war ratlos. Frau Fendrich schüttelte den Kopf.

„Muss ich nicht. Der Mensch lag unter dem Auto. Ich konnte nur Beine sehen. Die können gut von einer Frau, aber auch von einem Mann gewesen sein."

„Aber die Kleidung?"

Celia hätte die Frau gern geschüttelt.

„Sah es mehr nach Männerkleidung aus? Oder können es vielleicht doch eher Frauensachen gewesen sein?" Nur mit Mühe konnte sie ihre Ungeduld im Zaum halten.

„Kann beides sein. Ich weiß nur, dass die Hose grün war."

„Können Sie die Farbe beschreiben?"

„Na, so wie bei den Soldaten."

Celia konnte ihr Glück kaum fassen und versuchte mehr zu erfahren.

„War die Person dick oder dünn? Erschienen Ihnen die Beine lang oder kurz?"

Aber mehr war nicht zu holen. Frau Fendrich schweifte ab, verlor sich in ihrer Verwirrtheit. Celia musste sich mit der halbwegs klaren Aussage zufriedengeben. Frustriert stellte sie fest, dass sie damit lediglich eine Bestätigung dessen hatten, was Richie bereits vermutet hatte. Erschöpft ging Celia zum Auto. Jaron stand bereits dort. Er war nicht allein.

Kapitel 37

Hallo, mein Süßer, dich kenne ich ja noch gar nicht. Wo hast du dich denn so lange versteckt? Kommst wohl nicht von hier?"

Thorsten zuckte bei der rauchigen, tiefen Stimme, die ihn ansprach, zusammen. Sie gehörte der Wirtin des „Marktschreiers". Der Name passte. Sie war klein, dick, mit einem allmächtigen Vorbau, der ihr zu einem volltönenden Stimmvolumen verhalf und an dem sich so mancher Mann ausweinen konnte. Die rot gefärbten Haare komplettierten das Bild. Sie erfüllte jedes Klischee einer Kneipenwirtin.

„Was darf ich dir Gutes tun?"

Thorsten hielt sich nicht für paranoid, dennoch wurde er das Gefühl nicht los, dass die Frage mindestens zweideutig gemeint war. Zum Schutz und um weiteren Spekulationen vorzubeugen, zückte er seinen Dienstausweis.

„Kripo, ich brauche ein paar Informationen von Ihnen."

„Ach Gott, was für eine Verschwendung. Ich wüsste so den einen oder anderen Posten, an dem ich dich lieber sehen würde."

Thorsten wurde rot. Und die Frau lachte anzüglich.

„Aber einen Kaffee darfst du trinken, oder?"

Thorsten nickte benommen. In Sekundenschnelle hatte die Frau einen tiefschwarzen Kaffee vor Thorsten gezaubert. Er schaute skeptisch auf das Gebräu. Um es sich mit der Frau nicht verderben, schüttete er mehr Milch hinein, als er es sonst zu tun pflegte und legte noch eine Portion Zucker obendrauf. Der Kaffee schmeckte gut. Soweit sich dies unter dem Zucker und der Milch noch herausschmecken ließ.

„Hm, guter Kaffee. Mal was anderes als die Plörre, die wir auf den Dienststellen kriegen.“

„Nichts für ungut. Um welche Informationen handelt es sich?“

Zunächst erkundigte Thorsten Brandt sich nach Belanglosigkeiten. Wie lange sie bereits Wirtin der Kneipe war, wo sie herkam und wie das Geschäft lief? „Jungchen, nun mach mal halblang. Das ist doch nur Geplänkel. Was willst du eigentlich wissen?“

Gegen seinen Willen musste Thorsten eingestehen, dass ihm die Frau gefiel. Nicht als Objekt sexueller Begierde. Sie war herzlich, erfrischend frei und unkonventionell. Und sie stand mit beiden Beinen im Leben.

„Wir ermitteln im Fall Dammann! Kennen Sie die Familie?“

Die Wirtin schüttelte bedauernd den Kopf.

„Nein, gehören nicht zu meinen Kunden. Aber das ist doch die Familie, deren Tochter sie überfallen haben, und der Polizist in deren Auto ...“

Die Frau stockte. „Scheiße, war Ihr Kollege, oder?“

Thorsten nickte nur. Er hatte Falks Tod beinahe verdrängt. Er spürte einen Kloß im Hals.

„Scheiße“, bekräftigte die dicke Wirtin. Man sah ihr an, dass sie meinte, was sie sagte. Er räusperte sich.

„Aber Rolf Mathies kennen Sie?“

„Na und ob“, bestätigte sie nachdrücklich.

„Inzwischen jedenfalls. Seit gut einem halben Jahr kann ich ihn zu meiner Stammkundschaft zählen. Auch so ein armes Schwein, das mit dem Leben nicht zurechtkommt. Du glaubst gar nicht, wie viele ich davon hier zu Gesicht bekomme.“

Sie duzte Thorsten ungeniert weiter. Ihn störte es nicht.

„Gab es einen Anlass dafür, dass er mit einem Mal häufiger oder regelmäßig kam?“

Die Frau dachte ernsthaft nach. „Ich glaube nicht. Jedenfalls hat er, soweit ich mich erinnere, nicht darüber gesprochen. Aber wenn du mich fragst – mit seiner Frau, das war nicht mehr der wahre Jakob. Sonst wäre der nicht dauernd hier gewesen."

„Wie sind denn seine Trinkgewohnheiten? Hat er immer viel getrunken oder nur einfach so, um Gesellschaft zu haben?"

„Nee, der trinkt, um zu vergessen. Was auch immer er vergessen will. Das heißt, fast bis zur Besinnungslosigkeit. Ein paar Mal brauchte er Hilfe, um wieder nach Hause zu kommen."

„War er gestern Nacht auch hier?"

Die Augen der Frau weiteten sich. „Sag nicht, der Mann braucht ein Alibi. Der ist doch mit der Familie ganz dicke. Das glauben Sie nicht im Ernst."

Thorsten war unsicher, wie weit er Informationen preisgeben sollte. Nach kurzer Überlegung weihte er sie ein. „Ich weiß es nicht, um ehrlich zu sein. Eigentlich nicht. Er war nur nicht da, als bei den Dammanns der Hund ins CA-Lager geworfen wurde. Und das kam uns komisch vor, zumal er danach bei der Befragung nicht besonders kooperativ war."

„Was heißt ‚nicht kooperativ' übersetzt? Hat er einen von euch verprügelt, oder was?"

„Mir hat er den Fuß in der Tür eingeklemmt und meiner Chefin wollte er während der Befragung an den Kragen. Reicht das als Erklärung?"

„Du hast eine Chefin? Ein Dragoner, oder?"

„Ganz im Gegenteil. Die Frau ist klasse und sieht umwerfend aus. Immerhin so gut, dass ich nicht wage, es meiner Freundin zu erzählen."

„Was bedeutet, du willst dich an sie ranmachen?"

„Ich werde mich hüten. Ich bin gut versorgt. Außerdem

ist sie mit unserem zukünftigen Staatsanwalt liiert. Da komme ich nicht gegen an. Der Mann ist vom gleichen Kaliber wie sie. Die spielen in einer anderen Liga." „Bürschchen, du brauchst dich doch nun wirklich nicht zu verstecken. Wenn ich nicht so eine fette Matrone wäre, würde ich es sicher mal bei dir probieren."

Thorsten lachte. Die Wirtin lachte herzlich mit.

„Zurück zum Thema", forderte Thorsten.

Die Wirtin hatte nichts dagegen. „Über welche Uhrzeit reden wir denn?"

„Zwischen 23.00 und 0.30 Uhr. Aber sagen Sie mal, haben Sie auch einen Namen?"

Die Wirtin lachte mit ihrer unnachahmlichen, tiefen Stimme. „Jungchen, klar. Mona!"

„Mona und wie weiter?"

„Das willst du nicht wissen?"

Thorsten wollte. Als er ihn hörte, musste er erneut lachen. Müller passte so wenig zu ihr, wie eine Kuh auf Schlittschuhe passte.

„Um ehrlich zu sein, war es den Abend ziemlich voll. Die Skatmannschaft war da. Die kommen immer mittwochs. Dann ist viel Betrieb. Außerdem geht es dann laut zu, und ich kann mich nicht um einzelne kümmern. Ich weiß bestimmt, dass er hier war. Vor den Skatspielern." Sie dachte nach. „Das heißt, er müsste so gegen 20 Uhr hier gewesen sein. Aber du kannst mich schlagen. Ich weiß nicht, wann er gegangen ist."

„Gibt es noch andere, die ihn vielleicht gesehen haben. Hat er mit jemanden gezecht?"

„Der doch nicht. Dafür ist der viel zu stolz. Dann müsste er ja womöglich zugeben, dass er fertig ist. Dass er sich verspekuliert hat."

Thorsten horchte auf. „Wie verspekuliert? Hat er etwa an der Börse gehandelt?"

„Quatsch. Du kennst den Mann nicht ein bisschen. Sonst würdest du solche Fragen nicht stellen. Der ist chronisch geizig. Jeden Penny dreht der viermal um, bevor er ihn ausgibt. Und auf seinen Hof hat er sich immer etwas eingebildet. Alles hat er da reingesteckt. Nur an der Straße verkaufen, das gab es bei ihm nicht."

„Das wollte doch seine Frau nicht. Die wollte in ihrem Beruf bleiben. So hat sie uns das jedenfalls erzählt, und andere haben es uns bestätigt."

„So ein ausgemachter Blödsinn. Natürlich ist sie in ihrem Beruf geblieben. Gott sei Dank, kann ich nur sagen. Aber er wollte nicht. Er war zu stolz. Wenn er einverstanden gewesen wäre, dann hätte sie sicher ihren Job aufgegeben."

„Und an welcher Stelle hat er sich verspekuliert?"

„Na, hat euch das denn noch kein Tratschmaul gesteckt? Letztes Jahr hat er seine ganzen Hofversicherungen gekündigt. Restlos alle. Auch die Hagelversicherung. Wollte sich die Beiträge sparen. Sind unheimlich teuer. Bisher hatte seine Frau die immer bezahlt. Von ihrem Gehalt. Und nun wollte er das nicht mehr. Und dann ist es passiert."

Nun erinnerte sich Thorsten an das Gespräch, das er im Präsidium mit Frau Mathies geführt hatte. Frau Mathies hatte in einem Nebensatz über den besagten Hagelschauer, der die Ernte ruiniert hatte, erzählt. Nur hatte er dem keine Bedeutung beigemessen. Hier und jetzt hörten sich die Tatsachen mit einem Mal gewichtiger an. „Ist der Mann pleite?"

Die Wirtin zögerte. „Ich weiß es nicht mit Bestimmtheit. Aber ich vermute es. Ich sehe viele Leute hier. Und ich bilde mir ein, ich könnte inzwischen erkennen, unter welchen Problemen sie leiden. Und Geldprobleme stinken zum Himmel."

„Wer unter den Gästen kannte Mathies und könnte sich erinnern, wann er gegangen ist?"

Die Wirtin überlegte eine Weile. Dann nannte sie Thorsten einen Namen.

„Aber ich bin mir nicht sicher, ob er Mathies an dem Tag gesehen hat. Aber wenn es jemand weiß, dann der. Der kann Mathies nicht leiden und wenn er ihn sieht, beobachtet er alles, was der tut, mit Argusaugen."

„Dann ist er unser Mann", lachte Thorsten.

„Kann ich dich nicht zum Bleiben überreden? Ist nett, einen jungen Mann hier zu haben. Meine Kunden gehören eher zu den älteren Dorfbewohnern. „Nettes Kompliment, aber ich kann leider nicht. Meine Chefin ist zwar kein Dragoner, aber Zeit zu vertrödeln, mag sie gar nicht."

Die Wirtin warf Thorsten eine Kusshand zu und lehnte das Geld für den Kaffee ab. „Komm mal wieder."

„Ich denke es wird sich nicht vermeiden lassen."

Kapitel 38

Herr Peters, Hauptkommissarin Dörfer! Celia, Herr Peters und sein Hund Walter", stellte Jaron seinen Begleiter vor.

„Was für ein netter Hundename." Celia lächelte den Mann und seinen Schäferhundmischling freundlich an. Beide hatten schon einige Jahre auf dem Buckel. Dennoch wirkten beide gesund und rege.

„Herr Peters geht mit Walter immer den gleichen Weg. Und der führt ihn am Haus der Familie Fendrich vorbei", eröffnete Jaron das Gespräch.

„Ja, das stimmt! Ich gehe hier schon seit 15 Jahren spazieren. Seit meine Frau, Gott hab sie selig, tot ist. Früher ist meine Frau mit Walter gegangen. Aber, na ja." Der Mann schüttelte sich, als wolle er seine Trauer abwerfen. „Das interessiert Sie aber sicher nicht."

Die Gesichtszüge des Mannes entspannten sich, nachdem sie für einen kurzen Moment seine Trauer gespiegelt hatten. Unter anderen Umständen wäre Celia auf die Gefühle des Mannes eingegangen. Doch die Ereignisse machten sie ungeduldig.

„Was können Sie uns über Familie Fendrich erzählen?" Umständlich berichtete Herr Peters, bis Jaron ihn zum Punkt führte. „Sie haben den Auszug der Kinder und ihres Vaters beobachtet! Was passierte danach?"

Herr Peters nickte betrübt. „Traurig war das."

Seine Miene spiegelte auch diesmal die Trauer deutlich wieder. „Die Frau stand nur da und hat versucht, die Kinder festzuhalten. Aber der Mann hat sie ihr abgenommen.

Obwohl ihm das auch nicht leichtgefallen ist. Alle haben sie geweint. Auch der Mann."

„Und dann?"

„Weg sind sie! Die Frau ist allein zurückgeblieben." „Und in den Tagen danach?"

„Zunächst gar nichts. Ich habe es Ihrem Chef schon gesagt."

Peters deutete mit dem Kopf auf Jaron. Ob Jaron sich als Staatsanwalt vorgestellt hatte oder ob er automatisch annahm, der Mann müsse der Chef sein, war nicht erkennbar. Aber es amüsierte sie, dass Jaron durch Gesten versuchte Abbitte zu leisten.

Celia forderte den Mann auf, seine Worte zu wiederholen. Das tat er bereitwillig. „Ich habe mir schon Sorgen gemacht. Sonst habe ich die Frau jeden Tag gesehen. Die war immer draußen. Sie hat zwar nichts beschickt, aber sie hat im Garten gearbeitet und gemacht. Aber nachdem die Kinder und der Mann weg waren, ist sie nicht mehr draußen gewesen. Ich wollte schon zur Polizei. Hätte ja sein können, die tut sich was an, oder?"

Um Bestätigung heischend wandte er sich an Jaron. Dieser gab ihm die erwartete Bestätigung. Der alte Mann freute sich. „Und als ich mir gerade vorgenommen hatte, noch einmal zu schauen und dann die Polizei zu rufen, da sehe ich, wie sie das Haus verlässt."

„Was war daran so ungewöhnlich? Sie sagen das so?" „Na", Peters nickte heftig mit dem Kopf zu seinen Worten, „früher war das so, dass die Frauen tagsüber in Kittelschürzen rumgelaufen sind. Das war noch, als wir nicht so viel hatten, und nicht alle Tage was Neues kaufen konnten. Aber heute trägt so was ja kein Mensch mehr."

„Sie meinen keine Frau, oder?"

Herr Peters bemerkte die Spitze nicht. Jaron dagegen schickte begütigende Blicke in Celias Richtung.

„Frau Fendrich", setzte Herr Peters seine Rede fort, „die trug zumindest immer Arbeitskleidung. Nur wenn sie wegging, hat sie sich in Schale geworfen. Konnte man gleich an ihrer Kleidung sehen, wenn sie auf die Straße wollte."

„Ist sie öfter auf die Straße gegangen?"

„Nein, ganz selten."

„Auch nicht zum Einkaufen? Oder mit den Kindern zum Spielen?"

Herr Peters schüttelte den Kopf. „Nein, das ist eine häusliche Frau."

Man hörte deutlich, dass er diese Art Frauen schätzte. Erneut empfing Celia beschwichtigende Blicke. Sie lachte.

„Gut, die Frau ist sehr häuslich und ging nicht viel vor die Tür. Aber als die Familie weg war, ist sie gar nicht mehr raus. Das hat Sie dann doch stutzig gemacht. Was ist dann passiert?"

„Na, habe ich ja schon erzählt. Ich wollte gerade zur Polizei, um sie auf die Frau aufmerksam zu machen. Da sehe ich sie, wie sie aus dem Haus geht."

„Sie hatte sich stadtfein gemacht?", suchte Celia nach einem genauen Bild.

„Ja, ja, genau. Richtig rausgeputzt war sie. So hatte ich sie noch nie gesehen."

„Und konnten Sie sehen, wohin sie gegangen ist?"

„Das ist es ja. Ich bin ein Stück hinter ihr her gegangen, weil ich mir immer noch Sorgen gemacht habe. Ich wollte mir nicht später Vorwürfe machen müssen, ich hätte nicht aufgepasst, oder so. Also bin ich hinter ihr her. Walter hätten sie erleben sollen. Partout wollte der seinen Weg gehen, so wie immer. Aber diesmal musste er mit."

Celia und Jaron lächelten sich an. Sie konnten sich gut vorstellen, wer von den beiden sonst den Weg angab.

„Wo ist Frau Fendrich hin?"

„Zur Bushaltestelle."

Nach all den Wochen, war die Empörung des Mannes nicht abgeklungen. Mit einem solchen Ausflug hatte er offenbar nicht gerechnet. Celia war frustriert und nahe daran, das Gespräch abzubrechen. Sie vermutete nun die Bestätigung für Frau Fendrichs Ausflug nach Jork zu erhalten. Doch der Alte wollte seine Geschichte zu Ende erzählen. Jaron bat Celia durch Zeichen um Geduld.

„Und als ich Walter mit in den Bus gezerrt habe, ist er mir beinahe verrückt geworden. In seinem ganzen Leben ist er nicht einmal Auto gefahren. Ich musste der Frau aber doch hinterher. Ich hatte so ein komisches Gefühl." Celia schöpfte Hoffnung auf den Durchbruch.

„Moment", brachte sie aufgeregt heraus, „verstehe ich Sie richtig? Sie sind der Frau den ganzen Weg gefolgt?" Der Mann nickte heftig.

„Wie weit sind Sie gefahren?"

Herr Peters schaute irritiert. „Na, bis nach Jork!"

„Wo genau in Jork sind Sie ausgestiegen?"

Die Verwirrung des alten Mannes schien sich zu steigern. Jaron, der es bemerkte, sprang hilfreich zur Seite. „Herr Peters, Sie haben Frau Dörfer das Fahrtziel noch nicht genannt. Wir beide haben nur darüber gesprochen."

Herrn Peters Gesichtszüge entspannten sich. „Oh tut mir leid! Das Alter!", lächelte er entschuldigend. „Aber er hat recht, ihr Chef. Wir haben eben darüber gesprochen und ich hatte vergessen, dass Sie nicht anwesend waren. Also Frau Fendrich ist nach Jork gefahren. Und da ist sie bei der Fahrschule ausgestiegen."

Er unterbrach seinen Redefluss. Celias Geduld wurde erneut auf die Probe gestellt. Es zog sich wie ein roter Faden durch diesen Fall. Inständig hoffte sie, dass es tatsächlich an diesem Fall und weniger an der Mentalität der Altländer lag. Zu allem Überfluss klingelte in diesem Augenblick ihr Handy. Mit ungehaltenem Unterton meldete sie sich. Die

Haltung änderte sich nach wenigen Augenblicken.

„Thorsten, das ist in der Tat ein neuer Aspekt. Vielleicht liefert er noch kein Motiv, aber nachgehen sollten wir dem dennoch."

Jaron hätte gern Thorstens Worte gehört. Stattdessen vernahm er Celias Anweisungen. „Fahr zu dem Zeugen. Danach treffen wir uns bei der Wirtin. Denkst du, du schaffst das in einer Stunde?" Zufrieden mit seiner Antwort, beendete Celia das Gespräch. Ihre Aufmerksamkeit galt wieder dem älteren Herrn. Den Faden hatte sie schnell wieder. „Von welcher Fahrschule sprechen Sie?"

An den Namen der Fahrschule konnte Herr Peters sich nicht erinnern. Aber nach seiner Beschreibung handelte es sich um diejenige, in die Falk mit Frau Dammanns Auto gefahren war. Celias Spannung nahm zu, um gleich darauf enttäuscht zu werden.

„Mehr weiß ich nicht. Als ich gesehen habe, wie sie zu einem Hof gegangen ist, habe ich mich entschieden, es auf sich beruhen zu lassen. Ich habe mit Walter den nächsten Bus zurück genommen. Ich habe gedacht, die sucht sich vielleicht eine Arbeit auf dem Hof – jetzt, wo die Kinder weg sind. Und das hat mich beruhigt. Ich war ja froh, dass sie wieder unter Menschen gegangen ist."

Innerlich sackte Celia zusammen, auch wenn sie äußerlich freundlich blieb. Erst als sie wieder mit Jaron im Auto saß, machte sie ihrer Enttäuschung Luft. „Das kann doch nicht dein Ernst sein. Wieso hast du den Mann erzählen lassen, wenn du doch wusstest, dass er nicht mehr mitbekommen hat. Dass sie auf den Hof ist, wussten wir doch schon von ihr selbst. Dafür hätten wir uns keinen Sonnenstich einhandeln müssen."

Jaron hob entschuldigend die Hände. „Tut mir leid! Ich wusste nicht, wie die Geschichte weitergeht. Wir waren nur bis zu dem Punkt gekommen, an dem er ebenfalls den Bus bestiegen hat. Ich hoffte, er könnte uns mehr Informationen liefern. Sorry."

„Na dann, ich dachte, du hättest die ganze Geschichte bereits gehört, und sie mich trotzdem komplett anhören lassen."

„Jetzt erzähl mir doch bitte, was Thorsten dir an guten Nachrichten überbracht hat. Du sahst aus wie die Katze, die heimlich Milch genascht hat."

„Na ja, ob ich die Entwicklung so gut finde, weiß ich noch nicht. Aber immerhin bringt sie ein wenig Licht ins Dunkel."

Sie machte eine kunstvolle Pause. Jaron warf ihr einen bösen Blick zu

„Na gut", ließ sie sich nicht weiter bitten. „Thorsten war in der Kneipe, in der Mathies angeblich die Nacht über gesoffen hat. Die Wirtin kann erstens nur bestätigen, dass er gekommen ist, nicht aber, wann er gegangen ist. Und zweitens hat sie sich über die Vermögensverhältnisse des Mannes ausgelassen oder besser darüber, dass er keins mehr hat."

Jaron blickte nachdenklich. Dabei überzogen tiefe Falten seine Stirn.

„Was um Himmels Willen ist das für ein Gesichtsausdruck. Damit siehst du zwei Tage älter aus als Gott."

Jaron musste ebenfalls lachen.

„Ich versuche nachzudenken. Das fällt mir in deiner Gegenwart zunehmend schwerer. Ich glaube, ich werde erneut um Versetzung bitten. Aber im Ernst: Mathies spielt ja schon die ganze Zeit eine recht fragwürdige Rolle. Trotzdem passt er nicht so richtig in mein Täterbild. Er ist immerhin der langjährige Freund der Familie. Die kennen sich, seit ihre Mütter sie gemeinsam im Kinderwagen durchs Dorf geschoben haben."

Celia nickte: „Stimmt. Nur hat er sich in den letzten

Tagen immer wieder dadurch ausgezeichnet, dass er unsere Arbeit behindert hat. Das passt nun auch nicht gerade zum Verhalten eines besten Freundes. Anfänglich vielleicht noch, weil er Schiss hatte wegen der Illegalen. Aber das Thema ist ja nun vom Tisch. Warum also ist er immer noch so unkooperativ? Wie dem auch sei, wir sollten ihn im Auge behalten. Und ich möchte mich noch mal persönlich mit der Wirtin unterhalten. Sie scheint ein gutes Auge für Menschen zu haben."

Vor der Kneipe blieben Jaron und Celia im Auto sitzen. Thorsten war noch nicht da.

Kapitel 39

Mona Müller freute sich über den erneuten Besuch Thorsten Brandts, der den Zeugen, den die Wirtin ihm genannt hatte, nicht angetroffen hatte.

„Jungchen, jetzt sag nicht, ich habe es dir dermaßen angetan, dass du so schnell wiederkommen musstest?“ Ihre tiefe Lache dröhnte durch die Kneipe. Dann nahm sie Thorstens Begleitung wahr.

„Hoppla, hast du die Leute aus der anderen Liga mitgebracht?“

Thorsten fühlte, wie er sehr rot wurde. Er war froh, dass das Licht der Kneipe nicht das Beste war.

„Celia Dörfer, Hauptkommissarin, und Staatsanwalt Karloff“, stellte Thorsten die beiden vor.

Die Wirtin schüttelte ihnen herzlich die Hände. Dabei begutachtete sie Celia genau: „Hat recht der Junge. Sie sehen wirklich nicht schlecht aus. Und der Mann an Ihrer Seite ebenfalls.“

Mit einem fragenden Blick wandte Celia sich an Thorsten. Der fing kläglich zu stottern an. Mona befreite ihn.

„Kein Grund sauer zu sein. Im Gegenteil, er hat nur das Beste über Sie geäußert. Ich hatte vermutet, als Chefin in einem solchen Job müssten Sie ein Dragoner sein. Aber der junge Mann hat mir glaubhaft versichert, dass Sie genau das Gegenteil seien. Und ich finde er hat recht. Und gegen Sie“, wandte sie sich an Jaron, „wollte er nicht in Konkurrenz treten, da er Sie beide in einer anderen Liga einordnet.“ Nun war es an Celia und Jaron, rot und verlegen zu werden.

„Danke, supernett“, stammelte Celia und musste ihre

Verlegenheit wegräuspern. Jaron hob lediglich dankend die Hand. Mona Müller, ganz Kneipenwirtin, umschiffte das peinliche Schweigen.

„Na, nun ist gut hier mit der Gefühlsduselei. Ihr seid doch nicht hier, um euch gegenseitig in Verlegenheit zu bringen. Ihr wollt mit mir reden, oder?“

Celia räusperte sich erneut und nickte der Frau zu. Sie gefiel ihr. Sie mochte gestandene gradlinige Frauen, die nicht lange um den heißen Brei redeten. „Ja! Mein Kollege hat mir interessante Details aus Ihrem gemeinsamen Gespräch wiedergegeben, und ich würde Sie gern noch einmal mit Ihnen durchgehen.“

„Dann schieß mal los, Mädel. Was interessiert dich denn am meisten?“

„Zunächst – wenn Sie nicht mitbekommen haben, wann Mathies gegangen ist, hatten Sie eine weitere Kraft hier, die kassiert hat? Sonst müssten Sie das doch gemerkt haben?“

„Nee, ich schmeiß den Laden hier allein. So üppig ist es hier nicht mit dem Umsatz, dass ich mir jemanden leisten könnte. Nur an hohen Tagen wie Silvester oder Fasching, da nehme ich mir schon mal eine Studentin. Aber sonst? Nee.“

„Und wie kommt es, dass Sie nicht wissen, wann Mathies gegangen ist?“ Jaron stellte die Frage.

„Ganz einfach, ein paar Kunden haben einen Deckel bei mir. Und die kommen einmal, manchmal zweimal im Monat und begleichen den. Und zu denen zählt Mathies seit ein paar Monaten auch.“

„Wie kam es dazu?“ Celia fragte aus Neugierde, nicht weil sie es für wichtig hielt.

„Ach, das ist doch einfach. Zunächst kommt jemand hin und wieder, dann kommt er immer öfter und irgendwann ist er Stammkunde. Und wenn er Stammkunde ist und im Ort lebt, kann man ihm einen Deckel gewähren. Und so war das bei Mathies auch.“

Mona erzählte vom sozialen Abstieg des Mannes. Denn je häufiger er kam, umso tiefer war er gesunken. „Anfangs war er ein richtig stattlicher Mann. Groß und aufrecht. Man konnte ihm seinen Stolz von Weitem ansehen. Aber mit der Zeit wurde er immer gebeugter. Und gleichzeitig immer griesgrämiger, gereizter, missgünstiger. Zum Schluss ließ er kein gutes Haar an irgendjemandem. Schade eigentlich. Aber das macht das Geld aus uns. Oder das macht es, wenn wir es eben nicht haben."

„Haben Sie das Gefühl, dass er auch gewaltbereiter wurde?"

„Mädchen, was für ein hochfliegender Ausdruck. Du meinst, ob er brutal wurde?"

Celia ließ es gelten. Mona dachte nach. Sie wollte nicht voreilig jemanden in ein falsches Licht setzen. „Um ehrlich zu sein – ich bin mir nicht sicher. Was ich sagen kann ist, dass er gereizt war und missgünstig. Aber ich bin mir nicht sicher, ob er jemandem etwas zuleide tun würde. Hier hat er sich eigentlich immer relativ ordentlich verhalten. Ich habe ihn nur einmal gegen seinen Willen nach Hause bringen lassen. Da ist er wirklich ausgeflippt. Aber da war er sturzbesoffen."

„Was war der Grund für seinen Ausraster?"

Die Wirtin zuckte mit den breiten Schultern, was ihren mächtigen Vorbau ordentlich in Bewegung brachte. Aber sie überlegte. Jaron warf Celia einen skeptischen Blick zu. Er schien nicht davon überzeugt, dass die Information sie weiterbringen würde. Celia ließ sich nicht irritieren und wartete geduldig auf die Erinnerung der Frau. Sie behielt recht.

„Na, das ist ja ein Ding. Das hätte ich komplett vergessen, wenn Sie jetzt nicht nachgebohrt hätten. Gott, bin ich blöd. Damals ging es um die Dammanns. Genau. Und zwar hat ein Gast hier bei mir am Tresen gesessen und ein

Loblied auf die Familie gesungen. Und zwar ging es, ach Mensch, wie war das noch?"

Sie zögerte noch einmal. Dann schlug sie sich mit der flachen Hand vor die Stirn: „Ich bin so blöd. Das ist mir nicht eingefallen. Da hätte ich doch dran denken müssen."

„Na, nun erzählen Sie einfach mal. Vorwürfe bringen uns doch nicht weiter." Celia beruhigte die Frau.

„Trotzdem", erwiderte die dicke Wirtin, „hier im Ort gibt es ein kleines Theater. Da hat eins der Kinder der Dammanns mitgespielt. Genauso war es. Und der Gast, ich weiß aber wirklich nicht mehr, wer das war, hat total begeistert davon erzählt, wie gut das Kind gespielt hat. Dann hat er weiter geredet und erzählt, dass die Familie überhaupt so toll ist und wie die das alles machen mit den Kindern, dass die so super geraten sind und der Hof. Na, er hat eben das absolute Loblied auf die gesungen. Und dann ist Mathies, der bisher in einer Ecke gesessen und getrunken hat, aufgesprungen, an den Tresen gestürmt und hat den Typ angeschrieen, er solle die Schnauze halten, das wäre ja nicht zum Aushalten. Dann hat er ihn am Kragen gepackt und wollte ihn vom Barhocker zerren. Da bin ich natürlich dazwischen gegangen."

Celia wurde immer angespannter und wütender auf sich selbst. Sie hatte Mathies während der ganzen Zeit nicht ernst genommen. Dabei hatte ihr Instinkt von Anfang an etwas anderes gesagt.

„Wissen Sie noch, wer ihn nach Hause gebracht hat? Sie haben doch gesagt, Sie haben ihn nach Hause bringen lassen."

„Na klar, Ihr Kollege!"

Celia blickte zu Thorsten.

„Nicht der! Der andere."

„Oh, Scheiße", entfuhr es Celia unfein.

„Frau Kommissarin, was für Ausdrücke aus Ihrem

wunderschönen Mund", stichelte Mona.

Doch Celia war das Lachen vergangen. Den Männern hatte es ebenfalls die Sprache verschlagen.

„Was ist daran so schlimm? Dass es ausgerechnet Ihr Kollege war?" Die Wirtin war neugierig.

„Er hat die ganze Zeit versucht, unsere Ermittlungen zu boykottieren. Immer wenn wir zu nahe kamen, hat er Alleingänge betrieben. Dann ist er tödlich verunglückt und wir sahen keine Notwendigkeit, weiter hinter seinem Verhalten her zu recherchieren", informierte Celia die Frau kurz und knapp. Für einen Augenblick herrschte. Schweigen. Es fiel umso mehr auf, da sie die einzigen Gäste waren, und die Hintergrundmusik ebenfalls verklungen war.

„Thorsten, wer hat damals Mathies vernommen? Ihr habt ihn doch noch gesehen, bevor ich bei euch eingetrudelt bin."

Thorsten zögerte mit der Antwort. Ihm war es immer noch zuwider, gegen den Kollegen etwas Negatives zu sagen.

„Es ehrt dich, wenn du nichts gegen einen Kollegen sagen willst", erahnte Celia die Beweggründe seines Schweigens, „aber es scheint, als müsstest du die Solidarität hinten anstellen. Es geht unter Umständen um Behinderung und Unterschlagung von Beweismaterial."

Thorsten atmete hörbar tief ein, gab sich einen Ruck. „Es geht eigentlich nicht darum ihn zu schützen, aber es ist komisch, über jemanden schlecht zu reden, der tot ist. Aber es ist eh egal, er hat seinen Ruf selbst schon zerstört. Da kann ich, glaube ich, auch nicht mehr viel verpfuschen."

Celia lächelte ihn freundlich und verständnisvoll an. Mona, die interessiert die Abläufe verfolgte, warf einen kurzen Blick zu Jaron, ihre Blicke trafen sich. Sie waren sich einig in ihrer Beurteilung: Celia verstand es, die Gefühle der Menschen zu erspüren und auf sie einzugehen, ohne ihr Ziel aus den Augen zu verlieren.

„Falk hat mit Mathies gesprochen. Aber nur kurz."

„Thorsten, darum geht es doch gar nicht. Hatte er Zeit herauszufinden, ob Mathies etwas mit der Sache zu tun hatte?"

Thorsten schüttelte den Kopf. „Die Zeit war sehr kurz. Der kann nicht viel mit ihm gesprochen haben. Wenn, dann hat er vielleicht was geahnt. Aber gewusst hat er es nicht."

„Du weißt auch nicht, ob Mathies befragt wurde, wo er auf seinen Freund Dammann gestoßen ist? Und wenn ich mich recht erinnere, dann ist Dammann auch nicht danach gefragt worden. Ich denke, wir sollten uns die Protokolle noch einmal genau anschauen."

Sie drehte sich zur Wirtin. Als sie ihr die Hand zum Abschied reichte, fiel ihr noch eine Frage ein.

„Was hat Mathies eigentlich von sich gegeben, als er so sauer auf den Lobgesang reagiert hat?"

Mona wehrte mit den Händen ab: „Nur Unerfreuliches, glauben Sie mir. Dass es den Dammanns viel zu gut gehe. Er es nicht mehr hören könne und es an der Zeit sei, dass auch denen endlich mal einer zeige, was schlechte Zeiten bedeuten."

Celia pfiff durch die Zähne.

„Wenn ich jetzt so darüber nachdenke, war es eine einzige Hasstirade, die er da abgelassen hat. Aber ich habe das nicht ernst genommen", entschuldigte sich die Wirtin. „Ich habe gedacht, dass das alles nur mit seinem Alkohol zu tun hat und es nicht weiter beachtet. Um ehrlich zu sein, ich bin auch nicht auf einen Zusammenhang gekommen, als ich gehört habe, was bei den Dammanns alles passiert ist. Aber wenn Sie das jetzt so sagen."

Celia, die immer noch die Hand der Wirtin hielt, nahm die zweite Hand und legte sie von oben auf die Hand der Wirtin. Sie drückte sie herzlich: „Sie brauchen sich keine Vorwürfe zu machen. Wir sind vom Fach und haben bis gerade eben gebraucht, um einen möglichen Zusammenhang zu sehen. Auf jeden Fall haben Sie uns sehr geholfen."

Die Wirtin erwiderte den Händedruck. „Wenn ihr den Fall abgeschlossen habt, dann kommt ihr vorbei und dann machen wir hier eine Sause, auf Kosten des Hauses."

„Das machen wir gern." Und zu Jaron gewand: „Ich weiß gar nicht, was du mir erzählt hast, die Norddeutschen sind doch gar nicht so abweisend."

Mona Müller lachte laut auf: „Ich, Norddeutsche?", klärte sie die drei auf. „Ich komme aus Düsseldorf."

Celia und Jaron stimmten in ihr Lachen ein. Nur Thorsten begriff den Grund der Heiterkeit nicht.

„Dann raten Sie mal, woher ich komme", stellte Celia die Wirtin auf die Probe.

„Da brauche ich nicht lange überlegen. So wie Sie gerade gelacht haben – Köln."

In kurzen Worten klärte Celia Thorsten über die ewige Feindschaft zwischen Kölnern und Düsseldorfern auf. „Inzwischen ist da nichts mehr dran. Aber die 716 Jahre alte Geschichte wird gern hochgehalten, weil sie nach wie vor für einen deftigen Witz gut ist. Der Ursprung war ein Erzbischof aus Köln, der ein wenig machtgierig war und den Düsseldorfern das Stadtrecht streitig machen wollte. Das ist ihm nicht gelungen. Das nehmen die Kölner den Düsseldorfern übel. Und die Düsseldorfer den Kölnern, dass sie es überhaupt versucht haben."

Sie verabschiedeten sich endgültig.

„Wir sollten sehen, dass wir ins Büro kommen, und die Vernehmungsprotokolle sichten. Ich habe das ganz dumme Gefühl, dass wir die eine oder andere Frage zu wenig gestellt haben", forderte Celia ihre Mitstreiter aus.

Sie war so in Eile, dass Jaron Mühe hatte, rechtzeitig die Tür des Autos zu schließen, bevor sie losfuhr. „Du bist ja ordentlich in Fahrt. Aber ich verstehe nicht, worauf du hinaus willst. Welche Frage sollte denn gestellt werden?"

Kapitel 40

Celia stürmte die Treppe zum Büro hoch. Beinahe hätte sie Richie über den Haufen gerannt.

„Junge Frau, wohin so eiligen Schrittes?"

„Zu den Vernehmungsprotokollen. Komm rein, vielleicht kannst du uns ja helfen."

Celia zerrte den überrumpelten Richie hinter sich her. Der schaute fragend von Jaron zu Thorsten, die keuchend hinter Celia die Treppe hochgekommen waren.

„Ist die immer so? Die hat ja ein mörderisches Tempo drauf."

Jaron grinste. Celia war bereits weitergeeilt und hatte die Akten aus ihrem Büro geholt. Hastig blätterte sie die Unterlagen durch, bis sie gefunden hatte, wonach sie suchte.

„Mist, ich habe es mir doch gedacht."

Sie wandte sich an Thorsten.

„Bist du die ganze Zeit mit Falk zusammen gewesen, als ihr die nähere Umgebung des Tatorts gesichtet habt?"

Thorsten bejahte zunächst, besann sich aber dann: „Nee, stimmt gar nicht. Wir haben uns kurz einmal getrennt."

„Wann, an welcher Stelle? Mensch, nun rede schon!" Celia war ihre sonstige Geduld abhanden gekommen. „Falk hat mich gebeten, unter den Bäumen weiter zu suchen, und er wollte ein Stück weiter gehen, um bei diesem Wasserlauf zu schauen, der da quer zu den Höfen verläuft."

Celia pochte nachdenklich mit den Fingern auf den Schreibtisch.

„Kann er was in das Wasser geworfen haben? Wie weit

war er von dir weg? Hättest du das gehört?" Thorsten wog seine Worte ab. „Celia, ich weiß nicht. Was sollte er denn da verschwinden lassen. Wir haben die Tatwaffe doch gefunden. Und zwar an einer ganz anderen Stelle."

„Ich weiß. Mir ist auch nicht ganz klar, ob oder was es zu bedeuten hat. Aber angenommen, Mathies ist unser Mann. Vielleicht hat er was am Tatort verloren, was ihn identifiziert hätte."

„Und du glaubst, Falk hat ihm geholfen, das verschwinden zu lassen?"

Jaron hielt die Überlegung für gewagt. Aber Celia schien sicher. Sie warf ihm die Protokolle zu.

„Hier, wirf einen Blick rein. Du kannst dich erinnern, dass ich es nicht so witzig fand, dass er Mathies einfach hat gehenlassen. Es hat ihn niemand gesehen. Richie hat ihn nicht zu Gesicht bekommen und Thorsten auch nicht, weil Falk die Vernehmung geführt hat und ihn dann nach Hause geschickt hat. Keiner hat seine Kleidung betrachtet, keiner hat ihn gefragt, was er im Hof gemacht hat und niemand hat ihn gefragt, aus welcher Richtung er kam, als er auf Dammann gestoßen ist."

Thorsten widersprach: „Celia, ich habe ihn gesehen. Und mir ist nichts an ihm aufgefallen."

„Gut, dann beschreib mir, was er trug."

Thorsten schaute sie verdutzt an. Zunächst wollte er einwenden, dass er sich nicht erinnern könne. Aber dann stutzte er. Er dachte noch einen Augenblick nach, dann nickte er heftig, als wolle er sich selbst überzeugen. „Doch, ich weiß es wieder. Mir ist was aufgefallen. Der Typ hatte keine Jacke an. Und mir ist es deshalb aufgefallen, weil es erstens nicht besonders warm war und zweitens den ganzen Tag geregnet hatte. Sowohl Dammann als auch seine Tochter trugen Regenjacken. Ich bin einfach davon ausgegangen, er hat seine Jacke dem Kind übergelegt."

„Eine Regenjacke hätte Falk aber im Wasser nicht verschwinden lassen können. Die würde auf der Wasseroberfläche schwimmen. Dann hätte er sie beschweren müssen. Und das hätte Zeit gekostet."

Richies Einwand war nicht von der Hand zu weisen. Celia fegte ihn dennoch vom Tisch. „Aber vielleicht war Mathies schon dabei, die Jacke zu versenken, als ihm Dammann in die Quere kam. Dann hätte Falk sie nur noch ins Wasser bugsieren müssen."

„Na, dann zeigt Thorsten uns, wo der Wasserlauf ist, und wir schicken einen Taucher rein. Wenn du recht hast, müsste der ja schnell fündig werden. Da wir es nicht mit einem fließenden Gewässer zu tun haben, kann ja nichts abgetrieben werden." Jaron brachte die Situation damit kurz und prägnant auf den Punkt.

„Du musst das doch wissen", wandte Celia sich an Richie. „Bei der Form der Verletzungen, wie sie Marlin zugefügt wurden, ist da viel Blut geflossen? Hätte der Täter etwas davon abbekommen?"

„Ziemlich sicher sogar. Auch wenn sie, wie es im Bericht heißt, nur oberflächlich verletzt wurde. Es müsste dennoch genug Blut überall gewesen sein. Es ist sicher nicht gespritzt, aber da sie viele Verletzungen hatte, ist es recht wahrscheinlich, dass der Täter damit in Berührung gekommen ist."

Für einen Moment herrschte gespannte Ruhe im Büro. Jaron durchbrach sie. „Vielleicht hast du den richtigen Riecher", bemerkte er nach einem erneuten Blick ins Protokoll.

„Was meinst du?" Celia wusste nicht, worauf Jaron anspielte.

„Alle hielten Mathies für den Freund der Familie. Keine Menschenseele ist auf die Idee gekommen, Frau Dammann nach dem Zeitpunkt für Mathies Auftauchen bei ihr zu fragen. Er hätte sich umziehen und Sachen verschwinden lassen können. Sie ist auch nicht nach seiner Kleidung gefragt worden. Nicht danach, wie er sich verhalten hat …"

Thorstens Versuch, Falks Verhalten zu rechtfertigen, klang selbst in seinen Ohren lahm. „Aber Falk muss doch nicht daran beteiligt gewesen sein. Das kann auch alles Zufall sein."

Celia warf ihm einen fragenden Blick zu.

„Ist ja schon gut. Ich kann es einfach nicht glauben. Nicht, dass ich ihn persönlich besonders gemocht hätte. Aber …" Thorsten ließ den Satz unvollendet.

Celia klopfte ihm begütigend auf die Schulter.

„Ist schon in Ordnung. Ich kann es verstehen. Aber die Tatsachen sprechen nicht für ihn."

„Vielleicht sollten wir die Mutmaßungen beenden und uns um Taucher bemühen. Dann haben wir Gewissheit", unterbrach Jaron. Celia folgte ihm widerspruchslos. Um danach einen weiteren Besuch bei Dammanns anzukündigen.

„Wenn Frau Mathies sich noch bei ihnen aufhält, würden wir gern auch noch einmal mit ihr reden."

Ihre Befragung war so lückenhaft wie die der Dammanns.

Kapitel 41

Gott sei Dank sind unsere Taucher nicht wählerisch. Das sieht ja nicht gerade einladend aus."

Auch Jaron konnte sich bei der Vorstellung, dass das Gewässer mit Spritzmitteln in Berührung kommt, Angenehmeres vorstellen. Abgesehen davon, war es jedoch ein idyllischer Ort. Der Wasserlauf lag quer zu den Obstplantagen, die zu beiden Seiten des Laufes verliefen. Rechts und links, entlang der Wettern, stand Schilf. Weit und breit gab es keine Straße, man hörte nur Natur. Ein paar Frösche, Grillen und Insekten. Celia stupste Jaron an und wies in den Himmel.

„Unsere Taucher sollten sich vielleicht ein wenig beeilen. Wenn mich nicht alles täuscht, braut sich da hinten ein ordentliches Gewitter zusammen."

In der Tat türmten sich westlich von ihnen gewaltige Wolken, die alle Farbschattierungen, von grau über lila bis zu tiefem Schwarz, aufwiesen.

„Aber eine kleine Abkühlung wäre nicht schlecht." Thorsten hatte die Worte zwischen Jaron und Celia mitbekommen. Im Verlauf des Tages waren die Temperaturen immer weiter angestiegen. Jetzt lagen sie trotz vorgerückter Stunde immer noch um die 35 Grad. Nachdem die Temperaturen in den vergangenen Wochen nicht mal Frühlingsniveau hatten, war der Kreislauf von vielen Menschen mit dem enormen Temperatursprung überfordert. Man merkte vielen Menschen eine zunehmende Gereiztheit an. Celia fühlte sich lediglich müde und erschöpft. Allerdings waren auch diese Gefühle schnell überwunden, als die zwei

Taucher ihre Vorbereitungen abgeschlossen hatten und endlich ins Wasser stiegen. In angespannter Erwartung stand sie am Geländer einer Brücke über die Wettern. Kurz nachdem die Taucher unter Wasser gegangen waren, tauchten sie auch schon wieder auf. Celia, die hoffte, sie hätten bereits etwas gefunden, wurde enttäuscht.

„Hier unten ist es so trübe, wir sehen absolut nichts. Das wird 'ne Weile dauern. Wir müssen den Grund absieben und fühlen. Alles andere hat keinen Sinn."

Die beiden Taucher im Wasser ließen sich von ihren Kollegen an Land die nötigen Utensilien reichen. Celia drehte sich zu Jaron um und verdrehte die Augen.

„Bitte macht mir Probleme, wo ihr könnt. Ich nehme sie gern."

„Immerhin hast du deinen Humor nicht verloren."

„Jaron, das ist kein Humor. Das ist Zynismus. Und es ist die Vorstufe zu grenzenloser Wut, die ich sicher gleich an dir auslasse, wenn ich mich nicht sehr zusammennehme."

Jaron lachte: „Ach genau, das war die Nummer mit der Liebeserklärung der besonderen Art. Man ist immer zu den Menschen am fiesesten, die einem am nächsten sind. Ich erinnere mich. Aber wenn ich dafür heute Nacht meine versprochene Belohnung bekomme, halte ich das schweigend aus."

„Männer", lautete der Kommentar aus Celias Mund, bevor sie sich gerade rechtzeitig wieder dem Gewässer zuwandte.

„Hier unten ist nichts", lautete die einhellige Meinung der beiden Taucher. In ihrem Fangnetz befanden sich unzählige Gegenstände – aber eine Jacke war nicht dabei. Auch sonst nichts, das mit der Tat an Marlin in Zusammenhang stehen könnte. Celia spürte, wie die Erschöpfung zurückkehrte. Gepaart mit einer gehörigen Portion Frustration.

„Verflucht noch mal. Ich war mir so sicher."

„Dein Gefühl muss ja auch nicht falsch sein." Thorsten versuchte seine Chefin zu trösten.

„Thorsten hat recht, Celia! Was ist, wenn Falk und Mathies sich wirklich abgesprochen haben? Dann brauchte Mathies doch nur zu warten, bis die Leute von der Spurensicherung abgezogen waren, um dann, in Ruhe, die Jacke wieder an Land zu ziehen."

Celia winkte ab. Sie bedankte sich bei den Tauchern. „Jetzt fahre ich zu den Dammanns, hole mir noch einen Frust ab, und dann zu Mona und besaufe mich."

„Gute Idee. Wir kommen mit", stimmten die Männer im Chor zu. „Nix da. Ich besaufe mich allein." Dabei zeigten sich schon wieder neckische Lachfalten in ihrem Gesicht. Celia gehörte nicht zu den Menschen, die gern und lange Trübsal blasen.

Kapitel 42

Hallo, Frau Dammann. Es ist leider etwas später geworden."

Katrin Dammann nahm es kommentarlos hin. Sie führte die drei Beamten ins Wohnzimmer. Dort waren die Türen zur Terrasse weit geöffnet. Das herannahende Gewitter trug eine frische Brise herein. Kaum hatten sie das Wohnzimmer betreten, begann das Gewitter mit einem grellen Blitz, gefolgt von einem heftigen Donner. Die Terrassentüren wurden durch den aufkommenden Sturm weit aufgestoßen. Bevor sie mit Wucht zurückschlagen konnten, reagierten Thorsten und Jaron geistesgegenwärtig.

„Ach, du meine Güte. Das wird wohl eines von der heftigen Sorte." Katrin Dammann hatte den Satz noch nicht ausgesprochen, als der nächste Donner niederkrachte. Celia zuckte zusammen. Wie gebannt beobachteten alle das gewaltige Naturspektakel. Innerhalb kurzer Zeit wurde aus dem Garten ein See. Der ausgetrocknete Boden konnte die Wassermassen nicht aufnehmen. Die Bäume bogen sich weit im Sturm, der das Gewitter begleitete. Es jagte ein Blitz den nächsten und ein Donnerschlag krachte auf den vorherigen. Das Gewitter stand über Jork. Immer, wenn es den Anschein hatte, es würde abziehen, donnerte es genau über ihnen. Mitten in dieses Spektakel mischte sich die Feuersirene. Sie machte die ohnehin spannungsgeladene Situation noch gespenstiger.

Celia erinnerte sich an alte Kriegsfilme. Unbewusst hob sie die Distanz zu Jaron, die sie normalerweise in Beisein anderer wahrte, auf. Jaron griff nach ihrer Hand. Ihn drückte das Wetterschauspiel auch aufs Gemüt. Dann wurden die Beamten durch ein Geräusch im Zimmer abgelenkt. Zunächst vernahmen sie ein leises Wimmern. Bevor sie realisierten, dass es von Katrin Dammann kam, schwoll das Wimmern zu einem haltlosen Schluchzen an. Celia begriff als Erste. Frau Dammann, die ein wenig abseits von den Terrassentüren an der Wand lehnte, hielt die Hände vor ihr Gesicht. Ihr Körper zitterte heftig unter ihren Schluchzern. Celia nahm sie liebevoll in die Arme. Leise und beruhigend flüsterte sie auf sie ein. Offensichtlich traf Celia den richtigen Ton. Katrin Dammann beruhigte sich. Celia führte sie zum Sofa. Jaron gab Thorsten ein Zeichen, mit ihm das Zimmer zu verlassen. Thorsten war nicht undankbar, der Situation entfliehen zu können. Die Emotionen der Frau gingen ihm mehr an die Nieren, als er sich das bisher eingestanden hatte.

Auch die Atmosphäre im Haus wirkte unheimlich. Obwohl beide Beamten das Haus kannten, wirkte alles in der durch das Gewitter verursachten Dunkelheit fremd.

„Ich glaube, wir müssen hier links rein", zeigte Jaron auf eine Tür, die vom Flur abging. Ganz offensichtlich war die Küche sein Ziel.

Jaron machte sich in ihr zu schaffen. Tee, so dachte er, konnte ihnen allen nicht schaden. Vor allem aber Frau Dammann schien ihn nötig zu haben. Jaron war gerade auf der Suche nach Teetassen, als sich die Küchentür öffnete. Thorsten schreckte zusammen. Frau Mathies war über den Anblick der beiden Männer mindestens ebenso erstaunt.

„Hallo, ich wusste nicht, dass Sie hier in der Küche sind. Ich gehe wieder nach oben zu den Kindern. Ich wollte ohnehin nur was zu trinken holen."

Jaron schüttelte abwehrend den Kopf. „Sie brauchen nicht gleich wieder zu flüchten. Sie können mir vielleicht helfen, Teetassen zu finden."

Trude Mathies lächelte. Der Staatsanwalt war ihr sympathisch. Sie belud ein Tablett mit Tassen und stellte Honig und Süßstoff dazu.

„Für uns nicht“, wehrte Jaron ab. „Es ist besser, wenn die Frauen unter sich sind.“

Kommentarlos nahm Trude Mathies zwei Tassen wieder vom Tablett, und deckte stattdessen den Küchentisch mit ihnen.

„Auch gut, dann bekommen Sie Ihren Tee halt hier.“

„Möchten Sie sich nicht zu uns setzen und uns ein wenig Gesellschaft leisten?“

„Nun tun Sie nicht so unschuldig“, lachte Frau Mathies. „Sie haben doch schon angekündigt, dass Sie auch mit mir sprechen wollen. Aber von mir aus können wir das gern hier und jetzt erledigen. Aber ich glaube nicht, dass ich noch was Wichtiges zu sagen habe.“

Jaron lächelte aufmunternd. „Wenn Sie wüssten, was viele wissen, ohne dass es ihnen bewusst ist.“

„Das klingt ja beinahe philosophisch“, schmunzelte Thorsten, der wieder Farbe im Gesicht hatte.

„Ich trage mal den Tee rüber“, bot er sich an, um Jaron und Frau Mathies das Gespräch führen zu lassen.

Das Gewitter hatte sich verzogen. Draußen wurde es wieder hell, und wie auf Kommando fingen die Vögel vor dem Fenster an zu singen. Bis dahin hatte die sprichwörtliche Ruhe vor dem Sturm geherrscht. Aber das war jetzt vorbei. Ein Blick aus dem Küchenfenster zeigte Jaron, dass das Unwetter schwer gewütet hatte. An vielen Bäumen waren Äste abgebrochen. Er machte Frau Mathies darauf aufmerksam.

„Können Sie sich vorstellen, dass ich regelrecht glücklich darüber bin, dass ich mich darum nicht mehr kümmern muss. Dass ich mir darüber keine Sorgen mehr machen muss. Es ist einfach egal, ob es hagelt oder stürmt. Zu viel oder zu wenig regnet. Ab sofort kümmert es mich nur insoweit, als ich meine Kleidung darauf abstimmen muss. Welch eine Wohltat."

„Leiden Sie schon lange unter Ihrem Mann?"

Trude Mathies schaute nachdenklich. Dann zuckte sie die Schultern und schüttelte den Kopf. „Um ehrlich zu sein – ich weiß es nicht. Ich glaube, so was schleicht sich ein. Zuerst ist es ein kleines Unbehagen. Das dauert vielleicht nur einen kurzen Augenblick, dann wird es wieder abgelöst von dem guten Gefühl, das man seinem Partner gegenüber hat. Dann kommt das nächste Unbehagen und dauert schon ein bisschen länger. Und so weiter. Und irgendwann wird aus dem Unbehagen ein mieses Gefühl, aber inzwischen ist man so abgestumpft, dass man es nicht mehr wahrnimmt. Man lebt einfach weiter und kommt gar nicht auf die Idee, dass man die Wahl hat."

Sie zuckte erneut mit den Schultern. Diesmal lag ein wenig Bedauern in der Geste.

„Wissen Sie den Grund für die Veränderung Ihres Mannes?"

Während Trude Mathies noch über die Antwort nachdachte, kehrte Thorsten zurück. Überrascht stellte er fest, dass die Frau an Attraktivität gewonnen hatte. Ihre verkniffen Gesichtszüge waren fast verschwunden. Sie wirkte weicher und freundlicher. In ihren Augen blitzte sogar ein wenig Abenteuerlust auf das neue Leben. Zumindest schien sie keine Angst vor der Herausforderung und den Veränderungen zu haben.

„Gründe gibt es genug. Die Frage ist doch, ob man dem so einfach nachgeben sollte. Der Hof brachte zu wenig ein, die Ernte war jedes Jahr schlecht, egal wie gut sie eigentlich war. Die Versicherungen sind zu teuer, und er zu stolz, um mein Geld anzunehmen. Kein Mensch durfte davon wissen. Ein Altländer lässt sich nicht von seiner Frau finanzieren.

Natürlich bleibt so was nie geheim. Daran war natürlich ich schuld, und an allem anderen waren immer die anderen schuld, im Zweifel das Wetter oder die Regierung oder … Er wurde nicht müde, Schuldige für sein Versagen zu benennen. Nur er selbst, er war nie schuld."

Einen Moment blieb es ruhig in der Küche. Nur die große, an eine Bahnhofsuhr erinnernde Küchenuhr war mit jeder Sekunde hörbar. Das Haus schien in Schlaf verfallen zu sein. Jaron durchbrach die Stille nur ungern. „An dem Tag, als Marlin überfallen wurde, waren Sie da zu Hause, als Ihr Mann dort eintraf?"

Frau Mathies nickte.

„Ist Ihnen etwas an ihm aufgefallen? An der Kleidung? Oder auch an seinem Benehmen?"

Zunächst reagierte Trude Mathies nicht. Offensichtlich war sie bemüht, sich den Abend ins Gedächtnis zu rufen. Völlig überraschend, haute sie mit der flachen Hand auf den Tisch. Beide Männer zuckten zusammen. „Ja klar. Natürlich war er komisch. Aber ich wusste nicht, warum. Aber jetzt weiß ich es. Er war viel zu gut gelaunt. Er war überhaupt nicht erschüttert. Jedenfalls nicht, wenn er glaubte, ich wäre nicht in der Nähe oder ich könnte ihn nicht hören. Mir ist aufgefallen, dass er in der Küche vor sich hingesummt hat. Ja genau. Mir ist es aufgefallen und doch wieder nicht aufgefallen. Vielleicht, weil es zu ihm und seinem Verhalten in der letzten Zeit passte. Er war nicht nachvollziehbar. Er hatte Launen und reagierte wütend auf Sachen, bei denen andere gelacht hätten. Und andersherum blieb er gänzlich unberührt in Situationen, die andere aus den Schuhen geworfen hätten."

Die beiden Männer horchten auf.

„Was für ein Verhalten wäre denn früher für ihn üblich gewesen?" Jaron suchte nach einem Eindruck über den Rolf Mathies der Vergangenheit. Was er heute zu sehen bekam, gefiel ihm nicht. Aber vielleicht war das einmal anders. Seine Überlegungen wurden durch die nächsten Worte der Frau bestätigt.

„Früher wäre so was nie vorgekommen. Sie können sich das überhaupt nicht vorstellen. Aber Rolf war mal der mitfühlendste Mensch, den man sich überhaupt vorstellen kann.“

Sie machte eine Pause. Als Jaron eine neue Frage stellen wollte, winkte sie ab.

„Ich weiß, Sie vermuten, er könnte etwas mit dem Überfall auf Marlin zu tun haben. Aber das ist absurd. Gerade mit den Kindern war er immer ganz närrisch. Er könnte keinem der Kinder etwas antun. Er hat erlebt, wie sie aufgewachsen sind, er war wie ein Onkel für die Kinder. Kein Weihnachten, an dem sie kein Geschenk von ihm bekommen hätten. Da musste ich mich nicht drum kümmern.“

Jaron und Thorsten verkniffen sich einen Kommentar. Obwohl sie daran zweifelten, dass dies auch heute noch Gültigkeit hatte.

„Was trug Ihr Mann an dem Abend?“

„Was soll er schon getragen haben? Außer zu Hochzeiten oder zum Schützenfest, na ja, und zur Beerdigung, sehe ich den Mann seit Jahren immer in den gleichen Arbeitsklamotten.“

Thorsten forderte sie auf, die Arbeitskleidung genauer zu beschreiben.

„Gott, er trägt eine Arbeitshose und darüber zumeist karierte Baumwollhemden. Die haben Sie doch auch schon an ihm gesehen. Dazu Gummistiefel bei Regenwetter und ansonsten Arbeitsschuhe. Die schwarzen mit Sicherheitskappe.“

„Trägt Ihr Mann auch eine Regenjacke zu den Gummistiefeln, ich meine bei Regen?“

Trude Mathies schüttelte irritiert den Kopf: „Klar, was sonst. Wie soll er sich sonst schützen, wenn so ein Mistwetter wie in den letzten Wochen ist."

„Wie sieht die Jacke aus?"

„Grün, so ein hässliches graugrün. Fast wie die Hose. Aber nur fast. Es beißt sich immer, wenn er die Sachen trägt. Und da er nichts anderes trägt, beißt es sich immer." Jetzt klang die Frau sarkastisch.

„Haben Sie die Jacke in den letzten Tagen gesehen?"

Sie verneinte. Der Grund klang plausibel. Sie wurde im alten Stall, direkt neben ihrem Wohnhaus, aufbewahrt. Da sie kein Vieh hatten, fungierte der Stall zur Aufbewahrung all der Sachen, die man im Haus nicht gebrauchen konnte oder aber nicht mehr haben wollte. Auch als Abstellraum für die Kleidung, die draußen bei der Arbeit getragen wurde. Die Erntehelfer ließen ihre Kleidung ebenfalls dort. Da Frau Mathies nichts mit dem Hof zu tun hatte, hielt sie sich auch selten in diesem Stall auf.

Thorsten wollte die Befragung beenden, doch Jaron fiel ihm ins Wort. „Aus was für einem Material ist die Arbeitshose Ihres Mannes? Sie haben eben gesagt, sie sei grün."

„Ich nehme an, es ist Baumwolle. Aber ich bin mir nicht sicher, aus welchem Material die Bundeswehr ihre Hosen schneidert."

„Ihr Mann trägt Bundeswehrhosen?" Thorsten Brandt klang beinahe ein wenig ungläubig.

„Ja, warum nicht? Nur, weil er nicht gedient hat, kann er doch die Hosen tragen. Sie sind nicht hübsch, aber praktisch."

„Darum geht es uns weniger. Es ist nicht die Frage der Einstellung, die uns stört", klärte Jaron sie auf. „Auf dem Dach des Apfellagers, an der Dachluke, um genau zu sein, haben wir Reste eines Stoffes gefunden. Und es ist relativ wahrscheinlich, dass sie von der Hose des Täters stammen, der den Hund ins Lager geworfen hat. Und dieser Stoffrest stammt von einer Baumwollhose, die bei der Bundeswehr getragen wird."

„Oh Gott!"

Trude Mathies schlug die Hände auf den Mund.

„Aber, aber", stammelte sie fassungslos, „das muss nichts heißen. Viele Bauern tragen diese Hosen, weil sie so praktisch sind. Das kann jeder gewesen sein."

Trude Mathies klammerte sich an jeden Strohhalm, den sie finden konnte.

„Ich habe den Mann verlassen, weil ich es unerträglich finde, weiterhin mit ihm zusammenzubleiben. Und ich bin unglücklich über die Art und Weise, wie er sich in den letzten Jahren verändert hat. Aber als Mörder? Als der Hund ein Welpe war, hat er mit ihm gespielt. Er kannte den Hund seit Jahren. Und dass er Marlin was getan haben soll …"

Jaron wusste, wie schwer es Menschen oft fiel, sich der Tatsache stellen zu müssen, dass sie sich in einem nahen Verwandten oder Freund geirrt hatten. Erneut schüttelte Trude Mathies entschieden den Kopf.

„Haben Sie Beweise gegen meinen Mann?"

Jaron verneinte: „Haben wir bisher nicht. Wir haben eine Aussage von einer Frau, die einen Mann auf dem Hof der Dammanns gesehen hat, der der Beschreibung nach Ihr Mann gewesen sein könnte. Dazu kommt das Verhalten Ihres Mannes und sein mehr als dünnes Alibi für den gestrigen Abend."

Frau Mathies blieb ungläubig.

Kapitel 43

Celia stieß auf weit weniger Widerstand, als sie ihren Verdacht formulierte. Es dauerte jedoch eine Weile, bis sie zu diesem Thema vordringen konnten. Frau Dammann zu beruhigen, bei der die gesamte Belastung der letzten Tage an die Oberfläche gespült worden war, nahm die erste Zeit des Gesprächs ein. Die Einlieferung ihres Mannes ins Krankenhaus hatte ihr den Rest gegeben. Zu sehr waren ihre Kräfte durch die vorangegangene Zeit, in der sie sich emotional von ihrem Mann verlassen fühlte, angeschlagen.

„Sie können mir glauben, ich liebe meinen Mann wirklich sehr. Ich möchte ihn nicht gegen einen anderen eintauschen. Aber es ändert nichts an der Tatsache, dass ich mitunter das Gefühl habe, nicht drei, sondern vier Kinder zu haben."

Celia freute sich, dass die Lebensgeister der Frau zurückkehrten und mit ihnen ihr Humor. Sie wusste zu gut, dass sie ihn in der nächsten Zeit brauchen würde. Nichts half in schweren Zeiten mehr als ein wenig Humor.

„Ich weiß, dass inzwischen eine Menge passiert ist. Ich muss Sie dennoch bitten, noch einmal den Abend des Überfalls auf Ihre Tochter Revue passieren zu lassen. Möglich, dass durch das eigenmächtige Eingreifen unseres Kollegen einige Fakten verfälscht wurden." Katrin kommentierte weder die Anspielung auf Falk noch die Versäumnisse der Polizeiarbeit.

„Haben Sie Herrn Mathies' Kleidung an besagtem Tag in Erinnerung? Er war doch bei Ihnen, um Sie über den Überfall auf Ihre Tochter zu informieren?"

In die nachdenkliche Stille platzte Thorsten mit dem Tee. Ohne Worte stellte er den Tee auf den vor den Frauen stehenden Tisch und verließ den Raum. Frau Dammann schien es nicht einmal wahrzunehmen. Sie griff nach der Teetasse, die Celia gefüllt hatte, und legte ihre Hände darum, als wolle sie sie daran wärmen. „Sie haben recht", brach sie das Schweigen, „es ist nicht leicht, mich daran zu erinnern. Ich meine, er trug seine Arbeitshose und eines seiner karierten Hemden. Aber das muss nicht stimmen. Vielleicht glaube ich das nur, weil er immer so herumläuft."

„Können Sie sich erinnern, ob er eine Jacke über dem Hemd trug?"

Wieder dachte Katrin Dammann vor der Antwort gründlich nach. Diesmal klang sie jedoch sicherer.

„Ja ich erinnere mich recht genau. Er trug keine Jacke. Ich weiß noch, dass ich mich darüber gewundert habe, aber dann dachte ich, er hätte sie vielleicht bei Marlin gelassen. Um sie zu wärmen oder etwas in der Art."

„Na, das ist doch schon eine sehr konkrete Erinnerung", lobte Celia. Aber sie wollte mehr wissen.

„Aus dem Einsatzbericht meiner Kollegen weiß ich, dass diese etwa um 18.30 Uhr am Tatort waren. Ungefähr zur gleichen Zeit ist Mathies von dort weggegangen, um Sie zu informieren. Können Sie mir sagen, wann er genau bei Ihnen angekommen ist?"

Die Antwort verschlug Celia beinahe die Sprache. Sie pfiff leise durch die Zähne. Es stellte sich heraus, dass Mathies beinahe eine halbe Stunde gebraucht hatte, um die Mutter zu benachrichtigen. Sie konnte sich so gut erinnern, weil eine Kindersendung gerade zu Ende gegangen war, die sie mit ihrem Jüngsten gesehen hatte, als es an der Haustür läutete. Mathies hatte also genug Zeit, zu Hause die Kleidung zu wechseln. Blieb nur noch die Frage, aus welcher Richtung er kam, als er auf Kurt Dammann stieß.

Eine Frage, die Frau Dammann nicht beantworten konnte.

„Mir erscheint das alles absurd. Ich behaupte nicht, dass ich Rolf besonders mag. Im Gegensatz zu meinem Mann empfand ich ihn auch früher schon als ungehobelt. Ich hätte sicher keine vertraulichen Gespräche mit ihm geführt. Trotzdem kann ich ihn mir nicht als Täter vorstellen. Nicht bei unserer Tochter – und auch nicht bei dem Hund. Niemals."

„Wir können es nicht mit Gewissheit sagen. Bisher haben wir nur Vermutungen. Die Umstände sprechen gegen ihn. Aber Beweise haben wir nicht."

Frau Dammann konnte die Erleichterung darüber nicht verbergen. Es ließ ihr die Hoffnung, sich nicht gänzlich in einem Menschen geirrt zu haben. Immerhin war er über Jahre ein fester Bestandteil ihres Lebens gewesen. Jemanden unsympathisch zu finden, war eine Sache. Eine ganz andere war es jedoch, sich diesen Menschen als denjenigen vorzustellen, der der eigenen Tochter absichtlich schlimmste Verletzungen zugefügt hatte. Celia erhob sich. Sie wollte noch ein paar Worte mit Frau Mathies wechseln.

Katrin Dammann begleitete Celia in die Küche, wollte sich dann aber zurückziehen.

„Wegen mir brauchen Sie nicht zu gehen. Die Fragen, die ich Frau Mathies stellen möchte, kann ich auch in Ihrer Gegenwart stellen. Es sei denn, Frau Mathies möchte das Gespräch lieber mit mir allein führen." Trude Mathies lächelte freundlich und offen: „Die Zeit der Geheimnisse sind ja, Gott sei Dank, vorbei. Mir macht es nichts aus, wenn du hier bist, Katrin."

Katrin winkte müde ab, lächelte aber ebenfalls.

„Es tut mir leid, Frau Mathies, aber ich muss Ihnen noch ein paar Fragen stellen. Kann sein, dass meine Kollegen die Fragen schon gestellt haben, aber wir müssen alle Details noch einmal genau prüfen."

Es entstand eine kurze Pause, in der Celia sich zu sammeln schien. Alle Augen waren auf sie gerichtet. Sie fuhr sich mit den Fingern durch die lockigen Haare. Da in der Küche nicht für alle Sitzgelegenheiten vorhanden waren, lehnte Celia sich mit dem Rücken gegen die Spülmaschine. Sie hatte beide Frauen im Blick. Ohne Absicht. Sie bemerkte es erst, als sie die erste Frage an Trude Mathies richtete. Wie die Männer vor ihr, versuchte sie die Frage der Kleidung zu erörtern. Obwohl Trude Mathies die Fragen bereits beantwortet hatte, gab sie Celia bereitwillig noch einmal Auskunft. „Was hat Ihr Mann Ihnen denn eigentlich darüber erzählt, wie sie Marlin gefunden haben?" Die Frage war neu.

„Er hat Kurt zufällig im Hof getroffen, als beide ihre verregneten Kirschen begutachtet haben. Dann sind sie ein Stück gemeinsam gegangen, bis ihnen unter einem der Bäume etwas aufgefallen ist. Das war Marlin."

Die Stimme war eine Mischung aus Frage und Vorwurf. Celia konnte die Regung der Frau verstehen, machte dennoch unbeirrt weiter.

„Hat Ihr Mann erwähnt, wo sie sich getroffen haben und aus welcher Richtung er gekommen ist?"

Trude Mathies schüttelte zwar den Kopf, wollte aber nicht vorschnell antworten. Dann atmete sie hörbar aus und schüttelte abschließend erneut den Kopf.

„Alles, was ich weiß, ist, dass Kurt Rolf von hinten angesprochen hat. Aber ich könnte noch nicht mal sagen, an welcher Stelle genau Marlin gelegen hat oder aus welcher Richtung mein Mann gekommen ist."

Abrupt wandte sich Celia an Thorsten. „So, nun ist genug. Du fährst bitte jetzt noch ins Krankenhaus und stellst genau diese Frage Kurt Dammann."

„Das geht doch am Telefon viel schneller."

Jaron wollte Zeit sparen. Celia zögerte kurz, bevor sie zustimmte.

„Okay, du sprichst mit Dammann am Telefon und du, Thorsten, darfst es noch einmal bei Mathies probieren."

„Kannst du das nicht lieber selbst machen?"

Thorsten Brandt behagte die Vorstellung nicht, erneut mit Rolf Mathies zusammenzutreffen. Celia brauchte nichts zu sagen. Er konnte die Antwort von ihrem Gesicht ablesen.

„Ich will genau wissen, wo die beiden sich getroffen haben. Vielleicht lässt du dir eine Skizze anfertigen. Und vor allem möchte ich wissen, wer aus welcher Richtung kam, und in welche sie gegangen sind. Mir wird ganz schlecht, wenn ich darüber nachdenke, dass dies die ersten Fragen an einem Tatort sind."

„Das ist aber ja nun nicht deine Schuld", versuchte Jaron Celia zu beruhigen.

„Nein, nicht an der Stelle. Aber bei allem, was danach gekommen ist, habe ich genauso gepennt. Und das hätte mir nicht passieren dürfen."

Celia ließ sich nicht beruhigen.

Kapitel 44

Mathies' Hof lag im Dunkeln. Kein Scheinwerfer erhellte den weitläufigen Hof. Nicht einmal die Haustür war beleuchtet. Über das Gespräch bei Frau Dammann war es spät geworden. Es war schon fast 22 Uhr. Gleichwohl erschienen Haus und Hof verlassen. Als sich Thorsten an die Dunkelheit gewöhnt hatte, fiel sein Blick auf das Nebengebäude. Nach der Beschreibung musste es sich um den Stall handeln. Er zögerte nur einen Augenblick, dann ging er zielstrebig am Haus vorbei zum Stall.

„Wollen doch mal sehen, wie viele Regenjacken ich finden kann."

Einen Augenblick verharrte er an der Stalltür und lauschte in die Dunkelheit. Doch nichts rührte sich.

„Entweder ist er sich einen neuen Kater ansaufen, oder er schläft den alten aus. Aber mir soll es recht sein."

Mit sich selbst zu reden, hatte ihm schon als Kind den Weg in den Keller erleichtert. Auch heute verfehlte es seine Wirkung nicht. Dennoch konnte er ein Erschauern nicht unterdrücken, als sich die Stalltür mit lautem Quietschen öffnete, nachdem er den Riegel zur Seite geschoben hatte. Es war ein alter Stall. Die Tür war es auch. Durch die Jahre und die Witterung war sie verzogen. Im Stall war es noch dunkler als draußen. Thorsten fluchte. Ohne Taschenlampe musste er wohl oder übel nach einem Lichtschalter suchen. Dabei lief er Gefahr, sich durch den Lichtschein zu verraten. Ihm war mulmig. Umso erleichterter fühlte er sich, als er endlich einen Lichtschalter ertastete. Die Lampe spendete ein bescheidenes Licht. Es hinderte ihn nicht daran festzustellen, dass der Stall sich in keiner Weise von dem unterschied, was er bereits im Wohnhaus gesehen hatte. Ordnung war nicht die Stärke der Familie. Im Stall herrschte sogar ein noch größeres Chaos. Thorsten blieb bei der Stalltür stehen, die er hinter sich zugezogen hatte. Langsam erkannte er eine gewisse Struktur in der Unordnung. Zu seiner Rechten befanden sich in die Wand eingelassene, steinerne Tröge. Es handelte sich offensichtlich um den ehemaligen Schweinestall. Tiere gab es schon lange nicht mehr auf dem Hof. Mathies' nutzten den Raum, um dort das zu lagern, was andere zum Sperrmüll stellten. Thorsten war ein Fan alter Möbel. Gern kaufte er Sachen auf dem Trödel. Aber nichts, was er hier sah, hätte man gebrauchen können. Er ließ seinen Blick zur gegenüberliegenden Seite wandern.

„Na, immerhin sind die Chaosflächen nach Themenbereichen getrennt."

Auf der linken Seite wurden Gartengeräte gelagert. Alles lag unsortiert durcheinander. „Unglaublich. Kein Wunder, dass der Mann pleite ist."

Er ging langsam in den Stall hinein. Der Schein der Lampe reichte nicht in den hinteren Teil des Stalls. So konnte er von der Tür aus nicht erkennen, was sich dort befand. „Da haben wir sie ja", murmelte er erfreut. Jemand hatte ein Holzbrett mit Haken angebracht. An diesem hingen zahlreiche Regenjacken. Unter dem Regal standen aufgereiht, ebenso zahlreich, Gummistiefel. Daneben ein Korb mit Arbeitshandschuhen. Es drängte sich der Gedanke auf, dass dies das Werk der Ernthelfer war. So viel Ordnungssinn passte nicht zu Rolf Mathies. Da seine Frau den Stall nicht betrat, schied sie als Verursacherin für die Ordnung ebenfalls aus. Thorsten streckte den Arm nach einer grünen Regenjacke aus. Es gab Jacken in allen möglichen Farbgebungen. Aber Frau Mathies hatte ausgesagt, dass ihr Mann immer eine grüne Regenjacke trug. Das machte es ein wenig leichter. Als er nach einer griff, hörte er ein Geräusch. Blitzschnell drehte er sich um. Zu spät. Das Licht ging aus, die Tür knallte zu.

„Hey, was soll das. Machen Sie die Tür wieder auf."

Von draußen vernahm er höhnisches Gelächter.

„Hast wohl gedacht, du könntest dich einfach bedienen. Aber von mir kriegt keiner was."

„Herr Mathies, ich bin's, Thorsten Brandt von der Kripo, machen Sie die Tür auf."

„Da könnte ja jeder kommen. Du bleibst, wo du bist." Thorsten hörte, wie sich Schritte entfernten. Nun war ihm nicht mehr mulmig – er war wütend.

„Dieser Typ geht mir so gegen den Strich. Ich fasse es einfach nicht."

Entnervt griff er nach seinem Handy.

Obwohl sie im Laufschritt zum Nachbarhof eilten, blieb Jaron Zeit, die Sportlichkeit seiner Freundin zu bewundern. Auch wenn er sich für gut trainiert hielt – Celia stand ihm in nichts nach.

Sie brauchten einen Moment, um sich auf dem Hof zu orientieren.

„Hier." Celia hatte die Tür zum Stall entdeckt. „So eine verdammte Scheiße."

Jaron schaute genauer hin, um zu erkennen, was Celia zu dem Kraftausdruck verleitet hatte. Es war ein dickes Vorhängeschloss. Er schaute sich nach Werkzeug um, das zum Aufbrechen geeignet war. Er konnte nichts finden. Celia wandte sich zur Tür.

„Thorsten, du musst dich noch einen Augenblick gedulden. Ich hole Mathies mit dem Schlüssel."

Thorsten stöhnte. Ihm war unwohl. Er hatte ein schlechtes Gewissen, weil er eigenmächtig gehandelt hatte.

Celia hatte jede Rücksicht abgelegt und hämmerte mit

einer Hand gegen die Tür, während sie mit der anderen fest auf den Klingelknopf drückte.

„Herr Mathies, öffnen Sie die Tür! Kripo!“

Jaron konnte einen Lacher nicht unterdrücken. Endlich waren Schlüsselgeräusche im Schloss zu vernehmen. Celia atmete auf. Für einen Moment hatte sie befürchtet, Mathies wäre ihnen durch die Lappen gegangen. Celia hatte fest damit gerechnet, erneut einen angetrunkenen, verschlafenen Mathies vorzufinden. Doch beim Öffnen der Tür stelle sie fest, dass sie sich geirrt hatte. Er war nüchtern und hellwach.

„Öffnen Sie sofort den Stall und lassen Sie meinen Kollegen frei!“

Mathies tat unschuldig. „Ihr Kollege? Ich dachte, das wäre ein Einbrecher. Die treiben sich hier in letzter Zeit immer wieder rum.“

„Und warum haben Sie nicht die Polizei gerufen?“ Mathies grinste hämisch.

„Wollte ich gerade. Aber da musste ich ja zur Tür, um zu verhindern, dass sie aufgebrochen wird.“

Zum Beweis hielt er triumphierend das Telefon hoch. Celia drehte sich wortlos zur Seite. Mit dem rechten Arm wies sie auf den Stall. Provozierend langsam machte Mathies sich auf den Weg. Auf halber Strecke blieb er stehen – schlug sich gegen die Stirn: „So was Dummes. Jetzt habe ich doch glatt den Schlüssel vergessen.“

Weder Jaron noch Celia blieb die Provokation verborgen. Celia ließ sich nicht aus der Ruhe bringen. „Das ist wirklich dumm. Aber wir haben Zeit. Wir Bullen arbeiten zur Not auch in der Nacht. Und daher macht es uns nichts aus, jetzt auf den Schlüssel zu warten, und die eigentliche Befragung dann später durchzuführen. Was denkst du, Jaron?“

„Klar, Zeit spielt keine Rolle.“

Celia nickte bekräftigend.

„Thorsten, es dauert noch ein kleines Momentchen. Herr Mathies hat leider den Schlüssel im Haus vergessen." Dann winkte sie Jaron mit dem Kopf zur Seite.

„Hier ist eine Tüte. Wenn der Mann mit seinem Schlüssel anrückt und die Tür aufgemacht hat, dann sammelst du alle Regenjacken ein, die du finden kannst. Ich werde den Mann, gemeinsam mit Thorsten, ins Haus begleiten, damit er uns nicht abhaut. Bring du die Regenjacken ins Auto, damit wir sie Richie morgen zur Überprüfung geben können. Es macht ja keinen Sinn, ihn jetzt noch aus dem Bett zu holen."

„Du kannst die Regenjacken nicht einfach mitnehmen. Du hast keinen Durchsuchungsbeschluss. Du brauchst die Einwilligung von Mathies."

„Herr Staatsanwalt", scherzte Celia. „Selbstverständlich hole ich mir die Genehmigung von ihm."

„Und wenn er sie verweigert?"

„Macht er nicht, wetten. Und wenn, bleibe ich hier auf dem Hof sitzen, bis wir einen Durchsuchungsbeschluss haben. Das kannst du mir glauben."

„Du bist eine Marke. Tut mir leid, dass ich dich belehrt habe."

Celia nahm es gelassen.

Kapitel 45

Jarons Bedenken zerstreuten sich schnell. Rolf Mathies zeigte sich ungewöhnlich kooperativ. Er hatte, wie Celia bereits vermutet hatte, keine Einwände, die Beamten die Regenjacken mitnehmen zu lassen. Auch im Gespräch gab er bereitwillig Auskunft. Obwohl sie es vorausgesagt hatte, fühlte sie sich irritiert.

„Wenn ich Mathies' Worte recht verstehe, dann kam Dammann aus dem Hof, war also vor ihm dort. Und die Aussage, dass er sich erst den ganzen Dreck von den Klamotten waschen wollte, bevor er Frau Dammann gegenübertritt, klingt plausibel."

Celia und Jaron standen in der Auffahrt ihres Haus. „Was hat Dammann denn zu dir gesagt?"

„Tja, da liegt der Hund begraben! Er stellt es genau andersherum dar."

Nachdenklich öffnete Celia die Tür ihres Wagens und stieg aus. Es war fast Mitternacht. Aber an Schlaf war nicht zu denken. In Celia arbeitete es. Jaron, der ebenfalls ausgestiegen war, schloss die Haustür auf. Er ließ Celia eintreten. Sie nickte ihm kurz zu und steuerte die Küche an. Sie setzte den Wasserkocher in Betrieb. Nachdenken konnte sie am besten bei einer Tasse Tee. Jaron beobachtete sie. Celia blickte auf, und für einen Augenblick vergaß sie, was sie eigentlich beschäftigte. „Mir geht Mathies' Aussage nicht aus dem Kopf."

„Erklär mir, was dich irritiert", forderte er.

Celia drehte sich um und lächelte: „Ich liebe dich."

Jaron schaute verdutzt: „Das hast du noch nie gesagt!"

Er konnte seine Überraschung nicht verbergen. Celia stellte einen Stuhl vor seinen, beide die Rückenlehnen vor sich, und fasste seine daraufliegenden Hände. „Weiß ich. Du bist mit Abstand das Beste, was mir in den letzten Jahren passiert ist."

Jaron löste seine Hände und umschloss stattdessen ihr Gesicht mit ihnen.

„Du hast keine Ahnung, was das für mich bedeutet. Mir ist es vorgestern aufgefallen. Als du zur Razzia unterwegs warst, und ich nicht wusste, was euch erwarten würde. Ich hatte allerdings nicht so viel Mut, es dir zu sagen. Ich hatte Angst, du würdest es vielleicht nicht so stark empfinden."

Er machte eine kleine Pause und verbesserte sich. „Quatsch. Ich hatte Angst vor meinen Gefühlen."

„Und jetzt hast du keine Angst mehr?"

„Nein, jetzt nicht mehr. Ich liebe dich Celia. Ich liebe dich so sehr, dass ich den ganzen Tag an dich denken muss. Und das ist mir nicht mehr passiert, seit ich zum ersten Mal verliebt war. Mit 15 in meine Lehrerin."

„Wie nett", lachte Celia.

Jaron zog ihr Gesicht näher an seines und küsste sie in einer Mischung aus Leidenschaft und Zärtlichkeit. Celia gab sich dem Kuss gern hin. Diesmal war es Jaron, der ihn beendete. Er räusperte sich.

„Lass uns schnell den Fall hinter uns bringen. Dann haben wir Zeit für etwas weit Netteres."

„An was hast du gedacht?", feixte Celia.

„Na, mal sehen. Aber jetzt will ich wissen, was du eben über Mathies und Dammann gedacht hast."

Celia stand auf, um ihre Gedanken in geordnete Bahnen zu lenken. Während sie den Tee fertig zubereitete, versuchte sie das Unbehagen von vorhin zu erklären. „Stell dir mal vor, Mathies' Aussage wäre richtig." Mehr brauchte Celia nicht zu sagen.

Jaron pfiff leise durch die Zähne. „Du meinst, wir haben noch jemanden außer Acht gelassen."

Celia nickte. „Haben wir. Rein theoretisch hatte er in allen drei Fällen die Möglichkeit, die Tat zu begehen."

Jaron nickte. „Für wie wahrscheinlich hältst du es? Wer verletzt schon sein eigenes Kind?"

„Jaron, wie viele Fälle kennst du, in denen Väter ihre Kinder sexuell missbraucht haben?"

„Das beantwortet nicht meine Frage. Für wie wahrscheinlich hältst du es?"

Diesmal schüttelte sie den Kopf: „Ich weiß es nicht, um ehrlich zu sein. Eher für unwahrscheinlich. Er macht auf mich nicht den Eindruck."

„Die Aussage ist so schlecht wie meine. Wie viele Täter vermitteln einem den Eindruck, dass sie genau das sind?"

Celia musste ihm zustimmen. „Frau Dammann und Frau Mathies haben ihm für die Tatzeit, als der Hund umgebracht wurde, ein Alibi gegeben."

Jaron nickte: „Heißt aber nichts. Wir haben nicht gefragt, ob er die beiden Frauen zwischendurch vielleicht allein gelassen hat."

Celia war weiterhin skeptisch. „Frau Fendrich hat ihn auch nicht erkannt. Der Mann, der am Auto gearbeitet hat, war sicher nicht Dammann."

„Glaubt sie, oder weiß sie es? Im Übrigen, wenn du die ganze Zeit Argumente für Dammanns Unschuld bringst, warum hast du eine mögliche Schuld zum Thema gemacht?"

Celia zuckte ratlos mit den Schultern. „Weiß nicht. Mir sind Zweifel gekommen, als Mathies uns ohne Problem die Regenjacken mitgegeben hat und anscheinend auch kein Problem mit unseren Fragen hatte. Und natürlich auch, weil die Aussagen der beiden sich komplett widersprechen."

Jaron und Celia kamen überein, dass sie die Alibis von Kurt Dammann noch einmal genauer unter die Lupe nehmen, aber vor allem die Untersuchung der Regenjacken abwarten wollten. Bei seinem Gespräch mit Kurt Dammann hatte Jaron erfahren, dass dieser am kommenden Tag aus dem Krankenhaus entlassen würde. Sie würden ihm zu Hause einen Besuch abstatten. Mit dieser Aussicht konnte Celia den Arbeitstag beschließen, nicht aber einschlafen. Dafür war der Tag zu anstrengend, und sie zu aufgedreht. Sie musste nicht viel Überzeugungsarbeit leisten, um mit Jaron fortzusetzen, was sie in der Küche unterbrochen hatten.

Kapitel 46

Die Müdigkeit, die sie in der Nacht nicht gespürt hatte, machte sich am nächsten Morgen bemerkbar. Nur der Kaffeeduft, der bereits durchs Haus zog, hielt sie davon ab, kurzen Prozess mit dem Wecker zu machen. Sie schloss noch einmal genüsslich die Augen, bis Jaron vor Celias Bett auftauchte mit frisch gebrühten Kaffee, nett auf einem Tablett drapiert. Sogar eine Rose fehlte nicht. Nachdem sie sich aufgesetzt hatte, stellte er das Tablett auf Celias Beine. Er schlüpfte auf der anderen Seite des Bettes unter die Decke. Zufrieden tranken sie ihren Kaffee, sich der Nähe des anderen deutlich bewusst. Celia stellte die leere Tasse auf das Tablett, bevor sie es neben das Bett auf den Boden stellte. Sie beugte sich zu Jaron. „Meinst du, wir haben noch ein wenig Zeit?", flüsterte sie. Sie hatten!

Dennoch waren sie vor den anderen im Büro. Jaron hatte sich nicht davon abbringen lassen, weiterhin mitzuarbeiten. „Ich würde sowieso den ganzen Tag an nichts anderes denken. Da kann ich auch gleich mitkommen", lautete seine Begründung. Celia ließ es gelten.

Ihre erste Amthandlung an diesem Tag bestand darin, die Regenjacken zur Spurensicherung zu schicken. Das Wort „sofort" auf der Anweisung war mehrfach dick unterstrichen. Es brachte Celia eine Rüge ein.

„Meinen Kindern, wenn ich welche hätte, würde ich beibringen das Wort bitte anzufügen. Das hat dann wenigstens einen Hauch von Anstand." Aber Richie war nicht nachtragend. Er beeilte sich mit der Auswertung der Jacken. Währenddessen telefonierte Celia mit Frau Dammann. Sie erfuhr, dass sie ihren Mann abholen wollte, um dann mit ihm weiter zu Marlin ins Krankenhaus zu fahren. „Wenn alles weiter so gut verheilt, kann sie diese Woche aus der Klinik. Dann hätte ich sie endlich wieder alle zu Hause."

Celia wollte die unverhohlene Vorfreude der Frau nicht trüben. Dennoch lag ihr eine Warnung auf der Zunge. Sie unterdrückte sie. Stattdessen bat sie das Ehepaar ins Präsidium zu kommen, noch bevor sie zu ihrer Tochter weiterfuhren. Wenn die Frau das Ansinnen erstaunte, ließ sie es sich nicht anmerken. Sie sagte ihr Kommen zu.

„Was hältst du von einer Gegenüberstellung mit Frau Fendrich?"

„Wen? Dammann oder Mathies?"

„Dammann! Den haben wir doch gleich hier. Und wenn wir die Fendrich jetzt schnell holen, könnten wir sehen, ob sie den Mann wiedererkennt."

„Stimmt. Aber ich glaube es einfach nicht." Jaron blieb bei seinem Eindruck.

Obwohl Celia genauso empfand, wollte sie sich keine weitere Nachlässigkeit nachsagen lassen. „Frau Fendrich kennt dich und hat ganz gut auf dich reagiert. Wenn Thorsten kommt, fährst du mit ihm hin, um sie zu holen?"

„Tja so bin ich, meinem Charme kann keine Frau so schnell widerstehen", witzelte er mit Anspielung auf den Morgen.

Über Celias Gesicht huschte ein verschmitztes Lächeln. Thorsten erschien zum Dienst: „Gott, was seid ihr früh!" Die Anwesenheit Jarons schien für ihn schon selbstverständlich.

Celia hatte keine Zeit für Geplänkel. Sie wies Thorsten in ihre Gedankengänge des gestrigen Abends ein. „Seht also zu, dass ihr Frau Fendrich, ohne sie zu sehr zu verwirren, hierher bekommt. Und dann müssen wir mal sehen, wie sie auf Dammann reagiert", beendete sie ihre Ausführungen.

Thorsten war noch nicht zufrieden: „Glaubst du im Ernst, dass Dammann seiner eigenen Tochter etwas angetan haben könnte? Ich meine, schau dir die Familie an, die ist doch so, wie man sie sich in den schönsten Fantasien immer erträumt. So möchte man selbst mal leben."

„Na, gut zu wissen, wie du dir deine Zukunft vorstellst. Ich kann es mir im Grunde auch nicht vorstellen. Aber auf der anderen Seite, wie heißt es so schön: Ich hab schon Pferde vor der Apotheke kotzen sehen. Du kannst in die Leute nicht hineinschauen. Und vielleicht gefiel Dammann sein Leben nicht ganz so gut, wie du glaubst. Wer weiß. Wir vergeben uns schließlich nichts."

Allein im Büro, öffnete Celia die Fenster, in der Hoffnung auf ein wenig frische Luft. Es war jedoch schon zu spät. Nach dem Gewitter war die Hitze zurückgekehrt. Nun zusätzlich mit viel Feuchtigkeit angereichert. Celia schloss die Fenster wieder. Die schwüle Luft machte ihr Probleme. Leises dumpfes Pochen machte sich an den Schläfen bemerkbar. Sie rief Richie an. „Hey, ich bin's, Celia. Tut mir leid wegen heute Morgen."

„Schon vergessen."

Er nahm kein Blatt vor den Mund, wenn ihm etwas missfiel, aber er ritt nicht darauf herum.

„Hast du schon was für uns?"

Richie prustete in den Hörer. „Ich bitte dich. Du weißt doch, wie viele Jacken du uns gebracht hast. Und du weißt, dass ich nur einen Mann habe. Und der kümmert sich derweil um alles, was wegen deines Falls liegen bleibt."

Celia legte den Hörer auf. Nachdenklich griff sie zu den Protokollen. „Dammann kann es eigentlich überhaupt nicht gewesen sein", murmelte sie vor sich hin. Konzentriert suchte sie nach Spielräumen, die es Dammann ermöglicht haben könnten, die Taten zu begehen. Sie fand keine. Es erleichterte sie. Sie mochte Familie Dammann. Als hätte sie das Ehepaar durch ihre Gedanken angelockt, klopften sie in diesem Moment. Kurt Dammanns Zustand war deutlich besser. Seiner Frau war die Erleichterung, ihren Mann zurückzuhaben, anzumerken. Sie strahlte beinahe fröhlich. Celia bot ihnen Kaffee und einen Sitzplatz an. Beides nahmen sie dankend an. Nach ein wenig Geplänkel kam Celia auf den Kern. „Wir haben ein Problem. Mein Kollege hat gestern mit Ihrem Freund Mathies gesprochen. Der behauptet, dass Sie aus dem Hof kamen, als sie sich begegneten. Sie dagegen behaupten genau das Gegenteil."

Das Gesicht der Frau spiegelte Entsetzen, als sie die Bedeutung der Worte realisierte.

„Sie verdächtigen nicht ernsthaft meinen Mann, seiner eigenen Tochter so etwas angetan zu haben?"

Herr Dammann legte beruhigend seine Hände auf ihren. „Schon gut, Katrin. Sie müssen doch allem nachgehen. Eigentlich ist es so unwahrscheinlich, dass ich es getan haben soll, wie ich es unwahrscheinlich finde, dass Rolf es getan haben soll."

Celia zuckte entschuldigend die Schultern.

„Sie haben recht. Aber ich habe schon die eine oder andere Überraschung erlebt. Von daher …"

Sie bereitete das Ehepaar auf die Gegenüberstellung vor. „Frau Fendrich hat sich auf Ihrem Hof aufgehalten. Dort hat sie jemanden beobachtet. Durch die Gegenüberstellung wollen wir herausfinden wen!"

„Das ist doch gut. Dann gibt es eine Zeugin."

„Wie geht es der Frau?", wollte Katrin Dammann wissen. Beide reagierten weit gelassener auf Celias Ansinnen als die vermutet hatte.

„Um ehrlich zu sein – nicht besonders gut. Ihr Mann hat sie mit den Kindern verlassen, weil sie Probleme damit hat zu akzeptieren, dass eines ihrer Kinder an Krebs erkrankt ist. Sie hat es nicht geschafft, sich auf die Situation einzustellen."

Mehr wollte Celia nicht verraten. Hätte sie erwähnt, wie verwirrt die Frau häufig war, wäre die Glaubwürdigkeit der Gegenüberstellung in Frage gestellt. Katrin und Kurt Dammann kamen aber gar nicht auf die Idee, etwas in Zweifel zu ziehen. Sie beschäftigte lediglich die arme Frau, wie sie Frau Fendrich bezeichneten.

„Komisch, manchmal erscheint einem das Schicksal nahezu unmenschlich. Warum schlägt es in manchen Familien so häufig und gnadenlos zu, und lässt andere dagegen unbehelligt?"

Celia kam nicht zu einer Antwort. Thorsten betrat das Büro. Jaron hatte er mit Frau Fendrich im Nachbarzimmer zurückgelassen.

„Jaron ist bei ihr geblieben. Für die war die Autofahrt eine Erfahrung wie für Kinder die erste Fahrt auf der Achterbahn, glaube ich."

Celia brachte Thorsten mit einem scharfen Blick zum Schweigen. „Sie ist nebenan."

„Gut, danke. Kannst du noch ein paar Männer aus dem Präsidium bitten, sich neben Herrn Dammann zu stellen?"

Thorsten konnte. Er versprach Bescheid zu geben, wenn er mit den Vorbereitungen fertig war. Kurt Dammann wurde nun doch ein wenig unbehaglich. Celia merkte es daran, dass er unruhig auf seinem Stuhl hin und her zu rutschen begann. Sie konnte es ihm nicht verdenken. Um ihn abzulenken, unterhielt sie sich mit den beiden ein wenig über die Kinder, über den Hof und andere unverfängliche Themen. Thorsten rief vom „Begegnungszimmer", wie es scherzhaft genannt wurde, an. Celia geleitete Kurt Dammann dorthin.

„Sehen Sie den Spiegel?" Frau Fendrich nickte beeindruckt. Das Präsidium stellte für sie eine Herausforderung dar. Jaron hatte den richtigen Ton gefunden. Sie ließ sich bereitwillig von ihm führen.

„Dahinter ist ein Raum. Dort wird gleich das Licht angehen, und dann können Sie von hieraus hineinsehen, ohne dass jemand aus dem anderen Raum Sie sehen kann." Frau Fendrich lachte wie ein Kind.

„Das ist ja ein richtiger Zauberraum."

Jaron versuchte gar nicht erst, ihr die Funktionsweise zu erklären. Er lächelte. „Genau. Dort stehen einige Männer. Wenn Sie den Mann erkennen, den Sie auf dem Hof der Familie Dammann gesehen haben, dann sagen Sie mir Bescheid. Einverstanden?"

Frau Fendrich nickte erneut. Dabei war Jaron sich keinesfalls sicher, ob es eine gute Idee war, die Frau hierher zu bringen. Aber es kam auf einen Versuch an. Doch Frau Fendrich bewies, dass sie sich nicht vorschnell in die Kategorie der verrückten Frau einordnen ließ. Als nach wenigen Minuten das Licht in dem Raum aufleuchtete und die Männer dort aufgereiht standen, schaute sie nur einmal kurz auf jeden Einzelnen. Sie drehte sich zu Jaron und Celia um, die inzwischen zu ihnen herein gekommen war. Sie war in der Tür leise stehengeblieben, um die Konzentration der Frau nicht zu stören.

„Von den Männern kenne ich nur den einen. Dort den zweiten."

Sie zeigte auf Kurt Dammann. Jaron und Celia blieb für einen Augenblick das Herz stehen. Dann redete die Frau weiter: „Das ist Herr Dammann. Aber den habe ich ja damals eben nicht getroffen. Das war ein anderer Mann." Erleichtert atmeten die Kripobeamtin und ihr Freund auf. Auch Thorsten, der den letzten Satz mitbekommen hatte, war froh. Celia versuchte dennoch, mehr aus der Frau herauszubringen.

„Gibt es unter den Männern jemanden, der dem Mann auf dem Hof ähnlich sieht?"

Sie hatte bemerkt, dass einer ihrer Kollegen eine entfernte Ähnlichkeit mit Mathies aufwies. Zumindest stimmten Statur und krauses Haar überein. Frau Fendrich konzentrierte sich erneut. Man konnte es ihr im Gesicht ablesen. Sie zögerte mit einer Antwort. Dann nickte sie, als wolle sie sich selbst bestätigen.

„Ja, der Mann dort. So ungefähr sah der Mann auf dem Hof aus. Aber er war größer und hatte grüne Hosen an. Keine blauen."

„Haben Sie vielleicht noch in Erinnerung, was er oben herum trug? Hatte er eine Jacke an?"

Während die Frau hochkonzentriert nachdachte, ließ Celia die Kollegen wieder zu ihrer Arbeit zurückkehren. Thorsten führte Herrn Dammann in einen Nebenraum. Dort wartete bereits seine Frau. Zu gern hätten sie gewusst, was Frau Fendrich ausgesagt hatte, aber Thorsten überließ es Celia, sie zu informieren.

Nebenan bekamen Celia und Jaron ihre Antwort:

„Ich bin mir nicht mehr ganz sicher, aber ich glaube der Mann hatte keine Jacke an. Er trug nur ein Hemd."

„Wie sah das Hemd aus?"

„Kariert", lautete die unerwartet spontane Antwort.

Obwohl er um seine Unschuld wusste, war Kurt Dammann die Erleichterung über Frau Fendrichs Aussage ins Gesicht geschrieben. Zu groß war seine Sorge, sie könne die Aussage als späte Rache nutzen. Aber die Dammanns hatten sich im Charakter der Frau getäuscht. Als sie Frau Dammann für den Tod ihrer Kinder verantwortlich gemacht hatte, so glaubte sie dies aus tiefstem Herzen. Ihr Unterbewusstsein gaukelte es ihr als Wahrheit vor. Ein Schutzmechanismus, der verhinderte, dass ihre Psyche noch mehr belastet wurde, als es ohnehin schon der Fall war. Bewusst eine Lüge zu formulieren, wäre undenkbar für Frau Fendrich.

„Allerdings hat die Aussage den Verdacht gegen Herrn

Mathies erhärtet“, berichtete Celia dem Ehepaar.

Kurt Dammann konnte einen Kraftausdruck nicht unterdrücken. Katrin Dammann, die immer von sich geglaubt hatte, sie würde keine besonderen Gefühle für Rolf Mathies empfinden, schossen Tränen in die Augen. Noch viel deutlicher stand jedoch Kurt Dammann der Schock ins Gesicht geschrieben. Fassungslos schüttelte er den Kopf. Celia fürchtete ernsthaft einen erneuten Schwächeanfall. Sah jedoch keine Möglichkeit, die Wahrheit vor beiden zu verbergen. Ohne ein weiteres Wort verließ sie das Büro. Sie holte Wasser und drei Tassen Kaffee.

Kapitel 47

Hey, was machst du hier? Hast du kein eigenes Büro?" Richie war wieder guter Dinge. Er wartete jedoch nicht auf eine Antwort, sondern übergab ihr kommentarlos eine Akte. Celia studierte sie gründlich. „Was bedeutet das im Klartext?"

„Ganz einfach. Es gibt eine Regenjacke, die definitiv in dem Wasserlauf gelegen hat. So viel steht fest. Fingerabdrücke gibt es natürlich nicht. Die hat das Wasser verwischt. Dass die Jacke im Wasser gelegen hat, wird aber nicht reichen, um Mathies festzunageln. Die kann jeder ins Wasser geworfen haben. Damit bürstet dich jeder Anwalt vor Gericht ab."

„Okay. Was ist mit Blutspuren?"

„Gibt es. Alle mit der gleichen Blutgruppe, also von einer Person. Das Krankenhaus lässt uns die Marker von Marlin zukommen, damit wir sie vergleichen können." Celia verleugnete ihre Unzufriedenheit nicht. Die Untersuchungen hatten sie nicht weitergebracht. So konnten sie Mathies nicht dingfest machen.

„Ich habe die Ergebnisse aus dem Labor bekommen. Wir haben die Regenjacken untersucht. Es gibt in der Tat eine, die Blutflecken aufweist. Allerdings müssen wir noch nachweisen, dass sie tatsächlich von Ihrer Tochter stammen, aber was wir sicher sagen können, ist, dass sie in der Wettern gelegen hat. Aber das ist auch schon alles. Wir werden Mathies nichts nachweisen können. Alles, was wir haben, weist zwar auf ihn als Täter hin, aber leider haben wir nichts, um ihn eindeutig festnageln zu können."

Celia machte eine bedeutungsvolle Pause. Katrin Dammann hob fragend die Augenbraue. Und auch Kurt Dammann wartete auf die Fortsetzung. Celia zögerte noch.

„Ich denke, wir müssen Rolf Mathies austricksen. Wir haben nur eine Chance, wenn wir ihn auf frischer Tat ertappen. Dann können wir die Indizien zu einem Gesamtbild einfügen."

„Und wie stellen Sie sich das vor?" Katrin Dammann schaltete schneller als ihr Mann. „Wir sollen den Köder spielen, stimmt's?"

Celia nickte, aber ihr Unbehagen war deutlich. „Etwas anderes fällt mir leider nicht ein."

Für einen Moment herrschte Schweigen. Jeder hing den vorangegangenen Worten nach. Celia ließ ihnen Zeit, zu einer Entscheidung zu kommen.

„Überlegen Sie es sich. Ich kann und will Sie nicht dazu zwingen. Und ich will Ihnen auch nicht verheimlichen, dass immer, so sehr wir Sie natürlich absichern werden, ein Restrisiko bleibt. Mathies ist schwer zu kalkulieren. Aber wir würden Leute bei Ihnen auf dem Hof postieren, die Sie rund um die Uhr bewachen. Sie und Ihre Kinder natürlich auch", sprach Celia schnell weiter, als sie sah, dass Frau Dammann Einwände erheben wollte. Celia hatte die Gedankengänge der Frau richtig erkannt.

„Und wie stellen Sie sich das vor?" Kurt Dammann hatte seine Sprache wiedergewonnen.

„Um ehrlich zu sein, ich weiß es auch noch nicht. Fahren Sie erstmal, wie geplant, zu Marlin. Wenn Sie zu Hause sind, melden Sie sich bei mir. Bis dahin habe ich mit meinen Kollegen das weitere Vorgehen besprochen."

„Was machen wir, wenn Mathies uns über den Weg läuft. Wie sollen wir uns ihm gegenüber verhalten?"

„Möglichst unauffällig. Er sollte nicht merken, dass wir ihn in Verdacht haben. Im Gegenteil, wir werden versuchen, ihm das Gefühl zu vermitteln, dass aller Verdacht gegen ihn ausgeräumt ist." Insgeheim hoffte Celia, dass sie nicht in die Verlegenheit kämen, ihr schauspielerisches Talent unter Beweis zu stellen.

*

„Und sie haben zugestimmt?"

Jaron, der Frau Fendrich nach Hause begleitet hatte, Thorsten und Celia saßen sich im Büro gegenüber. Celia nickte. In den Gesichtern der Männer konnte Celia ihre eigene Unsicherheit gespiegelt sehen. Einen besseren Vorschlag hatten sie jedoch auch nicht zu bieten.

„Bist du sicher, dass überhaupt noch was nachkommt?", machte Thorsten seiner Skepsis Luft.

Celia nickte überzeugt.

„Offensichtlich gönnt Mathies den Dammanns weder ihren Erfolg noch ihr Familienglück. Er versucht ihnen zu schaden. Aber nichts läuft, wie er sich das vorgestellt hat. Marlin wird wieder gesund, statt der Frau verunglückt Falk, bleibt nur der Hund. Ich bezweifle, dass ihm das reicht. Wenn wir ein bisschen nachhelfen oder durch die Dammanns nachhelfen lassen, müsste es eigentlich fluppen."

„Du willst seinen Neid anheizen?" Jaron hatte es erfasst. „Und wie soll es jetzt weitergehen?"

„Wir holen ihn, um ihm seine Fingerabdrücke abzunehmen. Im Gespräch wiegen wir ihn in Sicherheit und lassen ihn dann gehen."

Kapitel 48

„Okay, Herr Mathies, Sie können gehen. Der Verdacht gegen Sie ist ausgeräumt."

Mürrisch wie immer war Mathies der Aufforderung, ins Präsidium zu kommen, gefolgt. Als er hörte, dass man ihn nicht verdächtigte, wurde er beinahe entspannt. „Wurde ja auch Zeit. War doch von Anfang an klar, dass ich nichts mit der Sache zu tun habe."

„Na ja, hätten Sie die Untersuchungen nicht so behindert, wäre es vielleicht schneller gegangen. Aber Sie waren ja nicht gerade das, was man als kooperativ bezeichnet. Dass Ihre Frau Sie verlassen hat, tut mir übrigens leid."

Eine beabsichtigte Spitze. Sie traf:

„Daran sind Sie nicht unschuldig. Sie haben ihr doch den Floh ins Ohr gesetzt, ich hätte Marlin was angetan. Die wäre doch sonst nie weg."

„Dann kommt sie ja jetzt vielleicht wieder."

Celia konnte sich nichts weniger vorstellen. Frau Mathies machte auf sie den Eindruck, sich von einer langen, schweren Last befreit zu haben. Und da gab es keinen Grund, sich diese Last wieder aufzubürden.

„Pfff", äußerte Mathies verächtlich, „die soll ankommen. Hochkant schmeiße ich sie raus. Wer einmal gegangen ist, soll bleiben, wo der Pfeffer wächst."

„Sie sind sehr unnachgiebig in Ihren Urteilen. Herr Dammann ist wesentlich verständnisvoller. Möglicherweise hat er deshalb mehr Glück in seiner Ehe."

Celia hatte ihn richtig eingeschätzt – er lief dunkelrot an.

Er öffnete den Mund, konnte sich im letzten Moment noch ausbremsen. „Kann ich gehen?“

Die Stimme klang gepresst vor unterdrückter Wut. Celia entließ ihn in dem Bewusstsein, dass er fortan keinen Schritt ohne Schatten machen konnte. Sie hatte zwei Männer auf ihn angesetzt, die ihn im Auge behalten sollten.

Erschöpft und durch den permanenten Kopfschmerz zermürbt, ging sie zu Jaron und Thorsten. Sie ließ sich auf einen Stuhl fallen.

„Warum gibt es in diesem verdammten Büro eigentlich keine Klimaanlage oder wenigstens einen Ventilator“, stöhnte Celia.

„Kein Geld“, lautete die lakonische Antwort ihres Kollegen.

„Wie viel Zeit, glaubst du, haben wir, bis Mathies loslegt?“

„Keine Ahnung. Ich denke, vor heute Abend passiert nichts. Er ist bisher immer vorsichtig gewesen.“

„Wir sollten mit unseren Kräften haushalten. Es wäre vernünftig, wenn wir uns abwechselnd ausruhen. Vielleicht solltest du und Jaron ein wenig Schlaf tanken, während ich die Tagesschicht im Haus der Dammanns mache“, sagte Thorsten.

Jaron sandte ihm einen dankbaren Blick. Anscheinend war ihm die Erschöpfung Celias ebenfalls aufgefallen. Überraschenderweise nahm Celia den Vorschlag an. „Ich habe noch eine Kollegin angefordert. Marike Licht wird mit im Haus bei den Dammanns sein. Da Mathies sie nicht kennt, kann sie die Familienmitglieder begleiten, wenn sie raus müssen. Offiziell ist sie Katrin Dammanns Cousine, die der Familie in ihrer schweren Zeit ein wenig unter die Arme greift. Alles klar?“

Thorsten war wenig begeistert. Bei dem Namen der Kollegin verdrehte er die Augen. „Gab es keine andere Kollegin?“

Celia schaute ihn fragend an.

„Wir verstehen uns nicht besonders gut", lautete die knappe Information.

Celia reichte das nicht. „Du musst sie nicht heiraten. Ihr sollt nur zusammen arbeiten."

„Aber das ist es ja gerade. Ich hatte mal was mit ihr. Ist ewig her. Noch auf der Polizeischule. Dann habe ich meine jetzige Freundin kennengelernt und Marike verlassen. Gott sei Dank, konnten wir uns aus dem Weg gehen. Dann sind wir uns hier im Präsidium wieder begegnet. Aber sie ist mir nicht unbedingt zugetan!"

„Tut mir leid. Aber ich glaube, da musst du durch. Ich bekomme auf die Schnelle keinen Ersatz. Die sind ziemlich unterbesetzt. Ich hatte schon Mühe, Marike zu kriegen. Aber wie gesagt, zusammen arbeiten reicht mir schon."

Thorsten gab auf. Er wusste, dass er auf verlorenem Posten kämpfte.

„Muss ich noch was zu eurem Auftrag sagen?"

Thorsten winkte ab.

„Geh du schlafen", und mit einem schelmischen Seitenblick auf Jaron, „aber wirklich schlafen. Wann ist Ablösung?"

Sie vereinbarten sie in den frühen Abendstunden.

„Ich bin über Handy zu erreichen. Sobald der Typ in Bewegung kommt, möchte ich auf jeden Fall informiert werden. Ist das klar?"

„Klar, Boss."

*

Celia legte wenig Wert auf Luxus. Aber heute war sie dankbar für ihr luxuriöses Auto. Die Klimaanlage ihres Dienstwagens leistete gute Arbeit und die Temperaturen waren angenehm frisch im Vergleich zur unerträglich feuchten Hitze draußen. Celia konnte spüren, wie mit sinkenden Temperaturen ihre Kopfschmerzen nachließen.

„Ich bleibe einfach im Auto sitzen, und lasse die

Klimaanlage laufen. Hier drinnen ist es himmlisch."

„Geht es deinem Kopf besser?"

Celia musterte Jaron erstaunt: „Woher weißt du, dass ich Kopfschmerzen habe?"

„Das war nicht zu übersehen."

„Sag nicht, ich hätte die ganze Zeit die Jömelmiene aufgesetzt?"

Jaron lachte. „Was zum Kuckuck ist das, die Jömelmiene?"

„Der kölsche Ausdruck für Jammern."

„Ich kann dich beruhigen. Nein, du hattest keine Jömelmiene."

Jaron gefiel der Ausdruck sichtlich.

„Aber wer dich kennt, konnte sehen, dass es dir nicht gut geht."

„Aha."

Schweigend fuhren sie nach Jork. Jaron fühlte sich ein wenig unwohl. Er hatte das Gefühl, Celia zu nahe getreten zu sein. Seine Sorgen wurden von Celia jedoch schnell zerstreut.

Jaron streichelte sanft Celias Nacken.

„Mmh. Das tut gut. Du kannst mit im Auto sitzen bleiben, wenn du damit weitermachst."

Celia parkte den Wagen in der Einfahrt, hinter Jarons Volvo. Die Rollos vor ihren Fenstern hatten sie, in weiser Voraussicht der erneut ansteigenden Temperaturen am Morgen, gar nicht erst hochgezogen. Im Haus empfing sie daher eine angenehme Kühle. Ohne viele Worte steuerte Celia gleich auf die Treppe zu, ins Schlafzimmer.

„Ich lege mich hier unten aufs Sofa. Dann komme ich nicht auf dumme Gedanken."

„Vielleicht finde ich deine dummen Gedanken gar nicht so dumm", erwiderte Celia zwar keck, aber ohne Ernst. Sie warf ihm eine Kusshand zu und verschwand. Jaron lächelte ihr hinterher. Er ging ins Wohnzimmer, in dem es ebenfalls angenehm kühl war. Das würde sich im Laufe des Tages ändern. Das Zimmer lag zum Süden und wurde die ganze zweite Tageshälfte durch die Sonne beschienen. Jaron streckte sich auf dem Sofa aus. Obwohl er nicht vorhatte zu schlafen, fiel er in einen leichten Schlaf. Er schreckte hoch, als Geräusche aus der Küche in sein Bewusstsein drangen. Schlaftrunken wankte er hin. Im Gegensatz zu ihm schien Celia die Frische selbst.

„Hallo, du Schlafmütze. Habe ich dich geweckt? Ich habe nur gedacht, ich mache uns schnell was zu essen, bevor wir zu den Dammanns gehen. Tut mir leid."

Jaron hob abwehrend die Hand.

„Vergiss es. Ich wollte überhaupt nicht schlafen, sondern nur kurz ausruhen und dann das Gleiche tun, was du jetzt machst."

„Zu spät. Jetzt musst du dich mit dem zufrieden geben, was ich dir brutzle."

Jaron schaute sich verwundert um.

„Sag mal, wo hast du den Salat her und die Garnelen? Die hatten wir nicht in der Tiefkühltruhe."

„Stimmt, ich war schnell einkaufen."

Jaron schüttelte verwirrt den Kopf.

„Willst du mir erzählen, ich habe so tief geschlafen, dass ich nicht mitbekommen habe, dass du losgefahren bist?"

„Korrekt. Du hast auch nicht mitbekommen, dass ich bei dir am Sofa gestanden habe und versucht habe, dich noch mal auf dumme Gedanken zu bringen. Schade", trällerte sie, „zu spät."

Sie tanzte aufreizend durch die Küche. Jaron haute ihr spielerisch auf den Po. „Das ist nicht wahr, oder?"

„Nein, kleiner Scherz. Aber einkaufen war ich wirklich."

Kurz darauf war die leichte Sommermahlzeit – Garnelen in Limettensoße mit Nudeln und Salat – fertig. Sie setzten sich gemeinsam an den Küchentisch, den Jaron für sie gedeckt hatte. Celia, so fröhlich und unbeschwert sie eben noch war, wurde immer schweigsamer und nachdenklicher.

„Was ist los?“, wollte Jaron wissen.

Sie zuckte die Schultern.

„Ich hoffe, ich habe die richtige Entscheidung getroffen. Ich bin etwas unruhig.“

„Thorsten und die Beamtin sind doch vor Ort. Und die Beamten, die Mathies überwachen, gibt es auch noch.“

„Stimmt, aber es ändert leider nichts an meiner Unruhe. Ich werde schon vor der vereinbarten Zeit hingehen und nach dem Rechten sehen.“

„Das solltest du Thorsten aber anders verkaufen, sonst fühlt er sich womöglich auf den Schlips getreten.“

Celia nickte. Ihr Gespräch wurde durch das Klingeln des Handys unterbrochen. Nachdem Celia sich gemeldet hatte, hörte sie aufmerksam zu. Richie hatte endlich die Ergebnisse der Blutproben der Regenjacke. Sie waren positiv. Es handelte sich tatsächlich um Marlins Blut. Zur Überführung von Mathies als Täter reichte diese Tatsache jedoch nicht. Jaron und Celia beendeten die Mahlzeit schweigend.

„Ich springe schnell unter die Dusche und mache mich fertig. Dann will ich los. Wie ist es mit dir? Bleibst du noch hier, und kommst später nach?“

Jaron dachte einen Moment über den Vorschlag nach. „Ja, ich glaube es ist überflüssig, wenn wir da alle rumhängen. Besser ist es, ich komme, wenn Thorsten geht.“

Kurz darauf erschien Celia frisch geduscht mit noch nassen und wilden Locken um ihren Kopf. Sie trug Jeans und ein leichtes Top. In ihrer Hand, unter einer leichten Jacke, konnte Jaron ihre Dienstwaffe sehen.

„Ich komme so gegen 18 Uhr.“

„Prima. Dann kann Thorsten bis zum Morgen Pause machen und gegen sechs Uhr wieder übernehmen.“

Kapitel 49

Celia ging zu Fuß zum Hof der Dammanns. Die Straßen waren, selbst für einen kleinen Ort wie Jork, überraschend leer. Es erinnerte an südliche Länder in der Mittagszeit, wenn Siesta gehalten wurde. Hin und wieder stieg Celia der Duft von verrotteten Kirschen in die Nase. Dennoch machte der Ort einen idyllischen und friedlichen Eindruck. Hätte sie es durch ihren Beruf nicht besser gewusst, hätte sie vermutet, dass es in einer solchen Umgebung keine Verbrechen geben könne.

Ohne einem Menschen begegnet zu sein, erreichte sie den Hof. Sie gelangte über den Hintereingang, der direkt in die Küche führte, ins Haus. Dort traf sie auf Thorsten. „Was machst du denn schon hier?"

Dem Rat ihres Freundes folgend, erklärte sie ihre frühe Anwesenheit vage mit innerer Unruhe. Thorsten hinterfragte nicht weiter.

„Was gibt es Neues?"

„Nichts, sonst hätte ich mich lange bei dir gemeldet. Es ist ein bisschen wie die Ruhe vor dem Sturm. Alle verhalten sich, als würden sie auf etwas warten." Celia konnte es ihnen nicht verdenken.

„Wo sind die Familienmitglieder?"

„Die Kinder sind inzwischen aus der Schule zurück, haben mit den Eltern Mittag gegessen und sind jetzt oben. Ich vermute, in ihren Zimmern. Die Eltern halten sich im Wohnzimmer auf, gemeinsam mit Trude Mathies, die immer noch hier wohnt."

„ Und wo ist deine Ex?"

Darüber konnte Thorsten nicht lachen. Er zuckte mit den Schultern. „Keine Ahnung. Bis eben im Flur, die Haustür im Auge behalten."

Celia warf einen Blick in den Flur. „Hier ist sie aber nicht."

Ihr Puls beschleunigte sich umgehend.

„Nein stimmt, ich war ja auch noch nicht fertig. Sie wollte eine Kippe rauchen. Hätte dir eigentlich begegnen müssen."

„Sag mal spinnst du?" Celia war in Rage: „Du kannst die doch nicht einfach hier rumspazieren lassen. Da können wir ja gleich ein Schild raushängen „Achtung Polizeiüberwachung". Seidt wann ist sie da draußen?"

Thorsten war unter der herben Kritik zusammengezuckt. „Seit ein paar Minuten."

„Ich habe sie aber nicht gesehen."

„Na, das ist doch ein gutes Zeichen. Dann wird Mathies sie auch nicht entdecken."

„Thorsten, tu mir einen Gefallen. Mach nicht den guten Eindruck, den ich bisher von dir hatte, kaputt, nur weil du der Frau mal den Laufpass gegeben hast und nichts mehr mit ihr zu tun haben willst. Stell dich nicht dümmer als du bist. Kann er sie vielleicht entdeckt haben, bevor ich gekommen bin?"

Thorsten wurde blass. Die Möglichkeit hatte er nicht bedacht. „Ich denke, sie soll als Cousine von Frau Dammann durchgehen. Wieso sollte Mathies also Verdacht schöpfen?"

„Weil das mit der Cousine noch gar nicht die Runde gemacht hat. Oder hat Frau Dammann mit Mathies gesprochen oder irgendjemanden sonst?"

Thorsten wusste es nicht. Celia griff zum Handy. Erleichtert atmete sie auf, als Marike sich meldete. Sie beorderte sie ins Haus. Fast hatte Thorsten Mitleid. Wie mit ihm, ging Celia auch mit ihr nicht gerade zimperlich ins Gericht, als sie sich gegenüberstanden. Im Gegensatz zu Thorsten war sie jedoch wenig einsichtig. Wütend und angriffslustig schaute sie Celia direkt in die Augen. Die stellte fest, dass sie Thorstens früheres Interesse verstehen konnte. Marike war eine durchaus attraktive Frau, wenn man keinen Wert auf eine Modelfigur legte. Sie war das, was man allgemein als wohlig gerundet bezeichnete. Dafür hatte sie die dunkelsten blauen Augen, die Celia je gesehen hatte. Sie war ein nordischer Typ. Helle Haut, blonde kurze Haare. Der Blick, den sie Celia aus den hübschen, blauen Augen zuwarf, gefiel Celia jedoch keineswegs. Sie kam ihr zuvor: „Bevor Sie sich in fadenscheinige Rechtfertigungen verstricken – ich habe hier das Sagen. Ich leite die Ermittlungen in diesem Fall, und ich möchte nicht, dass die Familie durch eine Unachtsamkeit unsererseits gefährdet wird. Sie hat genug mitgemacht. Der mutmaßliche Täter wohnt einen Hof weiter, ist wohlbekannt mit der Familie und kennt sich hier bestens aus. Wenn er jemand Fremdes hier sieht, riecht er womöglich Lunte. Sie können nur hoffen, dass es nicht schon passiert ist. Wenn Sie unbedingt rauchen müssen, dann fragen Sie die Familie, ob sie Ihnen einen Raum zur Verfügung stellt. Und ansonsten verschieben Sie das auf ihre Freizeit."

Marike war eine Kämpferin. Sie dachte nicht daran, widerspruchslos aufzugeben. „Oh, ich wusste nicht, dass Sie hier zu sagen haben. Ich dachte, das fällt dem neuen Staatsanwalt zu, der immer in Ihrer Begleitung ist. Oder haben Sie ihn im Bett dazu verleitet, die Rollen neu zu verteilen?"

Celia zwang sich zu einem Lächeln. Mit einem Auge hatte sie bemerkt, wie Thorsten zusammengezuckt war. Sie war froh, ihn auf ihrer Seite zu wissen. Jedenfalls hoffte sie, dass es nach dem Anschiss noch so war. „Schade, dass Sie sich einen so schlechten Einstand verschaffen. Aber egal, welche Schlussfolgerungen Sie auch gezogen haben – ich darf Sie verbessern: Ich leite hier die Ermittlungen, nicht mein Lebensgefährte und zukünftiger Staatsanwalt. Und wenn Ihnen an diesem Arrangement etwas nicht gefällt, können Sie sich an entsprechender Stelle beschweren. Ansonsten darf ich Sie nun bitten, Ihre Tätigkeit wieder aufzunehmen und Ihren Posten im Hausflur zu beziehen."

Marike konnte es nicht lassen. „Ich denke Dr. Mertens könnte Interesse an einer entsprechenden Meldung haben."

Thorsten konnte sich nicht mehr beherrschen: „Sag mal, bist du völlig durchgeknallt? Was ziehst du hier eigentlich ab? Glaubst du ernsthaft, der weiß nicht Bescheid? Du konntest früher schon nicht verlieren. Daran scheint sich im Laufe der Jahre nichts geändert zu haben. Aber du bist kein Teenager mehr. Krieg dich wieder ein."

Marike wandte sich zornig an Thorsten. Bevor sie jedoch dazu kam, auch diesem eine boshafte Antwort zu geben, öffnete sich die Hintertür der Küche und Jaron erschien auf der Bildfläche. Marike wirbelte herum und blieb wie angewurzelt stehen. Ihr wurde bewusst, was sie getan hatte, und dass Celia es in der Hand hatte, ihr ihre Zukunft zu erschweren. Gleichzeitig registrierte sie die Attraktivität des zukünftigen Staatsanwalts.

Jaron spürte die Spannung, hütete sich aber vor einem Kommentar. Er begrüßte Thorsten und Marike kurz, dann wandte er sich ohne Zögern Celia zu. Ohne dass die anderen es bemerkten, warf er ihr einen fragenden Blick zu. Sie wiegelte mit einem Wimpernschlag ab. „Hey, ich habe es zu Hause nicht ausgehalten. Kannst du mich jetzt schon gebrauchen?"

Celia musste sich ein Grinsen verkneifen. Jaron, der Fuchs, als hätte er die Auseinandersetzung mitbekommen, übergab das Kommando bewusst Celia. Sein Ziel erreichte er augenfällig. Marike blieb der Mund offen stehen.

„Klar können wir dich gebrauchen. Allerdings bleibt es Frau Licht vorbehalten, mit der Familie das Haus zu verlassen, da wir anderen bekannt sind. Trotzdem kannst du mit ihr im Hausflur bleiben und ich leiste Thorsten hier in der Küche Gesellschaft."

Jaron nickte, zwinkerte Celia heimlich zu und wandte sich zur Tür. Marike folgte ihm kommentarlos. Sie vermied es, Thorsten oder Celia anzusehen. Sie bereute ihren Auftritt. Leider war es nicht der erste dieser Art. Wenn sie auch äußerlich ein kühler, nordischer Typ war. Innerlich kochte sie schnell über und hatte das Temperament einer Südländerin. Das kam ihr häufig in die Quere. Sie hätte beruflich bereits wesentlich weiter sein können, wenn sie sich in einigen Situationen ihren Vorgesetzten gegenüber besser im Griff gehabt hätte. Angestrengt dachte sie darüber nach, wie sie die Scharte auswetzen konnte. Jaron schien ihr dafür geeignet. Da er sich von seiner Freundin so viel gefallen ließ, würde sie es vielleicht auch schaffen, ihn um den Finger zu wickeln.

„Sag nichts." Thorsten kam Celia zuvor. „Ich habe Mist gebaut. Ich war froh, als sie zum Rauchen verschwunden ist. Du kennst sie nicht. Sie muss jeden Mann haben. Aber es geht nicht um Gefühle wie Liebe oder dergleichen. Es geht um Macht. Das war auch der Grund, warum sie unsere Trennung nicht ertragen konnte. Bis heute nicht. Nicht sie hat mich verlassen, wie sie es sonst mit den Männern gemacht hat. Sondern ich habe sie verlassen und eine andere ihr vorgezogen. Und damit kann sie nicht umgehen. Ich wette, da draußen versucht sie jetzt, Jaron anzubaggern."

Celia lachte herzlich. „Na, dann viel Spaß. Und wegen eben. Ich hätte nicht so überreagieren müssen. Tut mir leid. Danke, dass du mir zur Seite gestanden hast, obwohl ich dich vorher so angemeiert habe."

„Schon gut."

Nachdem die emotionalen Spannungen ausgeräumt waren, wandten sie sich wieder ihrer eigentlichen Aufgabe zu. „Es kann eine verdammt lange Wartezeit werden. Möchtest du dich ein wenig ausruhen?"

Thorsten war müde genug, das Angebot anzunehmen. Dammanns hatten ihnen dafür extra Marlins Zimmer zur Verfügung gestellt. Celia griff nach der Tageszeitung, als die Tür geöffnet wurde. Zögerlich steckte Frau Dammann den Kopf zur Tür herein.

„Ich will nicht stören. Es hörte sich eben an, als hätten Sie hier drinnen etwas Wichtiges zu klären."

„Das haben sie aber diplomatisch formuliert", lachte Celia, ohne weiter darauf einzugehen. „Deshalb können Sie sich in Ihrem Haus aber trotzdem frei bewegen."

Katrin Dammann zuckte die Schultern. „Möchten Sie einen Tee oder Kaffee? Ich kann auch etwas zu essen machen."

Celia nahm den Kaffee gern an. Katrin Dammann setzte Wasser für Tee auf, und legte den Filter in die Kaffeemaschine. „Och nee, hier ist aber auch alles durcheinander. Ich habe keinen Kaffee mehr im Haus."

Celia beruhigte die Frau: „Macht doch nichts. Ich trinke auch Tee."

„Ja, Sie vielleicht! Aber mein Mann bestimmt nicht. Ohne Kaffee ist der kein Mensch. Da bleibt mir keine Wahl. Wenn wir auf alles verzichten können. Aber ohne Kaffee geht hier gar nichts. Ich muss einkaufen."

Celia war unwohl. Dabei war dies die Situation, die sie nutzen wollte. Im Stillen fluchte sie, dass sie die emotionale Marike Licht mit Frau Dammann losgehen lassen musste. Lieber hätte sie die Frau selbst begleitet. „Ich muss mich mit meinen Kollegen besprechen", vertröstete sie Frau Dammann.

Katrin Dammann überließ die Küche den Beamten. Auf

ihrem Weg in die Stube schickte sie Jaron und Marike zu Celia in die Küche. Jaron blinzelte Celia schelmisch zu, als er die Küche betrat. Ohne Worte verstand Celia. Thorsten hatte recht behalten. Ihr gegenüber verhielt sich Marike Licht beinahe kleinlaut. Nur die Augen sprachen eine andere Sprache. Während sie Jaron verführerische Blicke zuwarf. Celia nahm es gelassen.

„Setzen Sie sich doch bitte einen Moment. Wir müssen unser weiteres Vorgehen absprechen."

Widerwillig nahm die Beamtin am Tisch Platz. Celia nickte Jaron als Zeichen dafür, dass er ebenfalls gemeint war, zu.

„Frau Dammann muss einkaufen. Da der mutmaßliche Täter schon die Bekanntschaft mit uns anderen gemacht hat, werden Sie mit der Frau den Einkauf erledigen. Wie Sie eben schon mitbekommen haben, werden Sie als Cousine vorgestellt, wann immer dies möglich ist. Es soll im Dorf die Runde machen. Auch bei Mathies."

Marike Licht nickte – sie hatte verstanden.

„Wir können Herrn Mathies nicht einschätzen", fuhr Celia fort, „Sie müssen also jederzeit uneingeschränkt aufmerksam an der Seite der Frau bleiben."

„War das alles?", schnappte die junge Beamtin.

„Noch nicht. Herr Mathies wird beschattet, und ich gehe davon aus, die beiden Beamten machen ihren Job gut. Sie bekommen Nachricht, sobald Mathies sich aus dem Haus bewegt. Aber selbst, wenn Sie nichts hören, bleiben Sie wachsam!"

„Sonst noch was?", unüberhörbar überheblich, wandte sie sich grinsend an Jaron. Sie hoffte wohl, ihn mit ihrer Art beeindrucken zu können.

„Kann es sein, dass Sie sich mächtig im Ton vergreifen, Frau Licht?", war seine knappe Reaktion.

Marike Licht biss sich auf die Unterlippe. Offensichtlich

hatte sie ihn falsch eingeschätzt. Ein weiterer Fehler. Sie fluchte innerlich.

Celia versuchte erneut Harmonie herzustellen. „Frau Licht, ich mache Ihnen einen Vorschlag. Wir fangen noch mal von vorn an? Ich kann nichts dafür, dass Ihre Beziehung zu Thorsten Brandt damals schief gegangen ist. Aber ich halte Sie für eine durchaus fähige Beamtin. Das sollten Sie zeigen und den Rest vergessen wir."

Zum Zeichen ihrer Ernsthaftigkeit streckte sie der jungen Frau die Hand entgegen. Zunächst zögerlich, dann aber mit einem Lächeln, nahm Marike Licht das Angebot an. Sie konnte sich sogar zu einem „Tut mir leid", durchringen. Jaron bewunderte den Großmut Celias.

Kapitel 50

Einträchtig, beinahe freundschaftlich wanderten Katrin Dammann und Marike Licht durch den immer noch recht stillen Ort. Sehr einfühlsam hatte sich die Beamtin nach den Gefühlen Frau Dammanns erkundigt. Marike Licht hatte auch eine andere Seite, als die vorhin gezeigte. Was die anderen erlebt hatten, war die schwärzeste Seite ihres Wesens. Von der sie geglaubt hatte, sie hinter sich gelassen zu haben. Bis sie Thorsten gegenüberstand. Früher gehörten solche Ausfälle zur Tagesordnung. Sie wollte sich in dem, nach wie vor von Männern dominierten Polizeidienst beweisen. Das Schicksal ihrer Mutter sollte sich bei ihr nicht wiederholen. Dabei hatte sie unbemerkt die Rollen, die sie zu Hause erlebt hatte, einfach umgedreht. Erst als Thorsten sie verlassen hatte, war ihr die Erkenntnis gekommen, dass in ihrem Leben etwas falsch lief. Mit Hilfe einer Therapeutin hatte sie ihr Leben sortiert. In letzter Zeit hatte es Früchte getragen. Als sie aber auf Thorsten traf, waren die Erkenntnisse wie weggefegt. Sie hatte noch zu lernen. Sie war dankbar für die neue Chance, die Celia Dörfer ihr eingeräumt hatte. Ihre Gedanken wurden unterbrochen, als Katrin Dammann unvermittelt stehenblieb. Alarmiert schaute die Beamtin sich um. Vor ihnen stand jedoch lediglich eine kleine, zierliche Frau. Altersmäßig gehörten Frau Dammann und die Frau ungefähr zusammen. Es entwickelte sich ein harmloses Gespräch. Dabei sprang ihr die Neugierde aus dem Gesicht. Frau Dammann ließ sich jedoch nicht aus der Reserve locken. Ganz zum Schluss, sie hatten sich schon verabschiedet, ließ sie die entscheidende Information einfließen: „Ach Mensch, Ilse, jetzt hätte ich das beinahe vergessen. Wo habe ich bloß meine Gedanken. Kannst du dich an meine Cousine Marike erinnern?"

Ilse konnte nicht. Marike Licht vergnügte die abgebrühte Lüge. Das hätte sie Frau Dammann nicht zugetraut.

„Wir müssen los. Kurt wartet auf seinen Kaffee. Du weißt ja, wie er ist, wenn er keinen Kaffee bekommt. Bis dann."

Sie hob die Hand zum Abschied und zog Marike weiter. Ilse, deren Nachnamen Marike nicht erfahren hatte, blieb verdutzt und unbefriedigt stehen. Katrin Dammann hatte das Spiel offensichtlich Spaß gemacht. Sie lachte. „Das war ein innerer Vorbeimarsch. Dieses alte Klatschweib. Die ist besser informiert als unsere Zeitung, das können Sie mir glauben."

Sie hatten den Supermarkt erreicht.

„Wollen Sie mit rein? Oder warten Sie hier auf mich?" Marike war unsicher. Ihr Auftrag war eindeutig. Aber der Supermarkt stellte in ihren Augen keine Gefährdung dar. Niemand konnte sich der Frau ungesehen nähern. Gleichzeitig hatte sie das Gefühl, Frau Dammann hatte den Vorschlag nicht ohne Grund gemacht. Sie wollte bei den Einkäufen für sich sein. Marike konnte es verstehen. Niemand ließ sich gern in die Einkaufstasche sehen. Katrin Dammann verschwand durch die automatische Schiebetür ins Innere des Supermarktes.

In den nächsten Minuten reihte sich ein Ereignis an das nächste. Zunächst stellte Marike fest, dass sie ihre Zigaretten im Haus der Dammanns vergessen hatte. Sie folgte Frau Dammann in den Supermarkt. Sie betrat den Laden jedoch durch die Kasse, da sie nur Zigaretten kaufen und schnell wieder vor der Tür sein wollte. In dieser Zeit versuchte Celia, Marike übers Handy zu erreichen. Die Kollegen hatten gemeldet, dass Mathies sein Haus verlassen hatte. Er war Richtung Ortskern unterwegs. Im Laden hatte das Handy der Beamtin jedoch keinen Empfang. Celia erreichte sie, als sie wieder vor der Tür stand.

„Scheiße", fuhr Marike das schlechte Gewissen in die Glieder. Aber statt Celia zu informieren, wiegelte sie ab. „Melde mich gleich wieder."

Kopflos hastete sie in den Supermarkt. Während sie einen Gang nach dem anderen nach Frau Dammann absuchte und zum Schluss sogar ausrufen ließ, dirigierte Rolf Mathies diese aus dem Supermarkt. Marike hatte in ihrer Panik vergessen, Celia zu sagen, in welchem Supermarkt des Ortes sie sich befanden. Nur zufällig steuerte Celia, wenige Minuten später den Supermarkt an, in dem Marike Licht Katrin Dammann verloren hatte. Sie stand auf dem großen Parkplatz vor dem Supermarkt und raufte sich die Haare.

„Was ist passiert?"

Marike zuckte zusammen.

„Mensch, nun reden Sie schon."

Diesmal gelang es Celia nur mühsam, ihre Fassung zu wahren. Marike stotterte einen unzusammenhängenden Bericht. Mit Mühe konnte Celia ihm die entscheidenden Einzelheiten entnehmen.

„Wieso sind Sie nicht mit in den Laden gegangen? Und wieso waren Sie nicht zu erreichen?"

Marike zuckte die Schultern und machte ein verzweifeltes Gesicht. Celia konnte und wollte diesmal kein Mitleid haben. „Frau Dammann hatte mir angeboten, hier draußen zu bleiben. Ich dachte, im Laden kann ihr nichts passieren und bin hier geblieben."

„Lassen Sie mich raten. Sie wollten in Ruhe eine rauchen?"

Geknickt nickte Marike. Es hätte wenig Sinn gemacht zu lügen.

„Und weiter?"

„Ich hatte die Kippen aber im Haus vergessen. Also bin ich an die Kasse gegangen, um mir welche zu kaufen. Und den Rest kennen Sie ja."

„Waren Sie im Lager des Supermarktes?"

Celia brauchte keine Antwort. Das Gesicht der jungen Kollegin sprach für sich. Sie hatte sich darauf beschränkt, den Laden abzusuchen.

„Sind Sie nicht auf die Idee gekommen, dass der Mann Frau Dammann wohl kaum am Haupteingang, vorbei an den Kunden, hinausbringen wird? Wo haben Sie Ihren Verstand?"

Celia war heftiger geworden als sie sich vorgenommen hatte. Aber die Art der Beamtin reizte sie über alle Maßen. „Himmel, nun kommen Sie schon! Oder wollen Sie hier Wurzeln schlagen? Davon kommt die Frau nicht wieder." Celia zog Marike förmlich mit sich in den Supermarkt. An einer der Kassen ließ sie den Marktleiter ausrufen. Als sie versuchte, über Handy Verstärkung anzufordern, musste sie die gleiche Erfahrung machen wie Marike. „Ich brauche ein Telefon", hielt sie dem Marktleiter ihren Ausweis unter die Nase. Er reagierte verunsichert, überließ ihnen aber sein Büro. Von dort bestellte Celia die Spurensicherung zu dem Supermarkt. Mit zwei weiteren Anrufen verständigte sie die Kollegen, die Mathies observieren sollten. Sie hatten sich ebenfalls Celias Zorn zugezogen. Auf einem Fußweg hatten sie Mathies aus den Augen verloren, als er nicht der Hauptstraße gefolgt war, sondern einen kleinen Weg zwischen zwei Häuserblocks wählte. Für eine Verfolgung zu Fuß war es, als sie es bemerkten, zu spät. Mathies war weg. Der dritte und letzte Anruf galt Jaron im Haus der Dammanns. Während sie auf die Kollegen warteten, untersuchte Celia, ohne etwas zu berühren, das Lager. Ein Weg über die Laderampe führte ins Freie.

„Hier liegt etwas, sieht aus wie ein Schlüsselbund."

„Nicht anfassen", zischte Celia die Beamtin an.

Sie wollte sich grade bücken, um den Gegenstand aufzuheben. Celia hatte jedoch im letzten Moment gesehen, dass Marike keine Handschuhe trug. Celia reichte ihr ein Paar aus ihrer großen Umhängetasche. „Aber es ist besser, Sie fassen nichts an. Das sollen sich lieber die Kollegen von der Spurensicherung ansehen." Das Schlüsselbund lag nahe am Eingang des Lagers. Celia schaute genauer. Tatsächlich fand sie noch mehr Hinweise. Ein Passbild von Marlin, ein Bild von Kurt Dammann und den Kinder. Dann hatten sie den Ausgang des Lagers erreicht. Ob Mathies sie mit einem Auto von hier fortgebracht hatte, war nicht erkennbar. Sein Auto konnte es jedoch nicht sein. Er musste sich ein fremdes Auto angeeignet haben. Celia rief den Filialleiter zu sich.

„Wissen Sie zufällig, ob hier ein Auto geparkt war?"

Sie machte sich keine großen Hoffnungen auf eine Antwort. Schließlich handelte es sich um den Parkplatz eines Supermarktes, auf dem ein ständiges Kommen und Gehen herrschte. Umso überraschter war sie, als der Filialleiter erschrocken aufschrie. „Oh, Scheiße! Das gibt es doch nicht."

Der Filialleiter lief kopflos auf dem Parkplatz umher. Celia versuchte den Mann zu beruhigen.

„Mein Auto ist weg. Den Wagen habe ich erst seit zwei Tagen. Meine ganzen Ersparnisse."

Celia fasste sich an die Stirn. Ihr Verständnis reichte nicht für Männer, die ihr ganzes Geld in Autos steckten. Dabei passte der Filialleiter so gar nicht in das Bild eines Mannes, der durch sein Auto protzen wollte. Der nächste Satz rückte alles ins rechte Licht.

„Ein Mercedes, S- Klasse, wissen Sie wie lange ich für den Traum gespart habe?"

Das Auto passte dann doch in Celias Bild und vor allem zu dem Mann.

„Wir brauchen die genauen Angaben. Welche Farbe, welches Kennzeichen, geben Sie mir die Papiere."

Sie hielt die Hand hin. Der Mann zögerte.

„Nun machen Sie schon. Wenn Sie Ihren Wagen wieder haben wollen, dann sollten Sie sich beeilen."

Die Worte wirkten wie eine Zauberformel.

„Geben Sie die Fahndung nach dem Wagen durch. Hier sind die Papiere."

Marike war überrascht, überhaupt noch mit einer Aufgabe betraut zu werden. Selten hatte sie ein Handy so schnell bedient. Sie wusste, ihre Möglichkeiten sich zu rehabilitieren, waren begrenzt. Würde Frau Dammann etwas passieren – hatte sie wohl keine mehr. Pedantisch gab sie die notwendigen Daten des Autos durch. Celia telefonierte parallel mit ihrem Handy. Sie ordnete Straßensperren an allen Ortsausgängen an. Weitere Sperren ließ sie außerhalb Jorks, an den Zufahrten zu den nächsten Ortschaften, errichten. Die Polizeikräfte, die sie dadurch band, wurden ihr nur missmutig und widerwillig zugestanden.

Kapitel 51

Ist die Licht in der Nähe? Sie hat Glück, dass ich noch nicht im Dienst bin. Ansonsten würde ich sie öffentlich vierteilen lassen. Das kannst du mir glauben. So eine unglaubliche Schlamperei. Lass mich raten? Sie brauchte eine Zigarettenpause?"

Celia konnte sich ein Grinsen, trotz der angespannten Situation, nicht verkneifen.

„Meine Strafandrohung ging nicht ganz so weit."

„Was weißt du?" Jaron, der sich beim Personal des Supermarktes zu ihnen durchgefragt hatte, versuchte sich einen Überblick zu verschaffen.

„Im Grunde nicht viel. So wie es aussieht, hat Mathies sie über das Lager und die Laderampe nach draußen gebracht. Das Auto des Filialleiters ist verschwunden. Vermutlich hat Mathies es entwendet."

„Wie kommst du drauf, dass sie über das Lager verschwunden sind?"

Celia führte ihn wortlos zu den zurückgelassenen Hinweisen.

„Ich bin sicher, wenn sie nichts anderes mehr gehabt hätte, hätte sie sogar ihre Tasche zurückgelassen, nur um uns einen Hinweis zu geben."

„Wo ist eigentlich Thorsten? Sag nicht, der schläft noch?"

Jaron schüttelte heftig den Kopf. „Wir haben beschlossen, dass er bei den Dammanns im Haus bleibt, falls Mathies sich per Telefon meldet."

„Okay, kluge Entscheidung."

Marike Licht näherte sich den beiden vorsichtig. Sie mied

den direkten Augenkontakt. Erst als Celia sie aufforderte, teilte sie ihre Informationen mit.

„Die Straßensperren stehen. Sollte sich etwas tun, werden wir sofort benachrichtigt."

Bevor einer der beiden etwas erwidern konnte, wurden sie unterbrochen. „Mein lieber Schwan. Arbeitet ihr in Köln immer so? Für einen Fall fünf Mal die Spurensicherung beanspruchen. Reicht es nicht, wenn pro Fall ein Verbrechen verübt wird und dafür einmal die Spurensicherung rausrückt?" Richie lockerte die vorhandenen Spannungen.

Entschuldigend zog Celia die Schultern hoch. „Ich hatte mir meinen ersten Fall auch anders vorgestellt. Das kannst du mir glauben. Aber nützt ja nix. Und an dem Schlamassel hier bin ich nicht schuld."

Mit dem Kopf wies sie in Richtung der jungen Beamtin. „Hab's schon gehört", lautete der knappe Kommentar des Chefs der Spurensicherung. „Ist ein bisschen eigenwillig, die Gute. So erzählt man sich jedenfalls auf dem Präsidium. Allerdings sagt man auch, dass es in letzter Zeit besser geworden ist."

„Dann war heute wohl nicht ihr Tag. Sie hat es geschafft, alles zu vermasseln, was nur zu vermasseln war. Könnte eine Schwester von Falk sein. Aber sie hat das Ding nicht allein verbockt. Ihre männlichen Kollegen haben auch dazu beigetragen. Bevor sie geschnallt hatten, dass Mathies ohne Auto andere Wege benutzen kann als sie, war er auch schon weg. So ist das. Wenn es kommt, dann kommt es meistens dicke. Wir überlassen euch jetzt das Feld. Wir sind bei Familie Dammann."

Kapitel 52

Rolf, was machst du? Du bist doch verrückt. Lass mich wieder laufen."

Mathies zerrte seine Nachbarin auf den Parkplatz des Supermarktes. Das Lachen, das Katrin Dammann zu hören bekam, klang bitter.

„Das glaubst du nicht im Ernst. Warum sollte ich dich laufen lassen? Ich war meinem Ziel noch nie so nahe. Ich will, dass Kurt winselt. Ich will ihn auf dem Boden sehen. Ich will, dass es ihm endlich mal genauso schlecht geht wie mir. Dass ihm das genommen wird, was ihm lieb und teuer ist. Und das wirst du sein."

Katrin Dammanns Magen rebellierte. Rolf Mathies schien unberechenbar. „Was hat Kurt dir getan? Er hat dir nie was weggenommen."

Trotz aller Anzeichen von Irrationalität, versuchte Katrin Dammann ihn in ein logisches Gespräch zu verwickeln. Mit Glück, wenn er sich alles von der Seele geredet hatte, würde sie vielleicht einen Zugang zu ihm finden.

„Oh nein", Mathies' Stimme triefte vor Hohn, „ihr habt mir nie was weggenommen. Ihr habt nur immer alles bekommen. Die Kinder, die guten Ernthelfer, die gute Ehefrau, den guten Hofladen, die Sonne, das Ansehen. Einfach alles. Und ich habe immer in die Röhre geguckt."

„Dir ging es doch auch gut. Du hast eine tolle Frau, dein Hof ist groß und hat einen guten Baumbestand."

„Tolle Frau – das ich nicht lache", Mathies hatte vorher schon ein vor Erregung rotes Gesicht. Als Katrin seine Frau erwähnte, wurde es um Nuancen dunkler. Sie erkannte, dass sie das Thema wechseln musste. Ohne es offensichtlich werden zu lassen, schaute sie aus dem Fenster, um sich zu orientieren. Die Situation war irreal. Rolf Mathies war ihr Freund und Nachbar. Und nun saß er neben ihr und hatte sie aus einem gut besuchten Supermarkt entführt.

Als sie im Supermarkt das Messer in ihrem Rücken gespürt hatte, war ihr erster Impuls zu schreien. Doch jeder Ton blieb ihr im Hals stecken.

„Kein Wort, oder du bist tot. Ich schwöre", hatte Mathies ihr zugeraunt.

Ohne große Gegenwehr hatte sie sich von Mathies aus dem Laden führen lassen. Im Lager fand sie ihren Verstand wieder und hinterließ Hinweise auf ihre Entführung. Die ganze Situation verblüffte sie derart, dass sie sich wie in einem Film erlebte. Im Fernsehen in einem Krimi passierte so etwas, aber nicht hier und nicht mit ihr.

„Was willst du machen? Was hast du vor?"

Mathies bugsierte sie unsanft zu einem Auto. Für einen Moment hegte sie die Hoffnung, er müsse das Auto kurzschließen und wäre damit abgelenkt. Zu ihrer Überraschung steckte der Zündschlüssel.

„Das wüsstest du wohl gern. Lass dich überraschen. Es wird dir bestimmt nicht gefallen."

Bisher hatte Katrin Dammann keine ernsthafte Angst verspürt. Die letzten Worte änderten dies augenblicklich. Mathies schien Genugtuung an der Situation zu empfinden. Mit einem Blick stellte sie fest, dass Rolf den Weg nach Mittelnkirchen eingeschlagen hatte. In dem funkelnagelneuen Wagen des Filialleiters lief die Klimaanlage auf vollen Touren. Dass draußen nach wie vor brütende Hitze herrschte, war nicht zu spüren. Die Umgebung außerhalb des Autos erschien ungetrübt zauberhaft. Die Äpfel, beinahe reif, leuchteten in kräftigen Rottönen im Sonnenlicht. Selten hatte Katrin Dammann das Farbspiel so bewusst wahrgenommen wie in diesem Augenblick. Aber sie fröstelte. Zu sehr beschäftigte sie die Frage, ob Mathies sich damit begnügen würde, Kurt in Angst und Schrecken zu versetzen, oder ob er ihr ernsthaft etwas antun wollte. Bis vor Kurzem hätte sie einen solchen Gedanken rigoros verworfen. Auch wenn sie Rolf Mathies nie besonders nahe gestanden hatte, hätte sie ihm jede Form der Gewaltbereitschaft abgesprochen. Allerdings schien das lange her.

Bei einem weiteren vorsichtigen Blick aus der Windschutzscheibe erkannte sie die Ruine des alten Hofes, in der seine illegalen Pflücker untergebracht waren. Sie hatten offensichtlich ihr Ziel erreicht. Er parkte das Auto hinter der alten Scheune. Von der Straße nicht einsehbar. Der Hof machte einen verlassenen Eindruck. Katrin suchte angestrengt nach einer Möglichkeit, Rolf Mathies zu entkommen. Während der Fahrt hatte es dazu keine Gelegenheit gegeben. Obwohl Mathies selbst das Fahrzeug gelenkt hatte, so hatte er das Messer keine Sekunde weggelegt. Auch der Gedanke an die Folgen, durch den Sprung aus dem fahrenden Auto, schreckte sie ab. Ihre Chance war vielleicht dieser Moment des Aussteigens. Unbemerkt spannte sie die Muskeln. Rolf stieg aus und befahl ihr sitzen zu bleiben. Doch die Zeit, die er brauchte, um vor dem Auto auf ihre Seite zu gelangen, war zu kurz. Sie wäre nicht einmal aus der Autotür gekommen.

„Komm raus und mach keine Zicken."

Am Arm zerrte er Katrin aus dem Auto. Dabei riss sie sich die Haut am Holm der Tür auf.

„Aua, hör auf, an mir zu zerren. Ich kann allein aussteigen."

Wütend entriss sie ihm den Arm. Sie fühlte Wut in sich aufsteigen. Dabei gehörte einiges dazu, Katrin Dammann aus der Ruhe zu bringen. Selbst die drei Kinder hatten dies nur selten vermocht. Unerschrocken baute sie sich vor Rolf

Mathies auf. So hatte er sie nie erlebt. Er schrak für einen Moment zusammen. „Hör zu, es reicht jetzt. Wir haben dir nichts getan. Du hast dir deine Scheiße selbst eingebrockt. Was können wir dafür, dass du zu stolz bist, Geld von deiner Frau zu nehmen. Dass du zu stolz bist, dein Obst an der Straße zu verkaufen. Lass mich gehen und bring dein Leben wieder in Ordnung. Und lern endlich Verantwortung für dich und dein Leben zu übernehmen." Sie sah ihrem Entführer in die Augen. Gleichzeitig erkannte sie, dass sie zu weit gegangen war.

Deutlich war die Wut in seinem Gesicht abzulesen. Es war verzerrt. „Du willst mir was sagen? Du?", er hob die Hand und holte aus.

„Hallo, Chef. Wollst zu mir?"

Mathies wirbelte um seine eigene Achse. Unbemerkt war Pawelski, der polnische Pflücker, aus der baufälligen Behausung getreten. Im Gegensatz zu Katrin schien er keine Angst vor der drohenden Gebärde seines Chefs zu verspüren. Mathies war verdattert. Pawelski hatte er nicht einkalkuliert. Er war davon ausgegangen, dass der Hof seit der Razzia leer stand.

„Verpiss dich, Pawelski. Du bist entlassen. Ihr seid alle entlassen."

Der kleine polnische Arbeiter hatte das Messer in der Hand seines wütenden Chefs bemerkt. Er hob die Hände als Zeichen der Besänftigung.

„Schon gut. Ich gehen. Muss aber noch Tasche packen. Warten einen Moment."

Ohne Rolf Mathies aus den Augen zu lassen, ging er rückwärts zur Tür. Mathies überlegte nur kurz. Pawelski hatte zu viel gesehen, um ihn gehen zulassen. Er gehörte nicht zu den illegalen Arbeitern, und brauchte die Polizei nicht zu fürchten. Mathies griff fester nach Katrin.

„Los, komm mit. Rein da."

Ihr blieb nichts anderes übrig, als ihm zu folgen. Katrin war entsetzt vom Anblick der Behausung. Dass hier bis vor Kurzem Menschen gelebt hatten, machte sie fassungslos. Hier konnte nur ein Bagger Abhilfe schaffen.

Pawelski packte hastig und wahllos einen Seesack, der auf einem von fünf Feldbetten stand. Er hatte schnell begriffen, in was für einer bedrohlichen Situation auch er sich befand. Wie sehr, zeigte sich schnell. Mit einer kurzen Bewegung griff Mathies an ihm vorbei nach seinem Seesack. Er zog die Schnur, die den Sack verschloss, heraus. Bevor Katrin Dammann und der Pflücker begriffen, was Mathies im Schilde führte, hatte der Katrin Dammann zu Pawelski gezerrt. Er bedrohte beide mit dem Messer. Pawelski war klein und schmächtig. Aber nicht ängstlich. Dafür hatte er mit den Jahren in der Fremde einen guten Überlebensinstinkt entwickelt. Gerade in den Jahren, als er die türkische Sprache noch nicht beherrschte, war es darauf angekommen, instinktiv das richtige Verhalten an den Tag zu legen. Dieser Instinkt sagte ihm jetzt, dass es ratsamer war sich zu fügen, statt sich durch Gegenwehr in noch größere Gefahr zu begeben. Er ließ es zu, dass Mathies ihn und die Frau, Rücken an Rücken, zusammenband. Dann zwang er sie, sich auf den Boden zu setzen. Katrin Dammann stiegen erstmals Tränen in die Augen. Die wollte sie Mathies um keinen Preis sehen lassen. Pawelski schien ihre Regungen zu ahnen. Er griff nach ihren Händen und drückte sie tröstend. Katrin erwiderte den Druck. Obwohl sie machtlos waren, empfand sie in Gegenwart des Pflückers weniger Angst als zuvor. Möglicherweise lag es auch daran, dass Rolf Mathies nicht mehr so entschlossen wirkte. Der Pole hatte ihn offensichtlich aus dem Konzept gebracht.

Kapitel 53

„Wo ist meine Frau?“ Celia und Marike waren noch nicht ganz im Haus, als Kurt Dammann sich bereits auf Marike stürzte und sie schüttelte. Er war offensichtlich aus der Fassung. Er war verzweifelt. Mit Mühe trennte Celia den Mann von der Kollegin. Marike hatte den Angriff ohne Gegenwehr über sich ergehen lassen. Mutlos ließ sie die Schultern hängen. So kämpferisch sie sich vorhin Celia gegenüber gegeben hatte, so passiv war sie nun.

„Herr Dammann, beruhigen Sie sich“, forderte Celia, während sie ihn in die Stube dirigierte.

Menschen zu beruhigen, schien zurzeit ihre Hauptaufgabe zu sein. Eben den Filialleiter, jetzt Dammann und als Nächstes wahrscheinlich Marike. Thorsten, durch den Tumult aufmerksam geworden, kam zu ihnen in die Stube. Celia war schon darauf vorbereitet, ihn brüsk daran zu hindern, über seine ehemalige Freundin herzufallen. Doch Thorsten bewies Einfühlungsvermögen. Offensichtlich war alles gesagt. Marike würde die Lektion so schnell nicht vergessen. Sie tat ihm leid. Er nahm sich ihrer an und führte sie in die Küche. „Komm, du kannst bestimmt einen Tee gebrauchen.“

„Warte mal, Thorsten. Du als Mann hast doch Ahnung von Autos, oder?“

„Na, geht so. Kommt drauf an. Eigentlich bin ich froh, wenn ich die Dinger fahren kann.“

„Mal ohne Blödsinn. Die neuen Autos, die haben doch alle so ein System eingebaut, mit dem man sie bei Diebstahl orten kann, oder?“

Thorsten schaute zweifelnd. „GPS meinst du. Ich weiß nicht, ob so was serienmäßig eingebaut wird."

„Ruft in der Filiale des Supermarktes an und sprecht mit dem Filialleiter. Bösch heißt der. Wenn sein Auto mit einem solchen System ausgerüstet sein sollte, dann gebt es bitte den Kollegen für die Fahndung durch. Dann kriegen wir Mathies vielleicht bald. Mit den Straßensperren waren wir zu spät."

„Sollen sie aufgelöst werden?"

Celia dachte einen Moment nach. Dann schüttelte sie den Kopf. „Nein, lass sie noch eine Weile. Schaden kann es ja nicht."

Kurt Dammann hatte mit hängenden Schultern das Gespräch verfolgt. Nun bemerkte Celia, wie seine Schultern zu beben anfingen. Ein kurzer Blick ins Gesicht des Mannes bestätigte ihre Befürchtungen. Sie gab Thorsten und Marike Zeichen, den Raum zu verlassen. „Der ist doch völlig durchgeknallt. Ich weiß nicht, was das soll. Warum macht der das? Ich weiß nicht, was ich mache, wenn Katrin was passiert."

Kurt Dammann schluchzte. Celia führte ihn zu dem Sofa, auf dem sie vor noch gar nicht langer Zeit seine Frau getröstet hatte.

„Ich kann Sie gut verstehen. Die Sache ist nicht gut gelaufen. Aber wir tun alles, um Ihre Frau heil wieder nach Hause zu bringen."

Celia hoffte sehr, dass dies kein leeres Versprechen blieb. „Er kann nicht sehr weit mit Ihrer Frau sein. Und eins glaube ich ganz gewiss. Er wird ihr, wenn er es überhaupt vorhat, nicht sofort etwas antun. Ich bin mir sicher, er will Sie treffen. Dafür muss er sich mit Ihnen in Verbindung setzen. Er wird Sie daran teilhaben lassen wollen. Er möchte Sie leiden sehen."

Bevor Kurt Dammann etwas erwidern konnte, wurde die Tür aufgerissen.

„Wir haben ihn. Wir haben den Wagen geortet."

Thorsten Brandt war aufgeregt. Celia spürte ebenfalls das Adrenalin in ihre Blutbahnen schießen. Im gleichen Augenblick betrat Jaron das Haus.

Alle Augen richteten sich auf Thorsten. „Mittelnkirchen. Der alte Hof der Pflücker."

„Wir brauchen das MEK."

Celia nickte zu Jarons Vorschlag.

„Ja, aber sie sollen nicht eingreifen. Die Gesundheit der Frau hat oberste Priorität."

Sie zögerte. „Ich rede selbst mit ihnen."

Sie ging in den Flur, um ungestört mit dem Leiter des Einsatzkommandos zu telefonieren.

„Okay, los geht es."

Celia kehrte in die Stube zurück.

„Thorsten und Marike, ihr fahrt mit den Kollegen. Herr Dammann, Sie fahren mit Herrn Karloff und mir."

Jaron schaute zweifelnd. Celia ahnte seine Gedanken. „Mathies wird ihn sehen wollen."

Jaron war nicht überzeugt, vertraute aber auf Celias Erfahrung und Instinkt. Celia trieb die Mannschaft zur Eile. Sie ahnte, dass ihnen nicht viel Spielraum blieb. Die letzten Tage hatten Mathies unzufrieden gemacht. All seine Pläne waren durchkreuzt worden. Er hatte sein Ziel nicht erreicht. Im Gegenteil – seine Frau hatte sich nun auch noch von ihm losgesagt. Eine weitere Niederlage und Demütigung.

Auf dem Hof standen die Kollegen, die Mathies aus den Augen verloren hatten. Kleinlaut schauten sie an Celia vorbei. Die steuerte schnurstracks auf sie zu.

„Wir haben am Telefon kurz darüber gesprochen. Ihr wisst, wo der Hof ist? Ich erwarte, dass ihr euch ruhig verhaltet und nur dann handelt, wenn ich ausdrücklich den Befehl dazu gebe. Es gibt keine Einzelaktionen."

Die Männer nickten ergeben, froh, so glimpflich davongekommen zu sein. Thorsten und Marike stiegen zu ihnen in den Wagen. Celia, Jaron und Herr Dammann stiegen in Celias Dienstwagen. Jaron überließ Herrn Dammann den Platz neben Celia, und setzte sich selbst auf die Rückbank. Jaron versuchte, sich in seine Lage zu versetzen. Es verursachte Übelkeit in ihm. Seine ohnehin starke Anspannung wurde durch sein Gedankenspiel verstärkt. Die gleiche Anspannung konnte er in Celias Gesicht erkennen. Sie hatte es eilig. Die Kollegen würden ihre liebe Not haben, ihr zu folgen.

Kapitel 54

Während Katrin Dammann und der polnische Pflücker sich Trost spendeten, lief Mathies unruhig auf und ab. Wenn er einen Plan gehabt hatte, so war er durch die Anwesenheit Pawelskis zunichte gemacht. Katrin Dammann bezweifelte jedoch, dass er je einen Plan hatte. Nun schien er aber einen Entschluss gefasst zu haben. Seine Schultern strafften sich. Entschieden drehte er sich zu seinen Geiseln. „Jetzt wollen wir deinem Mann mal einen Schrecken einjagen. Du hast doch sicher dein Handy in der Tasche."

Unruhig suchte er mit den Augen den Raum ab.

„Wo ist deine Tasche?"

„Im Auto. Du hast mir keine Zeit gelassen, sie mitzunehmen."

Die Frau wirkte abgebrühter als sie sich fühlte. Sie hoffte, Mathies würde sie allein zurücklassen, um die Tasche mit dem Handy zu holen. Sie wurde enttäuscht. „Aufstehen, los raus mit euch. Zum Auto", forderte er.

Mühsam versuchten die beiden Geiseln auf die Füße zu kommen. Als Mathies ihnen helfen wollte, schüttelte Katrin ihn heftig ab.

„Lass mich sofort los. Wir schaffen das allein."

„Dann macht gefälligst schneller. Wir haben nicht ewig Zeit."

Rolf Mathies war nervös. Er fühlte sich getrieben.

*

„Bleibt ja unsichtbar. Er darf nicht merken, dass wir ihm schon auf den Fersen sind."

Celia brauchte sich jedoch keine Sorgen um die Leute des MEK zu machen. Sie waren gut organisiert und wussten, worauf es ankam. Alles lief schnell und lautlos ab. In kürzester Zeit war der ehemalige Hof umstellt. Niemand würde ungesehen rein- oder rausgehen können.

„Herr Dammann, die Sache hier wird nicht leicht für Sie. Auf der einen Seite braucht Mathies Sie, um Sie zu provozieren. Sie sollten darauf eingehen, um ihm das Gefühl zu geben, dass er gewonnen hat. Ich denke, das wird ihn beruhigen und möglicherweise von unüberlegten Reaktionen abhalten. Gleichzeitig müssen Sie Nerven behalten. Egal, was er sagt, denken Sie daran, dass unsere Leute ihn im Auge haben und eingreifen, wenn es eng wird."

„Ich hoffe für Sie und meine Familie, dass Sie Ihren Job diesmal besser machen als im Supermarkt."

Die Worte klangen resigniert. Celia konnte es ihm nicht verdenken. „Versprochen", murmelte sie und hoffte inständig, dass die Aktion reibungslos verlaufen würde.

„Zielperson verlässt mit zwei Geiseln das Haus in Richtung Hinterhof."

„Wieso zwei Geiseln? Wer, außer der Frau, ist noch bei Mathies?" Celia war verwirrt.

„Jaron, bleib mit Herrn Dammann hier. Ich muss sehen, was los ist."

Bevor die Männer reagieren konnten, hatte sich Celia schon auf den Weg gemacht.

„So ein Mist. Mathies hat auch Pawelski."

Jaron konnte den Namen nicht zuordnen.

„Der Pole, der zusammen mit den Türken hier haust. Der, der heimlich türkisch gelernt hat. Er war bei uns, und hat uns die ersten brauchbaren Hinweise auf Murat gegeben. Ich habe ganz vergessen, dass er gesagt hat, er würde wieder hierher zurückgehen. Er wollte die Ruhe ohne die Illegalen genießen."

„Na, ob das jetzt aber das ist, was er unter Ruhe verstanden hat, wage ich zu bezweifeln.“

Thorsten und Marike traten zu der Dreiergruppe. Celia klärte sie über die neuesten Entwicklungen auf.

„Und jetzt?“, Thorsten fühlte sich sichtlich überfordert. Marike enthielt sich und selbst Jaron zeigte sich schweigsam. Kurt Dammann wurde zunehmend nervöser. Unruhig trippelte er von einem Fuß auf den anderen. Auch Celia hätte lieber gehandelt. Aber sie würde dem Drang nicht planlos nachgeben.

„Besitzt Rolf Mathies ein Handy?“

Kurt Dammann verneinte: „Kein Handy, keinen Computer, nichts, was modern und fortschrittlich ist. Am besten ist für ihn, alles bleibt beim Alten, nichts verändert sich. Das hat ihm das Genick gebrochen.“

Celia ging auf den Redefluss nicht ein:

„Hat Ihre Frau ein Handy?“

Diesmal bejahte Kurt Dammann.

„Wissen Sie, ob sie es dabeihat?“

Der Mann zuckte die Achseln: „Ich gehe davon aus. Eigentlich nimmt sie es immer mit, seit unsere Kinder etwas größer und flügge geworden sind.“

Celia forderte die Nummer des Anschlusses.

„Was wollen Sie tun?“

Auch wenn er eben noch gewünscht hatte, es würde endlich etwas passieren, erschreckte ihn der Gedanke nun. Celia erläuterte ihm und auch der Mannschaft ihren Plan.

„Ich will Kontakt zu Mathies herstellen. Ich will, dass er weiß, dass wir hier sind. Dass wir ihn gefunden haben. Dann muss er reagieren.“

„Aber was ist, wenn Sie ihn damit so in die Enge treiben, dass er meiner Frau was antut?“

Celia versuchte zuversichtlicher zu klingen als ihr zumute war: „Zum einen hat das MEK ihn gut im Blick, und wird ihn daran hindern. Zum anderen ist er mit einer weiteren Person beschäftigt, die er nicht aus den Augen lassen kann. Und schließlich glaube ich, dass er es mehr auf Sie und Ihre Nerven abgesehen hat als darauf, Ihrer Frau ernsthaft Schaden zuzufügen."

„Das glauben Sie doch selbst nicht. Vielleicht haben Sie recht, wenn Sie glauben, er will mich treffen. Und er weiß genau, wie ich an meiner Frau hänge. Und das wird er ausnutzen."

„Sicher wird er das. Aber wenn wir ihm jetzt Zeit lassen, kann er sich etwas ausdenken. Melden wir uns jetzt, haben wir ihn in der Hand, weil er nicht dazu kommt, seinen Plan von Anfang bis Ende zu durchdenken. Ich bin davon überzeugt, selbst wenn er ursprünglich einen Plan hatte, ist der jetzt durch Pawelski hinfällig. Und das sollten wir ausnutzen."

Celia machte eine Pause. Dammann reagierte nicht. In Celia stieg Wut auf. „Was ist die Alternative? Sagen Sie es mir. Wir können hier alles abbrechen und nach Hause fahren. Dann lassen wir ihn einfach machen. Ist das Ihr Ziel? Sie haben ihn all die Jahre machen lassen, ohne einzugreifen, obwohl Sie genau wussten, dass er Mist macht. Sogar als Sie selbst bedroht wurden, haben Sie nichts getan. Das Ergebnis sehen Sie jetzt."

Die Heftigkeit Celias überraschte nicht nur Kurt Dammann. Auch der Vorwurf in ihren Worten machte Thorsten und Jaron perplex. Damit hatten sie nicht gerechnet. Herr Dammann hatte den Vorwurf verstanden. „Sie machen mich mitverantwortlich an den Geschehnissen der letzten Zeit?"

Statt eine Antwort zu geben, stellte Celia eine Gegenfrage: „Sind Sie das nicht auch? Haben Sie nicht nachgedacht, über das, was in letzter Zeit passiert ist?"

Er hatte. Es fiel ihm allerdings schwer zuzugeben, dass er

zum gleichen Ergebnis gekommen war. Kleinlaut offenbarte er seine eigenen Gedanken: „Ich bin kein Kämpfer. Wenn bei uns jemand kämpft, dann Katrin. Ich will Friede und Harmonie. Dafür schlucke ich so manche Kröte, die Katrin längst ausgespuckt hätte. Natürlich hätte ich was sagen müssen. Aber er war schließlich mein Freund. Ich wollte ihn nicht reinreißen. Und außerdem habe ich gedacht, geht es mich nichts an."

„Sind Sie nie auf die Idee gekommen, dass Freundschaft eben genau das bedeutet? Dass man sich auf Fehlverhalten aufmerksam macht und den anderen nicht blindlings in sein Unglück laufen lässt?" Celia erwartete keine Antwort:

„Entscheiden Sie, ob wir uns mit Mathies in Verbindung setzen oder ob wir abwarten, was er tut? Es liegt bei Ihnen."

Celia wandte sich ab, als Jaron sie vorsichtig zur Seite zog. Er sprach leise aber eindringlich.

„Was machst du? Du weißt genau, dass er nicht entscheiden kann. Die Verantwortung liegt bei dir."

„Ja, Jaron, weiß ich. Aber ich will, dass er ja dazu sagt. Dieses ewige schwammige Jein macht mich fertig. Und: Ob er will oder nicht, er hat eine Teilschuld."

„Stimmt! Aber das musst du ihm nicht hier und jetzt aufs Brot schmieren. Die Situation ist schließlich schwer genug für ihn."

Jaron spürte, wie sich ihre Wut gegen ihn wandte. „Jaron, das kann nicht dein Ernst sein. Der Mann wusste über die Illegalen Bescheid und hat nichts gesagt. Auch dann nicht, als er von denen einen übergebraten bekommen hat. Dann wird seine Tochter verletzt, und er sagt immer noch nichts. Weil es ja sein Freund ist."

Die Worte enthielten jede Menge Ironie.

„Dann kommt unser Kollege ums Leben – er sagt immer noch nichts. Und jetzt, wo es darauf ankommt, seine Frau zu befreien, will er immer noch nicht handeln?" Celia stieß abfällig Luft durch die Zähne. Auch wenn es Jaron nicht schmeckte, Celia hatte recht.

„Tut mit leid. Du hast den Nagel mal wieder auf den Kopf getroffen."

So schnell sie gekommen war, so schnell verpuffte Celias Wut. Sie lächelte ihn an.

„Na ja, ich hätte auch etwas weniger drastisch sein können. Aber wir können es uns nicht erlauben, dass er hier rumeiert und den Weg nicht mitträgt. Schließlich muss er gleich eine Rolle spielen. Und das geht nur, wenn er überzeugt ist."

Jaron fasste Celia liebvoll am Arm und führte sie zurück zu den anderen. Während ihres Gespräches hatte sich auch in Kurt Dammann eine Wandlung vollzogen. Er wirkte weniger passiv und gebeugt, viel mehr entschlossen und gestärkt. Das war auch seinen Worten zu entnehmen.

„Ich weiß, ich bin im Grunde ein Waschlappen. Meine Frau findet das zwar nicht. Aber so ist es. Ich versuche, jedem Problem aus dem Weg zu gehen. In dem Fall habe ich aber wohl mehr Probleme erzeugt als umgangen. Rufen Sie den Mistkerl an. Er soll endlich Farbe bekennen."

Celia klopfte dem Mann aufmunternd auf die Schulter und lächelte ihn zuversichtlich an. „Kopf hoch. Das schaffen wir schon."

*

Rolf Mathies stand mit seinen Geiseln im Hof. Obwohl es ihm zu langsam ging, befreite er die beiden nicht. Stattdessen herrschte er sie an, sich zu beeilen. Als sie endlich das Auto erreicht hatten, drehte er Katrin Dammann zu sich. Pawelski war ihm abgewandt. Den Blick unverwandt auf die Frau gerichtet, öffnete er die Beifahrertür des Autos. Für einen kurzen Moment schaute er von Katrin Dammann zur Tasche. Er griff nach ihr. Das Messer hielt er auf die Frau gerichtet. Er zog die Tasche zu sich heran. Sie war groß und unübersichtlich. Er brauchte geraume Zeit, um das Handy zu finden. Gerade als er es in Händen hielt, begann es zu klingeln. Vor Schreck ließ er es in die Tasche zurückfallen. Seine Hände zitterten unkontrolliert. Katrin Dammann beobachtete ihn scharf. Das ließ ihn den Rest seiner Fassung verlieren. Seine Gesichtsfarbe wechselte von rot zu weiß. Schweiß lief an seinen Schläfen herunter. Erneut griff er nach dem Handy. In der Aufregung brauchte er einen Moment, um sich zu orientieren, und den Anruf entgegenzunehmen. Es hörte zu klingeln auf. Katrin beobachtete ihn nach wie vor. Auch Pawelski schien sich der Unsicherheit seines ehemaligen Chefs bewusst zu werden.

„Chef, wenn du mich frei machst, ich kann helfen."

Der Versuch war zu offensichtlich.

„Pawelski, du hältst mich wohl für völlig verblödet."

Mit einem festen Händedruck gab Pawelski Frau Dammann zu verstehen, dass er genau das von ihm dachte. Das Handy begann erneut zu klingeln. Diesmal reagierte Mathies schneller. Er drückte die grüne Taste und hielt den Hörer an Katrin Dammanns Ohr.

„Mach ja keinen Fehler."

Um seine Worte zu unterstreichen, drückte er ihr das Messer unter das Kinn. Ihre Haut gab unter dem Messerdruck nach. Es fehlte nur wenig und sie würde zu bluten beginnen. Ihr Herz schlug zum Zerspringen.

„Hier spricht Katrin Dammann", meldete sie sich mit zittriger Stimme.

„Hallo, Liebes, ich bin es. Sag nichts, hör mir nur zu. Wir sind bei euch. Ihr seid umstellt. Lass dir nichts anmerken und schau dich nicht um. Er soll nicht wissen, dass außer uns auch dass MEK da ist. Verstanden? Vertrau den Beamten. Ich liebe dich."

Weiter kam er nicht. Ungeduldig riss Mathies der Frau das Telefon aus der Hand.

„Ist dein Mann schon auf der Suche nach dir? Das ist gut so.“

Beim Klang der Stimme ihres Mannes waren Katrin Dammann Tränen in die Augen geschossen. Er hatte sie richtig eingeschätzt. Sie hielt ihn keineswegs für einen Waschlappen, obwohl sie um seine Neigung, Streit aus dem Weg zu gehen, wusste. Dennoch wollte sie keinen anderen Mann an ihrer Seite.

„Na Kurt, mein Freund“, in Mathies' Stimme war der Hohn zurückgekehrt.

„Vermisst du deine Frau? Die habe ich. Damit habe ich endlich mal etwas, was du jetzt gern hättest. Anders als sonst.“

„Rolf, was soll das? Katrin hat dir doch nichts getan. Lass sie laufen. Sag mir, wo du bist. Dann komme ich, und wir können über alles reden. Ich kann dir doch helfen.“ Mathies lachte höhnisch und gehässig:

„Ja stimmt. So war es immer, oder? Du mit deinem Großmut. Du hast mir immer gesagt, was ich tun soll. Du hast mir immer Hilfe angeboten. Immer wusstest du alles besser, konntest alles besser. Schon in der Schule habe ich immer von dir abgeschrieben. Aber jetzt ist Schluss damit. Ich will, dass du endlich merkst, wie es ist, wenn man verliert, was einem wertvoll erscheint, wenn man von anderen abhängig ist.“

Kurt Dammann wurden bei den Worten seines ehemaligen Freundes die Knie weich. Zu deutlich war, dass er jeden Bezug zur Normalität verloren hatte. Celia, die wie Jaron, Thorsten und Marike das Gespräch über Lautsprecher mithörte, spürte, dass es Zeit wurde einzugreifen. Sie griff nach dem Hörer. Kurt Dammann war erleichtert. Der Hass, der mit den Worten seines früheren Freundes deutlich wurde, war zu viel für ihn. Er reichte den Hörer weiter. Celia ließ Mathies seinen Satz aussprechen.

„Hallo, Herr Mathies. Was soll das? Warum wollen Sie der Familie Dammann unbedingt etwas antun?" Celia lenkte das Gespräch bewusst weg von den beiden Geiseln. Eine Erfolg versprechende Methode, wenn die Geiselnahme kein Nebenprodukt einer ursprünglich anderen Tat war, wie zum Beispiel bei einem Banküberfall. Mit solchen Tätern gab es häufig nicht viel zu sprechen. Deren Ziel war es, möglichst mit heiler Haut aus der Geschichte raus zu kommen. Aber in Fällen, in denen Täter bewusst ihre Geiseln nehmen, wollen sie über ihre Gründe reden. Sie fühlen sich als Opfer und leiten daraus eine Legitimation für die Geiselnahme her. Nicht umsonst zog die Polizei in solchen Fällen häufig Psychologen hinzu. Die Theorie ging auch in diesem Fall auf. Mathies wollte reden. Und ganz offensichtlich war es ihm nicht unangenehm, ausgerechnet mit Celia zu reden. Die Anspannung in seiner Stimme ließ nach. Auch der Hohn.

„Wissen Sie, wie das ist, immer nur der Verlierer zu sein? Immer wieder vor Augen geführt zu bekommen, dass man nichts wert ist im Vergleich zu anderen? Immer hieß es, schau dir nur mal den Kurt an. Das ist ein anständiger Junge. Und später: Vielleicht redest du erst mal mit Kurt, bevor du den Hof umkrempelst. Auf deinen Vater willst du ja nicht hören. Aber vielleicht bringt dich Kurt wieder zu Verstand. Immer Kurt, Kurt und noch mal Kurt. Kurt raucht nicht, trinkt nicht, ist freundlich und legt sich mit niemandem an."

Celia ließ ihn reden. Sie hatte eine ungefähre Vorstellung davon, wie es weitergehen würde. Die Geschichte würde sich bis ins Erwachsenenalter fortsetzen, bis zu dem Zeitpunkt, an dem Mathies beschloss, etwas zu ändern. Er glaubte fest daran, Genugtuung und Veränderung zu fühlen, wenn er es schaffte, einmal Kurt voraus zu sein und ihm einen Schaden zufügen zu können.

„Kommen Sie hier rüber. Frau Dörfer weiß, was sie tut. Sie lässt ihn absichtlich reden. Alles, was er ausgesprochen hat, nimmt die emotionale Kraft. Die kann sich dann nicht gegen Ihre Frau richten."

Jaron zog Kurt Dammann zur Seite. Bei dem Telefonat war er immer blasser geworden. Jaron machte sich ernsthaft Sorgen um seinen Gesundheitszustand.

„Erzählen Sie mir doch mal aus Ihrer Sicht, wie es früher war?" Jaron übernahm Celias Taktik. Sie wirkte ebenso gut wie bei Mathies. Die Darstellung allerdings, die Jaron von ihm erhielt, unterschied sich in einigen Punkten wesentlich von den seinen. Tatsächlich hatte Kurt Dammann über Jahre ein vergleichbares Gefühl der Unterlegenheit seinem Freund gegenüber, wie dieser sie heute empfand. Er hielt Rolf Mathies immer für den hübscheren, denjenigen, der bei den Mädels gut ankam. Er war der, der in Kneipen den Ton angab und die Aufmerksamkeit auf sich lenkte, während man über Kurt hinwegsah, ihn übersah. Dann hatte sich das Blatt gewendet. Das empfand auch Kurt Dammann so. Er hatte Katrin kennengelernt. Und mit ihr kam Sicherheit und Selbstvertrauen in sein Leben. Nicht, dass Katrin seine erste Liebe gewesen wäre. Aber keine war in der Lage, ihm das Gefühl zu vermitteln, dass er etwas darstellte, auf das er stolz sein konnte. Das hatte Katrin erreicht.

„Sie hat mich ermutigt, neue Wege in der Landwirtschaft auszuprobieren. Nicht an Altem festzuhalten, nur weil es immer so gemacht wurde. Man kann sagen, sie hat meinen Horizont erweitert."

Während Kurt Dammann redete, beruhigte er sich. Seine Gesichtsfarbe kehrte zurück.

Kapitel 55

Was bisher nach einer kontrollierten Situation ausgesehen hatte, veränderte sich mit einem Mal schlagartig. Die Geschehnisse überschlugen sich. Zunächst bemerkten die Geiseln die nachlassende Aufmerksamkeit ihres Geiselnehmers. Gemeinsam bemühten sie sich, den Knoten ihrer Fesseln zu lockern.

Gleichzeitig bewegten sie sich vorsichtig, Schritt für Schritt, weg von Mathies.

Der Leiter des MEK, der bereit war einzugreifen, pfiff seine Leute wieder zurück und informierte Celia über die neue Situation.

„Reden Sie weiter und lenken Sie ihn ab. Wenn möglich, locken Sie ihn vom Auto und den Geiseln weg. Die Geiseln haben ihre Handfesseln gelöst. Sie entfernen sich."

Celia trat Schweiß auf die Stirn, der nichts mit den Außentemperaturen zu tun hatte. Immer noch Mathies an der Strippe, musste sie dringend mit dem Leiter des Einsatzkommandos reden. Sie winkte Jaron zu sich. Durch Handzeichen machte sie ihn auf ihr Dilemma aufmerksam. Der begriff schnell. Er zog den MEK-Mann zur Seite.

„Was haben Sie vor?"

„Was wohl", der Mann hielt Jaron für einen rangniedrigeren Kollegen Celias und ließ es an Respekt fehlen. „Wir greifen uns den Geiselnehmer. Ihre Chefin müsste nur dafür sorgen, dass der Mann von den Geiseln abgelenkt ist."

Jaron bemühte sich nicht, das Missverständnis um seine Position aufzuklären

„Es wäre wichtig, wenn Sie sich gleichzeitig um

Geiselnehmer und Geiseln kümmern könnten. Was halten Sie davon, wenn einige Ihrer Leute gezielt zwischen Geiseln und Geiselnehmer treten, und Mathies damit den Zugriff auf die Geiseln verwehren?"

Es war dem Mann des MEK ins Gesicht geschrieben, wie er die Einmischung seitens des Kripobeamten beurteilte. „Wollen Sie den Job wechseln? Dann bewerben Sie sich bei uns. Solange Sie aber in der anderen Fakultät tätig sind, überlassen Sie den Einsatz meiner Leute bitte mir."

Jaron hielt sich nicht für kleinlich, aber Kompetenzgerangel bei Einsätzen fand bei ihm wenig Verständnis. Er zückte den Ausweis, der ihn als Staatsanwalt auswies. Der Mann wechselte die Gesichtsfarbe, entschuldigte sich stammelnd. Jaron winkte ab: „ Ich bin kein Experte. Sie sind es, ich hatte lediglich einen Vorschlag zum Vorgehen gemacht. Sie wissen, dass wir Frau Dammann als Lockvogel eingesetzt haben, und damit in höchstem Maße für sie verantwortlich sind. Uns liegt viel an der Festnahme des Geiselnehmers, aber noch mehr an der Unversehrtheit der beiden Geiseln."

Beinahe hätte der MEK-Chef salutiert. Er besann sich. „Wir schätzen die Situation als nicht so gefährlich ein. Der Mann scheint kein Profi zu sein. Allem Anschein nach ist er nur mit dem Messer bewaffnet. Das sollten wir hinkriegen."

Jaron lächelte ihm zu: „Davon gehe ich aus."

„Nichts für ungut."

„Schon vergessen." Zu Celia gewandt, hielt er den Daumen nach oben. Gemeinsam lauschten sie weiter dem Telefongespräch.

*

„Frau Dammann, ich heißen Pawelski. Sein ganz leise. Damit Chef uns nicht hören. Der soll weiterreden." Durch einen Händedruck gab Katrin Dammann dem Polen zu verstehen, dass sie seine Worte verstanden hatte.

„Wir jetzt immer kleine Stück weggehen von Chef. Aber immer nur ganz klein wenig. Darf nicht merken, wir uns bewegen“, wisperte er weiter.

Auch diesmal drückte sie seine Hand. Stück für Stück, immer nur wenige Zentimeter, entfernten sie sich von Mathies. Jeder Zentimeter, brachte sie ein Stück aus der Gefahrenzone.

Die Einsatzkräfte des MEK beobachteten jede Bewegung der Geiseln und meldeten sie umgehend ihrem Leiter.

„Wir wollen abwarten, ob die Geiseln von sich aus in der Lage sind, mehr Raum zwischen sich und ihren Geiselnehmer zu bringen“, ordnete er an.

Dann teilte er seine Leute neu ein. „4, 6, 8 und 10 gehen zwischen die Geiseln und den Geiselnehmer. 1, 3, 5, ihr schnappt euch den Mann. 7 und 9 ihr bleibt auf dem Posten und sichert die Aktion von oben.“

Die zuletzt genannten Einsatzkräfte befanden sich auf dem Dach einer Scheune des Nachbargrundstücks. Auf dem Flachdach liegend, konnten sie gefahrlos jede Bewegung auf dem Nachbargrundstück beobachten.

„Los noch ein Stück. Und halte Schnur fest. Darf Mathies nicht wissen, wir sind frei.“

Die Geiseln bewegten sich erneut. Celia bekam die Entwicklung durch Jaron auf einem Zettel mitgeteilt. Er selbst war von einem MEK-Mann informiert worden. Plötzlich bemerkte er, wie Celia ihre bisher entspannte Telefonhaltung aufgab. Die Situation hatte sich verändert.

Kapitel 56

Was bringt Ihnen das? Ihre Situation verbessert sich doch nicht dadurch, dass Sie anderen Leid zufügen!"

Mathies lachte nun wieder in der gleichen abfälligen und verhöhnenden Art wie zu Beginn des Gesprächs.

„Sie haben recht, Frau Kommissarin. Es verbessert nicht meine Situation. Aber meine Laune. Dann brauche ich mir nämlich nicht länger das überhebliche Getue von meinem Nachbarn anzusehen."

Celia versuchte eine neue Strategie.

„Haben Sie Marlin deshalb verletzt, den Hund in das Lager geworfen und das Auto von Frau Dammann manipuliert?"

Mathies lachte erneut hämisch. „Frau Kommissarin, dazu habe ich alles gesagt."

Er ließ sich nicht übertölpeln.

Celia versuchte, ihn zu beruhigen. Sie knüpfte an das Gespräch vor ihrer Frage an. Mathies hatte jedoch die Lust zu reden verloren. „Völlig gleichgültig, wie mein werter Nachbar sich früher verhalten hat. Jetzt wird er ein neues Verhalten lernen. Ich will ihn wieder in der Leitung haben. Geben Sie sich keine Mühe, mich zu finden. Das schaffen Sie nicht. Ich bin am Drücker. Los, ich will Dammann, das Weichei, sprechen."

Celia winkte Kurt Dammann heran. Sie hielt den Daumen nach oben, wünschte ihm Glück. Gleichzeitig gab sie ihm zu verstehen, dass er sich nicht provozieren lassen und Ruhe bewahren sollte.

„Machst du noch einen Schritt. Gut so. Schön langsam.

Darf nicht merken. Kannst du gut laufen?"

„Geht so."

„Mathies hat nur ein Messer. Ist nicht so schlimm. Wenn dir was tun will, muss er dich erst haben. Also du schnell laufen. Ich halte auf ihn."

Katrin Dammann war unwohl bei dem Gedanken, dass der Mann sich für sie in Gefahr begab. Aber Pawelski bestand darauf. Unauffällig schaute sie sich um. Es gab nur einen Fluchtweg. Er führte in die Obstplantagen. Sie spannte alle Muskeln, bereitete sich darauf vor loszulaufen. Dazu kam sie nicht mehr. Erstmals seit er zu telefonieren begonnen hatte, drehte Mathies sich zu seinen Geiseln.

„Oh, habt ihr geglaubt, ihr könntet abhauen?"

Immer noch das Handy am Ohr, ging er auf die beiden zu. Ironisch schüttelte er den Kopf. So, als wäre er enttäuscht von seinen Geiseln.

„Los, komm her, sprich mit deinem Mann. Ich glaube, er hat Sehnsucht nach dir."

Er streckte seine Hand nach Katrin Dammann und Pawelski aus. Blitzschnell löste Pawelski sich, und versuchte zwischen Katrin und Mathies zu gelangen. Der war schneller. Er riss sie zu sich, hielt sie wie ein Schutzschild vor sich – das Messer an ihrem Hals. Erstarrt hielt Katrin Dammann immer noch das Handy in ihrer Hand. Sie hörte die Stimme ihres Mannes.

„Los sprich mit ihm. Sag ihm ruhig, was los ist", forderte Mathies von ihr. Mit zittriger Stimme folgte sie seiner Anweisung.

Celia fackelte nicht lange. Bevor jemand sie daran hindern konnte, gesellte sie sich zu den Kollegen auf dem Scheunendach.

„Ich gehe da runter", informierte sie diese knapp.

Sie zeigte mit dem Kinn auf den Hof. Unter ihren Sturmhauben wurden die Männer ein wenig blass. Sie hatten jedoch keine Weisungsbefugnisse.

„Habt ihr ein Seil? Ich muss mich an der Seite der Scheune abseilen, damit er mich nicht sehen kann." Während ein Kollege auf seinem Posten blieb, robbte der andere mit Celia zur Seitenfront der Scheune. Unten konnte Celia mit einem Sprung über den Zaun zu der Gruppe im Hof gelangen. Sie brauchte dafür das Überraschungsmoment. Sie ließ sich das Seil von dem Kollegen des MEK fachkundig um den Bauch binden. Auch wenn keiner es ihr anmerkte: Ihr war mulmig, als sie den ersten Fuß über den Mauerrand setzte, und sich mit den Füßen an der Wand abstemmend, die Wand herunterließ. Sie sandte ein kurzes Stoßgebet gen Himmel. Sie kam heil unten an. Leise und geduckt pirschte Celia sich an die Hausecke, nachdem sie den niedrigen Zaun überwunden hatte. Die Situation im Hof hatte sich nicht verändert. Nach wie vor stand Mathies mit dem Rücken zu ihr, Katrin Dammann vor sich. Beide hatten den polnischen Pflücker im Blick. Für einen Moment war Celia unschlüssig. Pawelski durfte sie nicht verraten. Aber darüber brauchte sie sich keine Gedanken zu machen. Statt auf sie zu reagieren, begann er eindringlich auf seinen früheren Chef einzureden. Gleichzeitig bewegte er sich vorwärts.

„Chef, komm, lass Frau gehen. Kannst du nicht machen. Ist so nette Frau."

„Pawelski, du Idiot, bleib gefälligst stehen."

Wenn Pawelski die Beleidigung verstanden hatte, ließ er sich nichts anmerken. Unbeirrt redete er weiter, setzte einen Fuß vor den anderen. Mathies verwirrte die Unerschrockenheit. Celia spürte deutlich das Zögern des Bauern. Nach wie vor leise, aber schnell, bewegte sie sich auf Mathies zu. Pawelski ebenfalls. Bevor Celia Mathies von hinten in den Arm greifen konnte, griff Pawelski nach dem Messer und entwand es dem überraschten Mathies.

„Lauf, Frau, schnell“, schrie er Katrin Dammann zu.

Das ließ sie sich nicht zweimal sagen. Sie rannte los. Weit kam sie nicht. Aus den Augenwinkeln bemerkte sie, wie Männer das Grundstück stürmten. Sie blieb stehen. Als sie sich umdrehte, sah sie Celia, die Rolf Mathies von hinten gegriffen hatte und Handschellen anlegte. Es war vorbei. Nur Mathies wollte es noch nicht einsehen. Er schrie unflätig und schlug trotz der Handschellen um sich. Die Männer des MEK übernahmen den Mann. Celia trat vor ihn.

„Das nächste Mal, wenn Sie glauben, Sie seien perfekt, versuchen Sie auf dem Wasser zu laufen. Sie waren zu überheblich. Wir hatten Sie bereits gefunden. Sie sind festgenommen. Abführen.“

Kurt Dammann war zu seiner Frau geeilt. Für seinen ehemaligen Freund hatte er keinen Blick übrig. Er schloss Katrin in seine Arme. Pawelski stand daneben und lächelte gerührt. Celia ging zu ihm: „Sie sind ja ein Held. Hatten Sie keine Angst vor Mathies?“

Sie klopfte dem Mann anerkennend auf die Schulter. „Nix Angst. Kennen doch Polen, oder? Mit Angst kann man nix Auto klauen.“

Celia verschlug es für einen Moment die Sprache, bevor sie in schallendes Gelächter ausbrach.

Der Milchkontrolleur
von Thomas B. Morgenstern
als Hörbuch
gelesen von Peter Kühn

5 CDs (ungekürzte Fassung)
360 Minuten
ISBN: 978-3-938097-08-3

MCE HÖRBUCH